半身侦探①

暗布烧 著

中国工人出版社

图书在版编目（CIP）数据

半身侦探1／暗布烧著.—北京：中国工人出版社，2016.12
ISBN 978-7-5008-6601-5

Ⅰ.①半… Ⅱ.①暗… Ⅲ.①长篇小说—中国—当代 Ⅳ.①I247.5

中国版本图书馆CIP数据核字（2016）第307250号

半身侦探1

出 版 人	芮宗金
责任编辑	葛忠雨　董　虹
责任校对	董春娜
责任印制	黄　丽
出版发行	中国工人出版社
地　　址	北京市东城区鼓楼外大街45号　邮编：100120
网　　址	http://www.wp-china.com
电　　话	（010）62005043（总编室） （010）62005039（出版物流部） （010）62379038（社科文艺分社）
发行热线	（010）62005049　（010）62005042（传真）
经　　销	各地书店
印　　刷	北京市密东印刷有限公司
开　　本	880毫米×1230毫米　1/32
印　　张	9.375
字　　数	220千字
版　　次	2017年1月第1版　2020年4月第4次印刷
定　　价	35.00元

目录

俄罗斯手枪杀人事件

鲜血溅满白纱

所有的婚宴都是千篇一律，无聊至极。

新郎和新娘绕着宴会厅一桌一桌地敬酒，每个人都站起来举杯祝福，然后乖乖地掏出红包。如果不是小学时暗恋的女同学，吴卓才不会像个芋头似的坐在一堆面目模糊的陌生人中间，汗涔涔地等着最后一道菜的来临。

婚礼就是如此，除了新人一家子热闹高兴之外，其他人都是无辜的陪衬，还要前赴后继地掏份子钱。其实，当吴卓收到小学同桌顾佳清的喜帖时，大脑很是短路了一阵，这个名字如此熟悉，却无论如何都想不起那张曾经稚嫩可爱的脸。他翻出老旧的毕业手册，在一堆青葱的小萝卜头里面寻觅了半天，才终于辨认出那个他曾暗恋多年的顾佳清。他不知道顾佳清是不是还记得自己，或许寄来喜帖不过是为了多收一份礼金。但是，带着心底最纯的一份情，他毅然决然地跑到了婚礼现场。

事实证明，记忆是不容复制的。所有美好的东西最好让它烂在脑海里。穿着婚纱的顾佳清依然美丽，却已经没有当年让他心里酥麻麻的那种感觉，只不过是一个长得比较端庄的女性罢了。吴卓心口发闷，默默地饮着酒，更加感觉到婚宴的沉闷无聊。

事情发生得很突然，谁也没有预料到最后会演变成那样一出惨剧。吴卓几乎都记不太清整个过程。当时，在宴会厅的中央，长得像土豆的司仪正在逗着一群小朋友和智商接近小朋友的成年人玩。突然，一个吊儿郎当的青年带着满身的酒气走了过去，抢过司仪手中的话筒，用一种拖得长长的音调说道："各位亲朋好友们，你们不觉得这个婚礼单调得都快发霉了吗？"

新郎和新娘的脸色都变了，坐在最前面的亲戚们纷纷交头接耳，询问着这个年轻人的来历。吴卓脑海里第一反应便是，这小子是来抢亲的。

"这个倒霉司仪的游戏太弱智了，我给你们来点刺激的！"服饰搭配标新立异的青年嚷嚷着，手上却已经拿出了一把手枪。吴卓也算是半个军事爱好者，一眼就看出这是一把仿版的俄罗斯制 IZH-79 手枪，做工非常精致，几乎可以以假乱真。

"听说过俄罗斯轮盘赌吗？这把枪有六个弹槽，但只有一个弹槽里面装了子弹。"青年昂首挺胸地举着枪，只听见"哗啦啦"的响声，手枪的轮盘飞快地转动起来。等到转轮停下，青年得意扬扬地用眼光瞟着四周神情茫然的人群，合上了转轮，然后缓缓地把枪举到自己右侧的太阳穴旁，说，"来吧！让我来为你们助助兴！婚姻不过是一场赌局，胜得少，败得多……人生更是一场赌局，用这种方式赌命实在是太刺激了。"

周围的人已经看傻了眼，其中有几个理智尚存的好友上前拉住他，叫着他的名字：“简三郎，别撒泼了。这是你胡闹的时候吗？你看，佳清都快哭了。”

那个叫作简三郎的男青年转头看了看新娘梨花带雨的小脸，似乎更来劲了，“新娘子，你要永远记住，在你婚礼的这一天，有个男人为你赌命哦！”

这时，新郎站了出来，说：“简三郎，你到底要干吗？”

“新郎官，我来给你们助兴呀！”简三郎笑得恬不知耻，“你看，这把手枪里面只有一颗子弹，也就是说死亡概率是六分之一。你们瞪大眼睛瞧好了，看我会不会是那倒霉的六分之一……”

“快把枪放下，这太可怕了，太可怕了！”新娘顾佳清吓得脸色惨白，魂魄都已经飞到了九霄云外。

“你是在开玩笑吧？简三郎，给我把枪交出来！”

——枪是假的。吴卓在心里默默地想着。要么就是里面没有子弹。这种无聊又无耻的婚礼闹剧，越发让他感到头疼耳鸣。

“你们很快就会知道，我是不是在开玩笑。”突然，简三郎的神情凝重起来，语气也变得僵硬，“亲爱的朋友们，下一秒或许我们就永别了。最后再说一句发自内心的话吧，虽然我一直很胡闹，但是我真的爱你们。如果下一秒我死掉，你们不用为我悲伤。真的，我一点也不后悔，人生就是要这样结束才够劲！”

或许是因为他话中的那股苍凉和无畏，让人几乎闻得到死亡逼近的气息，整个现场顿时如一块黑幕落下，死寂无比。对未知的恐惧仿佛一根根尖利的丝线在每个人的心头层层密密地缠绕起来。

简三郎的目光留恋地从每个人身上掠过，最后停在了新娘顾佳清的身上，“新娘子，别忘了我。新郎官，记住咱们说好的事，别食言。”

顾佳清脸上的表情完全错乱了，因恐惧而流出的泪水淌满了脸，嘴角却抽搐得仿佛在笑，太阳穴上面的神经突突地跳动，像要破裂一般。

相比之下，新郎显得平静多了，脸上那可笑的紧张表情有表演过度的嫌疑，甚至带着一丝幸灾乐祸的意味。多年从事新闻记者的嗅觉，让吴卓终于开始担心这场闹剧背后恐怕深藏着不可告人的恶意。

所有的目光都凝聚到了简三郎的身上，那一柄小小的左轮手枪成了每个人心头最为牵挂的物件。

——他会扣动扳机吗？

——如果真的有子弹，那一颗子弹会打爆他的脑袋。

——会有脑浆流出来吧？

当所有人的思绪都混乱不堪的时候，简三郎的手指轻轻扣动了扳机。

手枪发出了“咔嚓”的声响。

仅仅一秒钟的时间，却如同一生那样漫长。

整个宴会大厅寂静得仿佛空无一人。

——没有子弹射出来。

——简三郎的脑袋完好无损。

所有的人松了一口气之后，会场上居然爆发出一阵热烈的欢呼。好像每个人都跟着简三郎到鬼门关走了一回，这下可算是逃出生天了。

新郎又是生气又是欣慰地上前拍了拍简三郎的肩，嘴里不停地咒骂着；新娘子简直是喜极而泣，眼泪哗哗地流下来，把眼睛上的妆都弄脏了。每个人都在开心地诉说着自己刚刚紧张的心情，好像一张被拉满的弓，终于得到了最大限度的释放。

“哈哈哈，我也要赌一把！”

这个声音一开始并没有被大家注意到，它淹没在众人的欢声笑语中，好像浮出水面的鱼儿失去了游动的力量。

直到一个脸色苍白的小伙子从简三郎手中夺过了手枪，直愣愣地把它抵在自己的太阳穴上，人群才再一次安静下来。

“新娘子，你也别忘了我。”脸色苍白的小伙子说出了他人生中最后一句苍白的话语。

“砰——”火药的声音又惊又响，仿佛天堂都被炸开了一个口子。

然后，只见那个小伙子的太阳穴上露出了一个大窟窿，鲜血和脑浆从里面迸射出来。他整个人在大厅中央缓缓倒下，周围的人已经惊叫成了一片。

罗半夏到达现场

最厌恶周末出警了。杜文姜累得倚在宴会厅的圆柱旁，还得时不时避免蹭脏身上那件意大利最昂贵品牌的衬衣。

被害人叫牧笛子，已经被送往医院抢救，他满脸是血，脑浆都流了出来，估计是凶多吉少。

刚才一到现场，看见倒在地上的那具躯体，杜文姜就恶心反胃，在旁边大呕起来。

果然还是不适合刑警这份工作吗？身为全球最大互联网服务商之一的杜氏集团的二公子，杜文姜在名校金融专业毕业后，竟然干起了四处奔波的刑警工作。这样离谱的职业，在旁人看来无非是富二代闲得发慌来体验生活，可是，在杜文姜这里却有只能如此的尴尬立场。

宴会厅的中央，正站着一个身材窈窕、风姿绰约的女子，长长的马尾垂至腰间，一身红色的风衣显得神气飒爽——那正是杜文姜警官的命门、前任警察局长的千金、刑警大队的副队长罗半夏警官。

“小文，你过来。”罗半夏回过头来，对着杜文姜呼来喝去。

“能不能不要叫小文……”

罗半夏没有理睬，径直说：“就是这个胡闹的家伙，在婚宴上大玩俄罗斯轮盘赌，结果枪被那个倒霉的孩子夺去，把自己的脑袋打开了花！”

“拜托，美女，我那是一个助兴的节目，谁知道那孩子会跑上来抢？”简三郎满脸的委屈，“喏，你问一下新郎官就知道，这是我们俩事先商量好的。”

“什么？你跟新郎商量好，在婚礼上搞俄罗斯轮盘赌这种节目？”杜文姜觉得不可思议。

可是，新郎言杰却默默地点了点头，脸上带着尴尬的神情，“确实是这么回事。”

“胡闹！”罗半夏咬着嘴唇。她长得非常美丽，白皙的肌肤透着粉红的光泽，杏般的圆眼似嗔似娇，猛一看过去有种让人睁不开眼的明艳动人，“枪呢？你们哪来的手枪？”

“是一把仿制的俄罗斯左轮手枪，网上有特殊渠道可以搞到。”简三郎满不在乎地说。

“这不合理。”罗半夏静静地盯着简三郎的脸，“作为助兴的节目，没必要把性命都搭上吧？俄罗斯轮盘赌可是有六分之一的机会打爆你自己的脑袋啊！”

简三郎和言杰心照不宣地对视了一眼，说：“没错啊！所以在我们的计划里面，根本没有装子弹的打算。不知道是谁搞恶作剧，竟然往里面装了一粒橡皮子弹。好险！差一点脑浆迸裂的那个就是本少爷了。”

言杰的神情十分凝重，他低声说："警官，这件事情确实蹊跷。本来是绝对安全的节目，我们也没想到，会闹成这样。"

——意料之外的子弹，究竟会是谁装进去的呢？

罗半夏思索了片刻，问："除了你们两个之外，还有谁知道你们要表演这个倒霉的节目？"

两人面面相觑，异口同声地答道："没有别人知道。"

"不过……"言杰迟疑了一下，冲着简三郎说，"三郎，那回咱们在房间里商量买枪的事情，你说好像有人在门外偷听。"

"哦，对了。"简三郎突然想起来什么似的拍了拍自己的脑袋，表情十分夸张，"那天我确实看到，有个人影从门口掠过。难道说，有人利用我们的节目，策划了谋杀？"

可是，杜文姜却在一旁摇了摇头，故作深沉地答道："不可能是谋杀。就算有人神不知鬼不觉地往手枪里面装了子弹，他如何能够预测到牧笛子会上去抢手枪？就算抢到了，又如何确保正好射出那粒子弹？毕竟简三郎扣动扳机后，这依然是五分之一概率的事情。"

"有道理。或许，这个凶手是无差别杀人！"言杰接过话茬说，"杀掉简三郎或者任何一个抢过手枪的人，都可以。"

简三郎摸了摸自己的脖子，后怕地说："哎哟！说不定，凶手真正想杀的人是我呢！"

"凶手真正想杀的人……"罗半夏眯起眼睛，突然想到了什么，"那么，那个牧笛子为什么会想要抢过手枪呢？一般来说，如果不知道手枪里面没有子弹，不会有人干这么鲁莽的事情吧？"

"咳！咳！"新郎言杰在一旁清了清嗓子，"其实，牧笛子是我们的朋友，他平常就有些神经质。"

"是啊，这家伙从来都不按常理出牌。"简三郎豪爽地说，"有一次，我们一帮人去郊游，他竟然带着蜥蜴和蜈蚣，把佳清吓得够呛。我看，这次他也是为了引起轰动的效果吧！”

——这都是些什么朋友？没有一个可靠的。

“为了吓唬新娘吗？”杜文姜顺着这条思路推理道，“说不定是他事先听说了你们要搞恶作剧的消息，知道手枪里面没有子弹，所以才会如此大胆……”

“螳螂捕蝉，黄雀在后。真正的凶手又得知了牧笛子的打算，于是往手枪里装了一粒子弹？”罗半夏接过话茬。

“这简直是没完没了。”简三郎说，“可是，就算真凶知道我们每个人的打算，他还是无法预测什么时候会射出那一粒子弹啊！”

——这才是问题的核心。六分之一的概率，真正想要杀人的人是不会这么干的。杀人应该是更干脆、更直接的，绝不会拖泥带水。

“真正的凶手……”罗半夏把自己的视线移向宴会大厅。参加婚礼的人还没有完全散去，警方正在按顺序对宾客一一进行盘问。突然，一个黑色的身影引起了罗半夏的注意。

那名男子穿着一件黑色的风衣，仿佛是中欧的混血儿，面容俊朗，眼神倨傲，带着贵族般的气质，站在人群当中显得卓然不群。他看起来不像是参加婚礼的打扮，更不像是参加婚礼的神色，轮廓分明的侧脸透露出一丝警觉的意味，好像在时时刻刻提防什么。罗半夏正想开口叫住这名黑衣男子，眼前却出现了一个熟悉的身影。

“嘿！又见面了。”

罗半夏脱口而出：“吴卓！你怎么在这里？”

嫌疑犯是简三郎

罗半夏和吴卓相识于微时。那会儿，罗半夏还是刚从警校毕业的小刑警，吴卓则是跑社会新闻的记者。两人因为一起案子产生了交集，从此成了朋友。吴卓会从罗半夏这里打听最新刑事案件的料，罗半夏也通过吴卓挖掘一些媒体上的线索。

“原来新娘子是你的初恋情人！”罗半夏取笑道，“正好听听你这个目击者的见解。”

吴卓挠了挠自己的脑袋，笑道：“呵呵，我能有什么见解？就是觉得新郎的神色有些可疑，他脸上始终带着幸灾乐祸的表情。”

罗半夏向吴卓说明了新郎和简三郎的预谋计划。

“原来如此……难怪整个过程我都有一种强烈的违和感。”吴卓说道，“这么说来，这应该算是一起意外吧？或许是某个跟简三郎有仇的家伙，知道了他们的计划，于是事先装入了子弹，结果，却让牧笛子给吃了去。”

“可是，这样也说不通啊！”罗半夏说，“如果凶手想杀简三郎，为什么不干脆装满子弹？”

——刑警的思维就是这样直接。不是黑，就是白。他们的大脑中容不下中间路线。

吴卓笑了笑，说：“我觉得，凶手可能有一种恶作剧的心态吧？并没有恨简三郎恨到要杀死他的地步，但是却想看他置身于危险之中。这样的一种心态，你能明白吗？”

罗半夏摇了摇头。她果然是无法理解。

“或者，这么说怎么样，凶手想让老天来决定简三郎到底该死还是不该死？”

由老天来决定。这样的想法真是新鲜。

“吴卓，想不到你的心理还挺阴暗的。”罗半夏仍是笑着摇头。

“啊，我明白了！”杜文姜突然插进来道，“俄罗斯轮盘赌是世界上最残忍最刺激的游戏。如果我跟另一个男人同时爱上一个女人，一定也会选择这种方式来决斗。”

说完，他目光炯炯地望着罗半夏。

“对决？你们的意思是，这是一场赌上生死的爱情对决？”罗半夏狐疑道，“那么，究竟是谁和谁的对决呢？”

“那就要看谁有机会接触到那把手枪，并在里面装入子弹了。”吴卓意味深长地说。

警方的审讯室。光线如传说中那般昏暗，一盏白炽灯照得人晕头转向、心烦意乱。

“说吧，简三郎。子弹是你自己装进去的吧？”杜文姜阴阳怪气地学着警匪片的腔调，可是听起来总让人觉得幼稚。

“警官，开什么玩笑！”简三郎吊儿郎当地把腿搁在桌子上，“敢情你们调查了半天，就得出这么个鬼结论来？”

“根据你在婚礼上的表现，这是最合理的推测了。”罗半夏手里拿着案卷，眉飞色舞地推理道，“在场的所有宾客都证实，你当时醋意十足地对新娘顾佳清说：‘新娘子，你要永远记住，在你婚礼的这一天，有个男人为你赌命哦’；而牧笛子在开枪之前，也说了一句‘新娘子，你也别忘了我’。由此可以推测，你和牧笛子都深爱着新娘，因为得不到她，所以你们俩事先约定好，在婚礼上用俄罗斯轮盘赌来为她决斗。这就可以解释为什么手枪里面只有一粒子弹，因为那确实是一场真正的对决！”

简三郎整整沉默了三十秒。他被罗半夏气势磅礴但牵强附会的推理震慑住了，过了好半天才缓过神来，捧腹大笑起来。

“哈哈哈，我们喜欢顾佳清？为了她决斗？美女，你也太有想象力了！首先，我简三郎的女朋友多得是，不至于为了姿色平平的顾佳清就不要命了吧？这对我的魅力可是极大的侮辱。再者，顾佳清已经跟言杰结婚了，就算我跟牧笛子斗个你死我活，又能得着什么便宜？要决斗，也应该跟言杰决斗才对吧？”

“这……”罗半夏一双细眉微微蹙紧，“或许，言杰也参与了你们的决斗呢？只不过，还没有轮到他上场就已经出事了。”

“新郎官没事跑来跟我们决斗？这才真是胡闹吧！”

罗半夏被反问得气短。杜文姜只好出来圆场：“不管你们决斗的理由是什么，反正手枪是你买的，俄罗斯轮盘赌也是你提出来的，这嫌疑犯的罪名你是逃不掉了。”

“喂，你们这是‘草菅人命’啊！”简三郎严正抗议道。

“如果想洗清嫌疑，就好好想一想，那把仿制手枪从买来到最后派上用场，都经过了哪些人的手？”罗半夏一穿上警察制服，就有一股逼得人无法直视的凛然正气。

“这事是保密的，怎么可能经别人的手？”简三郎没好气地答道。

“你最好想清楚一点，到底什么人有机会往手枪里装子弹。”罗半夏使出了自己最拿手的威胁把戏，“你总不想在这里多待上几天吧？”

——威胁起到了效果。

生平最讨厌循规蹈矩的简三郎立刻觉得头大到了极点，皱着眉头冥思苦想了半天，终于说：“手枪是快递送过来的。我本人签收，当场就拆开来看过，一共有六粒橡皮子弹，言杰也看了，没有什么问题。之后，那把手枪就一直锁在我家的抽屉里面，很安全，不可能有人动过。

“今天早上，出门接新娘之前，我把手枪从抽屉里拿出来，卸掉了所有的子弹，然后放在外套的口袋里面，一路就到了婚宴的现场。

这中间实在是没有可以做手脚的机会……”

“你没有脱掉过外套吗？”

“虽然脱掉过，也一直是拿在我自己手里的。”

“卸掉的子弹，你放在哪里了？”罗半夏问道。

“都装在这个小匣子里了，你们看吧。”简三郎从口袋里掏出一个三厘米见方的铁皮小匣子。

杜文姜接过匣子打开来看，只见里面散乱地排列着几粒橡皮子弹，跟从牧笛子大脑里取出来的一模一样。突然，他怔了怔，随即把匣子递给罗半夏，眼神里面传递出讯息。

罗半夏认真地盯了一会儿，也愣住了，提高音量说道：“简三郎，你确定没有人动过这个匣子吗？”

“当然，它一直都放在我的口袋里面。”

“那么，为什么这里面只剩下五粒橡皮子弹了呢？”罗半夏递过了匣子。

可疑的黑衣男

“这肯定是栽赃！是栽赃！”

即使玩世不恭如简三郎，此时此刻也坐不住了，他脸红脖子粗地争辩着。

“简三郎，是你自己一口咬定没有人动过手枪和这个装子弹的匣子。”罗半夏的轻松语调显得近乎残忍，“现在，你还有什么话好说？”

“该死！”简三郎如坠云里雾里，仿佛已经搞不清自己还是不是清白的了。

这时，门口响起了敲门声，警员朱建良走了进来。

“罗警官，在现场发现一名可疑分子，从他身上搜出了一把一模一样的俄罗斯制IZH-79手枪。”

“什么？一模一样的手枪？”这下轮到罗半夏傻眼了，“快把他带进来。”

一身黑色的风衣。一米八几的个子，如山一般矗立在门口，英俊的脸上却是一脸阴郁。

——这不是婚宴大厅上见到的那个黑衣男子吗？

罗半夏的心脏“怦怦”跳动着加快。每当有危险或者“猎物”出现的时候，她就会有这样的反应。

请这名男子落座之后，杜文姜开门见山地问：“你叫什么名字？”

男子眼神犀利地扫过他的脸颊，竟带来一种刀锋刺过的痛感：“茂威汀。”

——好奇怪的名字，不像是中国人。果然是混血儿吗？

“你身上怎么会有这把枪？”杜文姜扬了扬搜缴到的证物。

“用来防身。”

“普通公民不允许佩枪。”

“这只是一把仿制的玩具枪。”叫作茂威汀的男子语气异常平静。

经过鉴证科的检查，确认茂威汀身上的这把枪和简三郎的枪是同一个型号，由同一个厂家生产的。

“就算如此，近距离射击也会造成伤害。”杜文姜严厉地说，“这起案件的被害人，就是因为枪口距离太阳穴太近，才被打穿了脑袋。”

茂威汀仿佛没有听见他的话，头也没有抬一下。他那种静默凛然的态度，好像在抗议这一切都与他无关。

罗半夏凝神望着眼前的这个男人，脑海中出现了新的想法：“或许不需要那么近……小朱，你去请鉴证科的人计算一下，要造成那种程度的伤害，手枪大概需要在多近的距离射击？”

“小夏，你是什么意思？”

“之前我们不是一直纠结于俄罗斯轮盘赌的随机性吗？我们先入为主地认为，子弹是从牧笛子手里的那把手枪里面射出来的，概率只有五分之一。”罗半夏分析道，“可是，假如子弹不是从那把手枪里射出来的呢？”

在场的人都怔住了，一时无人接话。黑衣男子的脸上泛着冷光，浑身散发出戾气。

“是不是这样？茂威汀先生。事实上，子弹是从你这把手枪里射出去的吧？”罗半夏站在他面前，“在牧笛子扣动扳机的一瞬间，躲在暗处的你也射出了相同的子弹。由于时间掌握得恰到好处，所有人都没察觉到子弹是从另外一个方向射来的。”

“原来如此。”简三郎顿时感到一种解脱，同时又以一种幸灾乐祸的眼神望着被指控的茂威汀。

黑衣男子仍然一动不动，仿佛已经石化了一般，对于罗半夏的指控不闻不问，毫无反应。就像扔出去的球，遇到了墙壁，被原原本本地弹了回来。

“喂，你怎么说？承认你杀害了牧笛子吗？”罗半夏有些沉不住气了。

“哼。”他冷哼了一声，“你有证据吗？”

等了半晌，竟然冒出来这样一句，激得罗半夏气不打一处来：“在婚宴厅看见你的第一眼，我就怀疑了。你这身黑漆漆的打扮，哪里像是来参加婚礼的？你这张阴沉的脸，哪里有一丝丝参加婚礼的喜庆？还不快交代，你到底是什么人，出于什么动机？”

“小姑娘，有些不该问的，最好不要问。”茂威汀的嘴角露出一丝狞笑。

“你！”罗半夏正气得几乎想上前打人，警员小朱从门外走了进来。

“罗警官，鉴证科的人说，这种橡皮子弹很轻，距离稍远，力度锐减，只有抵在脑门边上才有一定的伤害性。”小朱警员不紧不慢地说，“还有，刚才医院那边传来消息，牧笛子抢救过来了，但是由于大脑受到的伤害太大，有可能变成植物人。”

——罗半夏自认为杰出的推理落败了。

杜文姜轻轻拍了拍她的肩头，趁机献上殷勤的安抚。

侦讯室里笼罩着一股黏稠的郁闷气息，好半天都挥之不去。美女警官的脸上阴云密布，火药味十足，仿佛谁一出声就会轰然爆炸。

“小夏，你看这把手枪里面，有一粒子弹。”杜文姜鼓了鼓勇气，说道。

罗半夏转过头去，接过那柄手枪，再一次向茂威汀发问道：“能不能告诉我，为什么你只在手枪里面装了一粒子弹？”

“这粒子弹，是我捡来的。”

“捡来的？从哪里捡的？”

茂威汀指了指简三郎，说：“从他的大衣口袋里。”

“哈？”简三郎又好气又好笑，“你怎么不说是偷的呢？我说怎么少了一粒，原来是你这家伙……”

“为什么？”罗半夏一头雾水，“你为什么要偷他衣服口袋里的子弹？而且为什么只偷一粒呢？”

“因为这个人太讨厌。”完全答非所问。

“我知道是怎么回事了。”简三郎突然醒悟了，“之前，这个匣子的盖子松开过，估计就是那个时候掉出来一粒子弹，被他偷了去。我记得很清楚，我还特意重新把盖子盖严实了呢。”

杜文姜无奈地说：“刚才你还说，整个过程没有做手脚的余地，现在看来全是漏洞嘛！大衣口袋里的东西可以随便被偷，匣子里的子弹都可能掉出来过……这案子简直没法查！”

“不，这倒是提供了一个新的思路。”罗半夏抿了抿薄薄的嘴唇，“既然这位仁兄可以肆无忌惮地从大衣口袋里偷子弹，那么同样也有人可以把手枪偷出来，装上子弹再放回去。”

“不用那么麻烦，直接调换一把装了子弹的手枪就可以。”茂威汀在一旁鄙夷地说。

“你倒是很清楚嘛！”

男子的脸上掠过一抹挑衅的笑。

“不，这不可能。”简三郎再一次抹杀了让自己获得清白的机会，“因为在表演之前，我跟言杰还私底下检查过手枪，确认了里面没有任何子弹。”

——罗半夏自认为杰出的推理又落败了。

多余的半个指纹

顾佳清今年二十五岁，面容姣好，文静端庄。虽然简三郎说她姿色平平，但事实上她在学生时代可是校花，是一群男生争相追逐的对象——也就是“那些年，男生们一起追的女孩”。

牧笛子的事件令她的精神受到极大的刺激，她翻来覆去地说着：“怎么会？怎么会发生这样的事！”

“你知道言杰跟简三郎策划俄罗斯轮盘赌的助兴节目的事吗？”罗半夏问道。

她委屈地摇了摇头，说："言杰也是后来才告诉我的，他们真是太无聊了。"

"当时，你有没有注意到什么不寻常的事情？比如说，有没有人趁简三郎不注意，调换了手枪？"

她一双眼睛瞪得滚圆，诧异地说："会有这种事吗？难道说，这不是一桩意外？"

罗半夏耸了耸肩，说："很难说是意外吧！因为简三郎坚持说，在他表演之前，手枪里面都没有装入子弹。"

"天哪！"顾佳清用手捂住了嘴，"也就是说，手枪被调换过？可是，这太不合理了。在那种众目睽睽的地方，谁能做得到调换简三郎手里的枪呢？"

"警方查案的工作，就是把不合理变成合理。"罗半夏冷静地说，"这世上没有不可能的事，只有想不到的可能性罢了。比如，简三郎本人就是最大的嫌疑对象，你觉得他有杀害牧笛子的动机吗？"

顾佳清沉思良久，摇了摇头。"我跟简三郎不太熟，他是言杰的一个朋友，平时跟我没有什么来往。我实在想不出他会有杀害牧笛子的动机。"

"那么，牧笛子呢？他为什么会冲出来开那第二枪？"

"他……"顾佳清有些出神了，好像进入了另一个思维的圈子。

罗半夏追问道："他最近有出现情绪不稳定的情况吗？"

顾佳清的眼睛里面出现闪烁和回避，"好像是有，他可能是情感上有些不顺心吧。"

"情感上？到底是什么样的不顺心？失恋了，还是暗恋不成？"

"不，不！我不知道他的想法。我真的不知道。"顾佳清用力地甩着头。

罗半夏冷冷地看着她错乱的神情，心想，她应该不是不知道的。

牧笛子安静地躺在医院的ICU病房里面，脸色苍白，嘴唇干裂，然而神情看起来却十分安详。

“他醒过来的可能性有多大？”罗半夏低声问主治医生薛兆华大夫。

“不好说。颞叶和顶叶部分损伤严重，或许永远都醒不过来了。”薛大夫保守地说，“即便醒来，情形也不容乐观，或者失忆，或者丧失运动功能，任何情况都有可能。”

“也就是说，我们别指望从他这里拿到证词了。”罗半夏失望地低下头。

薛大夫略带同情地望着她，说：“据说，这孩子是自己拿枪打爆了头？”

“没错，而且还是为了赌博。”杜文姜不咸不淡地说，“这年头真是什么人都有啊！”

薛大夫微笑着不说话，转身离去了。过了好一会儿，他又慢慢悠悠地走过来，说：“依我看，他不是为了赌博，而是为了一个‘情’字。”

“‘情’字？”罗半夏问，“怎么讲？”

薛大夫递过来一张照片，说：“这是在他西服的内侧口袋里找到的。”

那是一张老照片，上面有顾佳清、言杰、牧笛子以及其他几个小伙子。大家看起来都很青涩，大约十五六岁的年纪。顾佳清站在男孩子们的正中央，笑容如花朵般绽放，清纯动人。照片被保存得很好，连边缘的齿轮都清晰完整，足见持有之人的良苦用心。

杜文姜看完有些动容，低声说：“这恐怕是他唯一拥有的与她的合影吧？”

——在他的皮夹里面，也有一张照片。长长的披肩秀发，青涩的警服形象，乖巧甜美的笑容……那是罗半夏刚到警队报到时的工作照。

“这么说，我们的推测没有错，牧笛子果然喜欢顾佳清，所以才会夺枪赌命。”

薛大夫在一旁摇了摇头，说：“这样做又有什么意义？”

回到警局已是深夜。罗半夏活动了一下筋骨，只听见浑身的骨骼发出“咯咯”的响声。杜文姜轻轻把手放在她的肩上，嬉笑道：“俊男按摩，要不要？”

罗半夏反应敏捷地甩开他的手，双眼圆瞪，怒目而视。“别胡闹。”

——不是不知道他的感情。只是，无数次不着边际的试探，反而让真话显得像玩笑，让真情显得像敷衍。况且，她的人生，还有更重要的事情要做，不应在男女之情上浪费精力。

室内的气氛一下子尴尬起来，空气黏稠，纹丝不动。杜文姜今天也像变了个人似的，直愣愣地站在那里，竟然没有再厚颜无耻地继续打闹。

朱建良警员的出现解救了这一时的沉默。“罗警官，鉴证科传来新的报告，他们在手枪上面发现了半个新的指纹。”

“什么？这种事情……怎么早没发现？”罗半夏拍案而起，从小朱手里夺过报告。

手枪上面有四组不同的指纹，其中三组完整的指纹分别属于简三郎、言杰、牧笛子，另外有半个指纹尚未查清归属。

“简三郎说，在表演开始之前，他跟言杰一起检查过手枪，因此有他们俩的指纹是正常的，牧笛子拿着手枪打爆了自己的头，他的指纹也是必有的。”杜文姜分析道，“那么，另外这半个神秘的指纹究竟是……”

“半个指纹……会不会是那个茂威汀的？”罗半夏咬着嘴唇说。

朱警员摇了摇头，说：“比对过他的指纹，是他的可能性较低。半个指纹实在让人头疼，用来搜索犯罪指纹库都很难。”

“既然有一丝线索，就要用百倍努力。”罗半夏的目光炯炯有神，“小朱，通知兄弟们，搜集所有参加婚宴宾客的指纹，找出跟这半个指纹最接近的人来。”

杜文姜默默地看着她，眼睛里的神色却逐渐不安。

手枪的秘密

“你们可以走了。”罗半夏不甘心地望着眼前的简三郎和茂威汀，咬牙切齿地说出了这句话。拘留已经超过二十四小时，仍未找到新的证据。况且，简三郎的家族背景好像相当雄厚，通过各种渠道申请保释，连分局的局长也专门打电话过来说情……已经不能熟视无睹了吧？

可是，为什么连这个长相凶恶、形迹可疑的茂威汀也要一同释放呢？大概是关在同一间侦讯室里日久生情了，简三郎竟然信誓旦旦地说，要么跟茂威汀一起走，要么就继续待在警察局里面吃免费餐。

——居然还敢威胁警方。罗半夏越想越觉得呕，眼前的这两个人简直像上天派来折磨她的恶魔。

“美女警官，这两天多谢你的款待啊！”简三郎嬉皮笑脸地说，

“留个电话吧。回头约会请你吃饭看电影。”

罗半夏瞪了他一眼，没有理睬，反而对茂威汀说：“茂先生，你到底是什么身份？根据治安管理所那边来的报告，你的身份证是假的。”

一身黑色的茂威汀冷冷地看着她，眼神锐利如锋芒：“小姑娘，我说过，不该问的事不要问。”

“走着瞧。”罗半夏突然露出一个妩媚的微笑，“我会查清楚的，绝不会放过一个恶人，也不会冤枉一个好人。”

茂威汀不置可否，只是轻描淡写地看了她一眼，便头也不回地走了。简三郎笑嘻嘻地走过她跟前，回过头来说：“美女，如果我说他是FBI，你信吗？”

连续三天，警局抽调了所有能抽调的警力，几乎跑遍了整个城市，寻访那些参加婚宴的宾客，并搜集他们的指纹。鉴证科也忙坏了，平时冷清干净的几间屋子，如菜市场一样挤满了前来送样本的人和催结果报告的人。

一份份的阶段性报告送到罗半夏面前。由于半个指纹的鉴定难度极大，目前还只完成了所有宾客的五分之一，其中跟手枪上那半个指纹最为接近的人也仅有5个相似点，而一般来说判定指纹相同需要10至12个相似点。

罗半夏正懊恼得一筹莫展之际，接到了杜文姜的电话，他让她赶快到宴会现场去一趟。

“我找到了解开谜题的关键。”杜文姜在电话里这么说。

来到现场的时候，罗半夏发现杜文姜邀请了新郎言杰、新娘顾佳清、简三郎、牧笛子的父母、新闻记者吴卓以及婚礼的司仪等相关人士。

“小文，你这是要做什么？”罗半夏语气不确定地问。在她看来，杜文姜这番举动无疑是要上演一场“推理秀”。可是，他的推理能行吗？

“别叫我小文。”杜文姜伸出一根手指摆了摆，说，“各位，把你们请来，正是要揭开牧笛子在婚礼上自己用枪打爆头的谜团。”

“怎么？找到那半枚指纹的主人了？”简三郎仍是一副半吊子样。

——怎么可能？这种大海捞针的方式，几乎把警局搞到人仰马翻了。罗半夏默默地摇了摇头，一脸沮丧。

可是，杜文姜却显得神气活现地说：“不，你们都搞错了。这半枚指纹给我们的提示根本不是去寻找它的主人，而是另有深意。”

“另有深意？”吴卓好奇地问道。

杜文姜颇为得意，顺着他的话说：“没错。让我们先来回顾一下整个案子的过程吧。简三郎跟新郎言杰共同谋划了一个助兴节目，要在婚宴上表演俄罗斯轮盘赌，给前来祝贺的宾客一个难忘的婚礼。他们从网上购买了一把仿制的俄罗斯左轮手枪，检查过没问题之后，就一直锁在简三郎家的抽屉里。根据简三郎自己的说法，这中间应该不可能有人动过手脚。然后就到了婚宴当天，简三郎卸掉了所有子弹，并且把那六枚子弹装在一个小匣子里面，跟手枪一起放在外套口袋里，来到了这个宴会大厅。当婚宴进行到一半的时候，他从这位司仪的手中抢过话筒，开始按照事先约定好的，表演俄罗斯轮盘赌的闹剧。这里需要指出的一点是，在表演之前，简三郎跟言杰两人还特地检查过手枪的情况，确定了里面没有子弹。另外，还有一个家伙，就是那个神秘的黑衣男子茂威汀，出于不知名的原因偷走了简三郎掉在衣服口袋里的一粒子弹，这些都是后来才发现的。

“之后的事情，大家都亲眼瞧见了。简三郎扣动扳机却安然无恙，而牧笛子突然冒出来夺过手枪，对准自己的脑袋就来了一枪。”说到这里，杜文姜停顿了一下。因为他注意到牧笛子的父母低下了头，脸色十分悲痛。

“小文，整个过程我们已经清楚了。可是，这跟那来路不明的半个指纹有什么关系？”罗半夏仍是十分迷惑。

“小夏，你考虑一下，整个过程和半个指纹之间有什么不符合逻辑的地方？”

“不符合逻辑的地方……”罗半夏苦苦地思索。

“试想，按照简三郎的说法，这把手枪上面应该出现哪些人的指纹呢？”

“简三郎、言杰、牧笛子……”罗半夏一丝不苟地罗列着。

“还有呢？”

——还有？还会有人接触过这把手枪？它一直被深锁在抽屉里，只有婚礼当天才拿出来，之后就一直在简三郎的口袋里面……

——等一下，简三郎的口袋！还有一个人也把手伸进过简三郎的口袋！

“是，是茂威汀。”罗半夏喊了出来，“他偷走子弹的时候，把手伸进过简三郎的口袋，因为手枪和子弹匣是放在一起的，这指纹就是那时候沾上的！”

原来如此！现场的人都有种恍然大悟的感觉。

可是，杜文姜却并没有让他们松一口气，继续说道：“是的，他正是那个有机会将指纹沾在手枪上的人。然而，鉴证科却断定，那半枚指纹属于他的可能性小于百分之五。”

“小于百分之五，那就是小概率事件了。”吴卓眯着眼睛说。

“你这是什么意思呢？那半个指纹到底是谁的？”牧笛子的父亲也

沉不住气了，开口问道。

“老人家，我之前已经说过，这半个指纹所给的提示，并不在于它是谁的，而在于它不是谁的。”杜文姜仿佛在带着一众人爬山绕圈子。

“小文，好好说话！说利索点！”罗半夏有点忍无可忍了。

杜文姜有些害羞地笑了笑，说：“其实，这很容易看出来。这把枪上面本来应该有的指纹是：简三郎、言杰、牧笛子和茂威汀；但是，现在却偏偏没有了茂威汀的指纹，还多出半个来路不明的指纹……”

“你的意思是……”

“这还不明白吗？手枪被人调换过了呀！”杜文姜轻松地说。

四周一阵静默。显而易见的事实，要接受起来却并不那么容易。

罗半夏轻轻咬着嘴唇，美丽的大眼睛眨了一下，她自言自语道：“可是，不对啊，凶手并没有机会调换手枪，在表演之前简三郎他们还检查过的……”

“调换手枪的机会只有一次，而且就在你们的面前。”杜文姜神秘地说。

——怎么可能？不是在简三郎家的抽屉里，不是在简三郎的大衣口袋里，难道是……

“你是说……”简三郎好像醒悟过来了，“调换手枪的人是……牧笛子！”

杜文姜轻轻地点了点头，嘴角露出一抹笑意：“是的，唯一调换手枪的机会，就是他从你手中夺过枪的那一个空隙。当时所有人关注的焦点都在你身上，没人注意到他手上的动作。”

牧笛子的父母当场吓傻了，嘴唇哆嗦着：“不可能，小笛不会做这种事。他为什么，为什么呀？”

“是啊，牧笛子怎么会去调换手枪呢？他不要命了吗？”花容月貌的顾佳清吓得惊慌失措。

“难道……他是自杀？！”简三郎说出了心中所想。

杜文姜再次点头，声音低沉地说：“是的，只有这一种可能。”

悲情的解答

“动机呢？牧笛子为什么要自杀？而且选择了这样一种方式？”罗半夏对杜文姜的这个结论仍不信服。

“因为爱。”杜文姜的眼睛里闪烁过一抹不易察觉的动情，“小夏，还记得薛兆华大夫给我们看的那张相片吗？那是他和顾佳清唯一的一张合影，放在西装内侧口袋里面，一直妥帖完整地保存在身边，一如他对于顾佳清的爱——静默、持久、执着。”

“小笛他……确实喜欢佳清。”牧笛子的母亲终于开口说道，“自从小学四年级，佳清转学到他们的学校，小笛就默默地喜欢上了这个女孩。他还偷偷在日记里写，将来要娶到顾佳清。他十六岁那年，我们想要搬到另一个城市去住，他死活不愿意，竟然跟我们绝食抗议。后来我终于明白，他是因为不愿意转学，更不愿意搬得离佳清那么远。佳清的成绩一直很好，而他拼命努力地跟随她的步伐，考同一所高中，同一所大学，只为追随在她的身后，守护着她。”

——竟然有人能够做到这样。吴卓觉得很惭愧，相比而言，他对顾佳清的那一点喜欢，真的只是少年的妄想罢了。顾佳清转学之后，他便将她忘干净了。

牧母继续说：“我以为，终有一天他会跟佳清告白，这两个孩子能够走在一起。可是谁知道，佳清却突然跟另一个男孩子……”

言杰的脸上露出不自在的神色，在牧母的一番叙述中，似乎他正是那个多余的人，那个夺走了牧笛子真爱的罪魁祸首。

“咳咳，伯母，我跟牧笛子的立场是一样的。我爱佳清并不比他少。”

“就算是这样，有必要自杀吗？”罗半夏一遇到感情的问题便束手无策，像个白痴。

“小夏，当你也那样深深地去爱过一个人之后，就会明白，如果不能和心爱之人在一起，整个世界就会分崩离析、腐烂崩坏，再无生还的可能。”杜文姜的声音虽然冷静，却暗藏着炙热的火焰，“与其在这个失去了她的世界里生不如死，与其看着她在别人怀中微笑，不如用一种最惨烈的方式来向她告白。在她的婚礼上，用一把手枪射穿自己的脑袋，让她今生今世都不会忘记他。”

“啊。”顾佳清不禁用手捂住了嘴，杜文姜的描述让她仿佛看到了那个绝望的男人是如何度过人生最后几秒的。

多么强烈的爱情！何其惨烈的殉情！只可惜，这场悲剧终究只是他一个人的表演，自始至终都是一出独角戏。

在场的人都沉默了。

——整件事情好像应该是这样的，或许确实就是这样。除此以外，再无任何可能的解答了。

“哈哈哈……”

会场的尽头传来一阵肆意的嘲笑，笑声渐渐逼近，越来越响亮。

一个穿着黑色风衣的男人出现在人们的视线之中。他英俊的脸庞，不羁的笑容，邪魅的眼神里面透露出一种勾人的蛊惑。

“茂威汀！你在笑什么？”罗半夏对于这位不速之客恼火至极。

“不好意思，我刚才窝在那里睡觉，却听到这世界上最好笑的笑话。”茂威汀一边款款走来，一边大放厥词道。

“什么笑话？”杜文姜也火大了，感到眼前的男子的话是对他最大的侮辱。

“为情自杀什么的……太肥皂剧了吧？”男子的眼里满是嘲讽，“如果想要得到那个女人，把她抢过来就是了。”

——抢过来？这样的逻辑倒是跟吴卓的思维很接近。是的，作为一个男子汉，主动出击才是更为体面的做法。

“你，你这种人怎么可能懂得……那种绝望的爱情。”杜文姜有些含糊地答道。

“那种无聊的感情，我才不想懂。你的故事漏洞百出，全是破绽。”

全是破绽？罗半夏破天荒头一次认为杜文姜的推理十分正确，竟被眼前的男人全盘否定？

——有什么不对劲的地方？眼前的这个茂威汀，让她感到浑身不舒服。

“年轻人，你倒是说说清楚，他刚才的推理有什么破绽？”牧笛子的父亲对他的话十分上心，毕竟老人家实在不愿意面对儿子的死因是为情自杀。

茂威汀轻快地走到牧父的跟前，右手斜搭在老人家的肩上，玩世不恭地说：“很明显啊。刚才这个芋头不是说，牧笛子从简三郎的手中夺过枪的时候，顺便调换了手枪吗？那么请问，被换掉的那把手枪到哪里去了呢？”

这一问着实把在场的人都给问住了。是的，如果调换了手枪，那必定还存在着一把一模一样的手枪。警方在牧笛子的身上并没有发现多余的手枪，宴会厅经过地毯式的搜查也没有找到任何手枪。而当时，牧笛子就站在宴会现场的正中央，四周毫无屏障，他要如何处理掉另外一把枪呢？

“他抢过手枪之后，就崩掉了自己的脑袋，应该是没有机会把手枪带出这个宴会厅的。”吴卓细细琢磨着。

现场只有一个人气不打一处来，喉咙里的火焰几乎要蹿上头顶。

——芋头？这家伙是在叫我吗？我有哪一点像芋头了？

杜文姜恶狠狠地回击道：“这有什么难的？现场肯定有牧笛子的帮凶，他把手枪递给了那个人，由他带出宴会厅。”

茂威汀仿佛早就料到他会有此一说，他轻轻离开牧父的肩膀，缓缓地走到罗半夏的跟前，低头凑近说：“小姑娘，你们警方不是立刻封锁了现场吗？每一个出去的人都经过严格的搜查，难道还有人能带着枪出去吗？”

“这……这不可能。”罗半夏被他凑近的气息扑在脸上，感到很不自在，不由自主地退后了半步。

谁知，茂威汀这家伙竟然顺势倚在她的肩上，说：“怎样？要么就承认你们警察无能，要么就认同我的说法。”

他的力气大得惊人，罗半夏想要挣脱却毫无办法。

“你，干什么你？”杜文姜恼火地嚷道，“那个帮凶不就是你本人吗？我们在你身上可是搜到了一把一模一样的手枪。”

“小姑娘，能不能告诉他，我那把手枪是清白的。”茂威汀凑近罗半夏的耳朵，惹得她半张脸都发烫了。

“小文，那不可能。他的手枪里面有子弹，而且上面只有他本人的指纹。”

“还有关键的一点是，本大爷一直都在宴会厅的外围，根本没有靠近过那个倒霉的孩子。”茂威汀“哧哧”地笑道。

“那……那到底是怎么回事？小笛究竟是被谁害死的？”

第五种解答

“是啊，既然你推翻了自杀的假定，那手枪到底是什么时候被调换的，又是被谁调换的呢？”罗半夏总算从茂威汀的手臂中挣脱出来，跳开一段距离，义正词严地问道。

“哟！生气了？我可不喜欢脾气大的姑娘。”茂威汀心不在焉地调侃着，“如果答应跟我约会，我就把答案告诉你，怎么样？”

罗半夏终于明白到底哪里不对劲了。眼前的这个茂威汀跟她之前接触过的那个黑衣男子，根本不像是同一个人。

——那个男人，冷峻、漠然、不苟言笑，身上散发出邪恶的气息，仿佛有一股随时随地可以将自己舍弃的暴戾。

——眼前的这个男人，放荡、不羁、玩世不恭，眉宇间有一股满不在乎的神情，仿佛可以用自己的意志对抗整个世界。

这到底是怎么回事？为什么短短几天时间，可以让一个人有如此大的变化？罗半夏感到非常迷惑，对茂威汀的身份也愈加怀疑起来。

“你姑且先说来听听啊！”罗半夏决定将计就计。

“你们已经尝试提出了四种不同的解答。第一种解答是最直白的，认为这是一起意外，牧笛子的死完全是倒霉。第二种解答，嫌疑落在了简三郎头上，能想到这一层也是自然，毕竟他是最容易在其中动手脚的那个人。第三种解答嘛，完全是这位小姑娘警察异想天开，竟认为子弹是远距离射来的，这种不符合事实的推理，立刻就遭到了致命的打击。”

听到这里，罗半夏的脸色阴沉，很不好看。

“刚才，芋头同志提出了第四种解答，这或许是目前为止最可靠的一种了吧。只可惜，它的可行性已经被我推翻。”

“别瞎掰了，根本就不可能有其他的解答了。”杜文姜咬牙切齿地说。

“那就让你听听我这第五种解答吧！”

茂威汀的目光缓缓地从每一个人身上掠过，吊足了人们的胃口之后，他终于开口说道：“俄罗斯轮盘赌这种游戏之所以刺激，在于它的绝对公平性和以命赌命。第一次世界大战的时候，士兵们吃败仗后垂头丧气，到了晚上就拿这个游戏来助兴，可以说是亡命徒之间的赌命。可是，在无数次的生死博弈之后，有人慢慢地找到了作弊的方法。”

“作弊的方法？你是说……增加命中或不命中概率的方法吗？”罗半夏吃惊地叫道。

茂威汀用手刮了一下她的小鼻子，调戏说：“孺子可教也。没错，有的人为了逃脱死亡，便对手枪进行改装，在子弹孔里面塞入一定重量的金属片，就可以决定轮盘最后停下来的位置。”

“哦，加重某一个子弹孔之后，依赖重力的作用，这个孔停留在轮盘最底下的概率就会大大提高。”简三郎的反应很快。

“没错！所以，在这个案子里面，只要让子弹所在的那个孔成为排在第二个打出去的就可以了。”

“可是，我们并没有在手枪上找到你所说的金属片之类的。”罗半夏说。

“小姑娘，你真是太可爱了。”茂威汀轻笑道，“金属片之流是旧时代的做法了，现在只要直接改装轮盘或者定制一个一头比较重的轮盘不就行了吗？警方居然都想不到去检查这一点吗？”

“你！”罗半夏气得冒烟，他们确实从来没有想过手枪里面可能被动过手脚。

“精彩，精彩！”杜文姜憋了半天，总算逮到了报复的机会，“按照你的推理，是有人故意调换了手枪，然后让牧笛子成为第二个开枪的人？这种谋杀的方法会不会太迂回曲折了呢？”

茂威汀冷冷地一笑，说：“凶手显然具有戏剧性的人格，他喜欢看热闹。”

“可是，凶手是谁呢？哪里还有机会让凶手调换手枪？”罗半夏问道。

“那么明显的事实，你们都看不见吗？”茂威汀笑道，“手枪上有四个人的指纹，而简三郎在表演之前还曾经检查过手枪。我想，除了检查手枪的这个环节，应该没有更好的机会来调换手枪了吧？”

检查手枪的时候，另外一个跟简三郎一起检查的人是……

“新郎！凶手是他？”牧笛子的父母几乎有种要崩溃的感觉。

“这，这怎么可能？”简三郎也目瞪口呆。

“三郎，你仔细想想，应该就能明白，这中间新郎可是有很多的机会可能调换手枪的。”

——确实是这样没错。简三郎如今想来，言杰曾拿过枪支来回摆弄，只要趁他稍不注意，就可以调换成另外一把。

这时，新郎言杰面无表情地站了出来，语气冰冷地说：“真好笑，这又扯到我的头上了。我为什么要干这种蠢事，平白无故地搅黄自己的婚礼？还有，就算我有机会调换手枪，可是牧笛子是自己上去抢手枪的，这完全是他自主的行为，我不可能算计到吧？”

——他说得没错。不论手枪是否被调换过，或者做了什么手脚，最终，牧笛子都是自己把手枪放到了脑壳上，旁人既无法预测也无法控制。

茂威汀却又笑了，这一次他笑得很无邪，好像一个看到了西洋镜的小孩子，“新郎，你的演技果然出众。只可惜，人的行为或许是无法预测的，但在特定情形下却完全可以计算得到。只要事先对牧笛子透露过这个吓唬人的游戏，然后再暗示说，简三郎的第二枪会射向新娘……”

“射向新娘？”罗半夏思索着这层意思。

“是啊，下面就是芋头擅长的领域了。什么为了不让爱人受惊，挺身而出，抢过手枪对准自己之类的……”茂威汀笑道，“牧笛子当然以为手枪里面没有子弹，但他也不愿意惊吓到新娘，所以为什么不利用这个机会，在心爱的女孩面前，再表现一次大无畏的献身呢？”

——原来如此。只要充分了解牧笛子的个性，再通过言语施加暗示和影响，或许真的能够准确无误地预测到对方的行动。

“言杰，你为什么，为什么要这么做？”顾佳清的脸上既有惊惧又有痛惜。

“我讨厌他。”言杰沉默了许久，终于说出了心里的话，“讨厌他盯着你看的眼神，讨厌他无时无刻不想着你，讨厌他明知我们要结婚还不肯放弃，讨厌他要永远这样纠缠我们一辈子！我讨厌这种三个人的关系，讨厌他夹在我们中间，讨厌他阴魂不散……”

空荡荡的宴会厅里，只留下一个男人痛恨的泪水。

爱的挽歌

俄罗斯手枪杀人事件终于告一段落。罗半夏拖着疲惫的身子回到自己的公寓楼，刚走到门口，就见到一个黑影蹲坐在那里。

罗半夏吃了一惊，但身为女警，自己的身手让她并不感到害怕。她使劲跺了跺脚，声控灯亮起——只见一个黑衣男子蜷缩着坐在地上，一双漂亮的眼睛眯着，好像已经睡着了。

——怎么会是他？他是在跟踪自己吗？

“喂，你醒醒！茂威汀，你怎么坐在这里？”

在婚宴厅结束了精彩的推理之后，茂威汀曾威胁罗半夏不准将他参与案子的事情说出去，然后就急匆匆地离开了。可是，没想到会在这里再见到他。

茂威汀睡眼惺忪地抬头望着她，眼神里面又恢复了那种冷漠与倨傲。

“这是我的公寓。”他这么说道。

“你的公寓？拜托，这是我的公寓。我住在402，看清楚了吗？”罗半夏气急败坏地叫道，“再说了，如果这是你的公寓，你怎么没有钥匙？”

“忘带了。”他淡淡地说。

罗半夏越想越可疑，生怕自己如果开了门，这家伙或许会冲进她的房间，干出些不可想象的坏事。

两人正僵持不下，楼下传来了脚步声，房东那张憨厚的脸出现在他们眼前。

“茂先生，不好意思，给您送钥匙来了。”

“大叔，这是怎么回事？这可是我的公寓！”罗半夏急得直跺脚。

“啊！小夏，这位茂先生新租了隔壁的401，以后你们就是邻居了。”房东说着，打开了隔壁那扇灰尘皑皑的铁门。

“邻居？……”罗半夏顿时感到一阵恶寒。

深夜的江畔，人烟稀少。昏黄的路灯旁，伫立着一个高大修长的男子和一个娇小窈窕的女人。夜风吹起，将他们的衣摆吹得翩翩起舞。

“说吧。为什么要弄死他？”男人的声音低沉而冷漠。

“呵，你不是已经帮助警察断案了吗？”女子的声音清脆好听，“那个倒霉的男人也承认了一切，还有什么不满意的吗？”

“少跟我来这一套。光靠那个男人，能想出这样复杂的杀人方法吗？”男人讽刺道，“借刀杀人，是你最擅长的伎俩。”

“不带这样冤枉人的，我可是什么都没做。”

“你的新郎官怎么可能鬼迷心窍，干出这些事来？谁告诉他俄罗斯轮盘赌的作弊方法？谁为他提供改装手枪的渠道？谁不断激起他对牧笛子的愤怒？谁帮助他教唆牧笛子去抢手枪？”

“哈哈，就算我真的做过，你也没有证据。”

“证据嘛……总是可以找到的。”男人说，“警方不是至今还没有找到手枪上那半枚指纹的主人吗？如果我提示他们，去核对一下新娘的指纹呢？”

“你！”顾佳清的脸上露出了愤恨的神色，“你不会这么做的，对不对？”

“如果我得不到我想要的，就什么都会做。”

“好吧，你到底想要知道什么？”

“为什么要杀死牧笛子？是不是他掌握了一些不该知道的秘密？”

顾佳清仰起头，对着天空微笑着说：“你也想得太复杂了。他能知道什么秘密？这不过是一桩男欢女爱的风流韵事罢了。牧笛子那家伙垂涎了我那么多年，总是找各种机会想要得到我，我实在觉得太烦了，所以想个办法让他不要再纠缠。仅此而已。”

“你这些说辞，骗得了谁？我早就知道，组织对牧笛子下了格杀令。”

“既然不相信，还来问我做什么？”

“你不怕自己跟牧笛子的下场一样吗？”

顾佳清回过头，定定地望着男人，一字一顿地说：“威汀，我们不像你那么有本事，敢公然对抗组织。我不过是有什么指令，就遵照执行而已。”

“你真不该杀他！他一定知道了什么内情！”

“原来如此。你早就知道了我要对付他，所以才带了一把一模一样的手枪，想要趁机调换吧？”

“我失算了。”

“马有失蹄，人有失手。不必太介意。”顾佳清转过身，用头巾把脸包裹严实，“起风了，别着凉。后会有期。”

男子默默地望着她远去的背影，突然说：“你有没有想过，或许牧笛子是知道手枪被改装过的……”

女人驻足了片刻，淡淡地说：“或许，他确实是知道的吧。他也真傻，明知道我只能按照指令去完成任务。”

“你真的觉得他是个傻子？”

女子回过头来，嫣然一笑：“当然。这世上，最难得的就是傻子，最可爱的也是傻子。可是，你我都没有这福分。”

男子不动声色地点了点头，转过身。

一轮明月映照在那张英俊的脸上，半明半暗，一如这世间善恶种种，无法详述。

春运列车杀人事件

城郊一间不起眼的半地下小酒吧，每天晚上只有少数几个固定的客人光顾。来客在这里要上一杯龙舌兰或威士忌，在昏暗的灯光和缭绕的烟雾中沉迷买醉。

今晚光顾酒吧的人比往常更少。吧台上只坐着两个穿着深色大衣的男子，背影肃穆，沉闷寂寥。调酒的小哥偶尔能听到两人有一搭没一搭的谈话。

“他们在到处找你……”面色黝黑的小个子男人低声说道。

“我跟教授说过，找不到我要的东西，我是不会回去的。”冷傲英俊的男子说道。

“可是，现在内部对你好像有不同的议论。”

“什么？”

“有人把你说成是叛逃者，说你打算背叛组织。”

冷面美男轻哼一声：“无所谓，随便他们怎么说。”

“依我看，你在做的事，不过是徒劳，反而会害了别人的性命。”小个子男人说，“那个牧笛子的死恐怕跟你脱不了关系吧。”

“那是我的失算。”男人说，“但是，我敢肯定他掌握了什么秘密。”

“那位大人是不会让你接触到知情者的……”

“不过是比谁的速度更快而已。我正在找牧笛子之前接触过的人。”

小个子男人叹了一口气，眉间浮现出无奈的神色：“真拗不过你。如果你非要找牧笛子的线索，我这儿倒是有个消息。”

“是什么？汤川！”

“我知道牧笛子此前预订了一张下周一的火车票，是从北京到成都的临时客车。”被叫作汤川的男人故意神秘地眨了眨眼。

“临时客车？春运加开的那种？”男子疑惑地问。

“是，而且昨天有人从取票点取走了那张车票。”汤川再次意味深长地说。

“那是要做什么？”

汤川笑了笑，无辜地摇着头说：“那就不知道了。不过，如果有了牧笛子的身份证和车票，或许可以代替他上车吧。春运期间的检票可没有那么严格，尤其是这种运载上千人的临客……”

“你的意思是，会有人替牧笛子去接头？”

汤川摇了摇头，说：“威汀，我只负责提供情报，至于要怎么利用，就是你的事了。”

茂威汀的眼角露出一丝忍耐的笑意，说：“你小子的情报总是稀奇古怪。”

“还有更古怪的呢。听说，你现在跟一个女刑警住在一起？”汤川挑逗般挑了下眉，使得那双小眼睛更显滑稽。

“这些无关紧要的事情，不值得你操这个心。”

“怎么不值得？如果你知道了那女警的身份……”

密室中的尸体

到处都是人。简直就像法西斯集中营。

空气污浊的火车车厢，狭窄破旧的座椅，挤得满满当当的过道，面目可憎的乘务员……这一切更让人感到旅程的单调无味和情绪无处发泄的烦乱。真没想到，二十一世纪竟然还有人需要搭乘这样的交通工具。

吴卓带着十二万分的不情愿，踏上了从北京开往成都的临时客车。报纸版面编辑让他写一篇关于“春运”的报道，描述返乡旅客的心情和故事，还美其名曰“温情之旅”。

——开什么玩笑！他可是专门跑重大刑事案件的深度报道记者，什么时候沦为社会八卦版的跑腿儿的了？

带着一种既悲愤又莫名其妙的心情，吴卓百无聊赖地倚在窗边打盹儿。他的四周坐着一群二十来岁的年轻人，好像是一起回家的大学生团体，一路上欢声笑语，好不热闹。吴卓一开始还饶有兴致地跟他们说了会儿话，但终归觉得跟不上90后的思路，只得假装瞌睡，脱离了谈话。

入夜之后，年轻人也意兴阑珊下来，说话声小了不少，大部分人进入了梦乡，偶尔有人起身去打水或者上厕所。吴卓在梦境中突然感受到一股急迫的尿意，憋醒过来——大概是刚才整瓶矿泉水灌进去的效应。他坐起来观察了一下，就快步往厕所方向走去。

可是，过道两边的厕所都被占满了。刚才坐在他对面的叫作周正元的女孩正等在门口，见到他来，尴尬地笑了笑，说：“哎，都有人呢！”

他也觉得有点不好意思，站到另一扇门边等着，努力忍耐住身体里面不断翻涌上来的冲动。可是，人有三急，真到了那个份儿上，等一分钟都如同在地狱中煎熬。他忍不住拍了拍厕所的门。

“有人！”厕所里传来一个尖细的女声。

这时，站在对面的周正元好像也有点等不及了，对他说：“吴老师，你看这边厕所的门是不是坏了？我刚才敲了好几次门，里面都没有人应。”

——这种情况还是比较常见的。因为厕所门上“有/无人”的指示牌坏了，结果白白在外面等半天。

吴卓连忙上前，用力拍门道：“里面有人吗？有人在里面吗？”

然而，厕所里面毫无动静。

——果然是指示牌坏了吧？吴卓索性一不做二不休，拉住厕所门的扳手，试探性地想要打开那扇门。

然而，吴卓的手上遇到了阻力，厕所的门是从里面锁住的。他一再用力，门却依然牢牢地勾住，无法打开。

“哎？从里面锁住了呢！”周正元惊讶地叫道。

“喂，有人在里面吗？出个声吧！”吴卓大声喊道。

可是，里面的人似乎很沉得住气，任凭他们如何呼唤，就是一言不发。

“是不是门锁坏了？自己从里面锁上了？”大学生周正元提出了一个假设。

吴卓点了点头：“有可能。我去叫乘务员过来。”说完，他转身就往车厢走去。

过了一会儿，吴卓才领着一个苍白纤瘦的年轻男乘务员挤了过来。车厢过道的拥挤状况，严重影响了他们的通行。

“乘务员同志，就是这扇门打不开，叫里面也没人应。”吴卓热心地说明情况。

“是啊！别是里面有人生病或者昏倒了啊！”周正元帮腔道。

年轻的乘务员在他们两人脸上来回看了看，立刻拿出厕所的钥匙串，试图打开那扇紧闭的门。

——嗯？怎么转不动？门锁果然坏了吗？

乘务员来回尝试了好几次，急得额头都隐隐冒出些汗珠来，口中嘟囔道：“怎么回事？卡死了！”

吴卓自告奋勇地上前接过钥匙，使劲地转动着那个小小的三角锁。这种绿皮火车的厕所通常是一种小小的吐舌锁，从锁芯吐出一个金属小舌插入锁眼。

“好像是卡住了……用钥匙打不开。”吴卓无助地望向比他更加羸弱的乘务员，“怎么办？”

乘务员眨巴了两下眼睛，说了句：“我去找人。”就转身离开了。

这时，周正元面带羞涩地说：“吴老师，我先上个厕所。”

吴卓这才发现刚才对面的那间厕所已经空出来了，于是等周正元出来，他也赶紧上了趟厕所。

又等了一会儿，年轻的乘务员回来了，手里拿着一个小铁锤，对准门锁的位置狠狠地敲了两下。只听见“咔嗒”一声，好像某种金属片断裂的声音，然后轻轻一推，门就开了。

门扉缓缓移动的感觉，仿佛正在打开通向地狱的通道……

吴卓好奇地探出脑袋往厕所里面望去，刹那间神经受到猛烈刺激，差点连前天早上的早饭都呕了出来。

白色的车厢壁上飞溅着斑驳的血迹。狭窄逼仄的厕所空间内，一具肥胖的男人尸体横坐着，脑袋磕在粪坑里面，背脊上面被深深插入了一把长刀。

还没等吴卓惊吓得叫出声来，旁边的周正元已经发出了人类所不能发出的颤音："啊……肖、肖林……啊……肖林死了……死了……"

他们的秘密

"原来这就是传说中的春运。"高珊妮望着人山人海的车厢，情不自禁地感叹道。

这是高珊妮第一次坐绿皮火车。春运期间加开的临时客车，要行驶 40 多个小时才能到达目的地。不过，对于她这个离家出走的人来说，何时到达何处都是无所谓的事，只要能找到那个人就好。

高珊妮的周围坐着一群结伴回老家的大学生。由于年纪相仿的关系，她和他们很快就熟络起来。其中，还有一位据说是某家著名报社的记者，叫作吴卓。他自称经常报道各种重大刑事案件，给大家讲了很多离奇的案子。

"吴老师，根据你的经验，一般刑事案件中，最常见的动机是什么呢？金钱吗？"长得帅气阳光的大男生李孟就坐在高珊妮的身边，据说是生物系的高才生。

"金钱是最常见、最俗气也是最容易发生冲动型杀人的动机。"吴卓头头是道地卖弄着，"不过，很多设计精心的谋杀案往往是因为感情纠纷或者家族仇恨引发的。"

"哇哦，听起来好像推理小说哦！"坐在高珊妮斜对面，长得娇小可爱的女生奶声奶气地说道。她叫关芝芷，粉嫩白皙，就像一团白面馒头。

“说起来，吴老师喜欢推理小说吗？”坐在靠近过道的短发女生问道。这个女孩性格直爽，像个男孩子，名字也很英气，叫作周正元。

吴卓有些扬扬得意地说：“推理小说嘛，我确实看过一些，主要是日系的作品。”

“日系的，也是我的最爱。”李孟兴奋地说，“吴老师最喜欢谁的作品？”

“谈不上最喜欢吧，最近刚看了一本《樱的圈套》，挺有意思的。”吴卓笑道，“但我那当警察的朋友说，那种离奇的犯罪太不靠谱了。”

“哦，那是一起关于诈骗的案件吧。”李孟仿佛是在回忆着。

话刚落音，不知道是高珊妮的错觉，还是别的什么……她突然觉得周围几个人的脸上露出不自然的表情。

“说点别的吧，老说案子怪吓人的。”关芝芷扭曲着漂亮的脸蛋说道。

“就是嘛，李孟，你就是这个样子，芝芷才不要你的。”

李孟脸上有些挂不住，说：“天要下雨，娘要嫁人。谁管得了？喂，肖林，你可要好好对芝芷啊！”

靠近过道坐着的男生叫肖林，长得很胖，沉默寡言，看上去就像一头忧郁的大熊。此时，他转头过来，淡淡地看了他们一眼：“你们太吵了，小心遭报应。”

“肖林，你这是什么话？对我有意见还是怎么的？”李孟突然冲着他嚷道。

“如人饮水，冷暖自知。等你们到了我这份上，就知道是什么滋味了。”

“肖林……”关芝芷怯懦地望着他，眼神里有担心和委屈。

“肖林，你不能这么对芝芷，又不是她对不起你！”短发女孩周正元也恼怒了。

——这些人彼此之间似乎有着难以释怀的纠葛。

高珊妮内心暗暗地揣测着。

不知道昏睡了多久，高珊妮发现窗外已经天黑了。坐在对面的肖林捂着肚子，一脸苍白地往厕所方向走去。由于过道上或坐或卧挤满了人，他前行得非常艰难，跌跌撞撞，几次差点摔倒。高珊妮庆幸自己刚才忍住没有喝水，要不然可很难活着爬到厕所门口去。

她又闭上眼睛迷糊了一会儿，再醒来时却发现周围的人只剩下了吴卓，那几个大学生都不知了去向。

这时，坐在对面的吴卓站起身来，冲她尴尬地笑了笑，说："刚才喝太多水了。"

高珊妮亦是轻轻地点了点头，目光却情不自禁地追随着他的身影。

又过了一会儿，她刚想再次入睡，却见到吴卓脸色匆匆地从厕所那头走过来，路过自己的座位又往车厢后方走去了。好像紧随其后似的，关芝芷在人群中艰难地挤了过来，笑道："这火车真是太不方便了。"

从小娇生惯养的高珊妮深有同感。

这时，吴卓领着一个年轻的男乘务员经过她们的身边，再次往厕所那边走去。

——厕所那边到底发生了什么事？

她好奇起来，目不转睛地盯着厕所的方向。大约五分钟后，那个长得像鱼肚皮一样白的乘务员皱着眉头往回走过来。这时，李孟也鬼头鬼脑地回到了座位上，说："那边干吗呢？怪吵的。"

“你也去厕所了？”关芝芷问道。

“没，我去那边抽了根烟。”李孟说，“肖林和正元呢？”

“正元还在上厕所呢。”关芝芷说，“好久没看见肖林了，不知道他去了哪里？”

这时，鱼肚白乘务员手里拿着个小锤子，又从他们身边走过了。没一会儿，厕所那头传来用锤子砸门的声音：“咔——咔——”

锤子的声音一下一下敲在高珊妮的心头，仿佛心脏都要被敲碎了一般。

随后，一个女人撕心裂肺般的尖叫贯穿了整个车厢。如同一道闪电，将所有沉睡中的人们击醒。

“肖林死了……死了……”

罗半夏登上列车

“死者背部中刀，腹部也有刀伤，但出血量并不大。”随行法医张成龙一边查看着尸体情况，一边分析道，“口鼻处有少量体液渗出，怀疑有肺水肿的现象。这个不经过详细的检查很难断定。”

“你的意思是，死者可能是被溺死的？”金融专业毕业的杜文姜对法医、尸检之类可谓一窍不通，只得胡乱揣测。

“不，这不是溺死的现象。有很多情况会造成肺水肿，比如中毒、心脏病突发或者是本身患有呼吸道的疾病。”

“按照您的意思，死者的致命伤究竟是……”前任警察局长千金，刑警大队最美丽的副队长罗半夏问道。

接到春运列车发生命案的报警后，罗半夏便带着一个法医和杜文姜驱车匆匆追赶这趟行进中的火车，并且在最近的一站登上了列车。由于上级指示，春运期间尽量不要影响旅客的行程，因此罗半夏只能先进行现场勘察，并尽快做好后续处理。

法医张成龙无奈地摇了摇头，答道："判断不出来，有可能是腹部或者背部的刀伤，也可能源自于他身体的某种内伤。但是，我一直有个疑问。"

"什么？"

"凶手既然刺中了死者的腹部，为什么还要在背部刺一刀？按常理来说，在这么狭小的空间里，并不具备转身打斗的余地啊！"

——果然很奇怪。既然已经刺中了腹部，干脆多刺几刀不就完了吗？为什么还要给死者转身的余地，再在背部刺伤一刀呢？

"您觉得，这会是在什么样的情形下发生的呢？"罗半夏问。

张法医耸了耸肩："难以想象啊。我建议，还是尽快把尸体搬下火车，做进一步的检查为好。"

"是。"罗半夏点了点头，"不过，离下一站停靠还有一段时间。小文，咱们先做一个相关证人的笔录吧。"

乘务员小金仍然处于惊魂未定的迷惘状态。刚从铁路院校毕业，被分配到列车上来，竟然糊里糊涂地成了重大刑事案件的第一发现人，这种反差着实让人难以接受。

"就是说，厕所门的锁卡住了，用钥匙也打不开，是吧？"杜文姜不耐烦地询问着。

"是，打不开。怎么使劲都打不开……"小金喃喃着，"那个新闻记者也试了，不是我力气小的缘故。"

"于是，你就去找了把铁锤？"杜文姜继续，"这是你自己做出的判断吗？"

——自己做出的判断？小金有些迷茫。

"大概吧。他们说，可能有人在里面生病晕倒了，所以我……"

"为什么没有找其他的乘务员帮忙？你是新来的吧？擅自砸坏厕所的门，可是要承担后果的。"

——为什么没有找其他的人呢？本来他是打算去找别人帮忙的，可是春运期间人手本来就不够，乘客又特别多。怎么找也找不到别的乘务员……他都急得满头大汗了。

"没找到其他的乘务员，我想不能耽搁，所以就……"

罗半夏一直在旁边默默地看着小金苍白慌张的脸庞。很奇怪，他似乎处于某种惊慌之中，好像被什么外来的刺激扰乱了内部的稳定，变得一片混乱。他的神色，他的语言，无一不透露出这种紊乱的讯息。

"锤子是哪里来的？"罗半夏问。

"锤子？"乘务员愣了一下，"什么锤子？哦，那个吗？就是安全锤，发生意外情况的时候用来逃生的。"

"我问你，是从哪里来的？是你自己从车厢上取下来的吗？"

"取下来……不，不是。它，它就在那里，我随手就拿了起来。哎哟！"小金突然用手捂住额头，好像忍受着很大的疼痛，"想不起来，想不起来是在哪里……"

——可疑。十二万分的可疑。

罗半夏神色凝重地眯起了眼睛。

与乘务员小金相比，吴卓的状态要淡定得多。作为常年报道刑事案件的记者，大约对这类事情见怪不怪了。

再一次以当事人的身份与罗半夏碰面，免不了要相互嘲弄几句，比如"为什么案发现场总是有你""瘟神再现，你是中国式柯南吗"

之类的。杜文姜在一旁听得很不是滋味，他不明白为什么吴卓总能轻而易举就跟罗半夏热烈攀谈，而他努力了这么久却仍是被当成手下呼来喝去。

吴卓将自己的见闻一五一十地跟罗半夏讲述了一遍。末了，他总结道："半夏，这起案子可不简单！我想你肯定也注意到了，这是一个完美的密室啊！"

"密室倒是密室，但是真有你说得那么完美吗？"罗半夏眼含笑意道。

"绝对完美。我至今仍未想出破解之道。"吴卓头头是道地说，"厕所的门是从里面锁住而且卡死的，乘务员用钥匙也无法打开，这一点我亲自确认过。而厕所的窗户也同样从里面被锁住，不可能从外面关上或者打开。我还检查过厕所的天花板，那里并没有人为切割破坏的痕迹，不可能像某些推理小说中写的那样，从顶部入侵。换句话说，上天入地，这是个严丝合缝的密室，无懈可击。"

吴卓的话说完之后，罗半夏半天没有吱声，仿佛也被这坚固如牢槛般的密室震慑住了。

杜文姜有些百毒不侵地回应道："那照你的说法，这桩案子只剩下一种可能性了！死者是死于自杀？"

吴卓再次摇了摇头："这个说法也不确切。我最开始也考虑到这种可能性，但是却无法回避一个事实，那就是自杀者如何在自己的背上捅上一刀？"

"这个嘛……很好办啊！"杜文姜吊儿郎当地说道，"只要把刀固定在某个地方，然后自己后退刺进去不就行了？这年头，连身中 11 刀都可能是自杀，这种程度的伪装又有何难？"

"小文，不要信口开河。"罗半夏对杜文姜半吊子的态度有些恼怒，“火车的厕所里面没有什么可凭借的物体，究竟要在哪儿固定刀子？况且，假如真有那样的固定装置，死者在中刀后也不容易轻易销毁痕迹吧？”

“半夏说得正是。”吴卓这句话几乎有点火上浇油了。

“吴卓，关于死者的身份，你知道些什么吗？你好像认识他？”

吴卓挠着自己的头皮，说：“谈不上认识，就是一块坐在一个六人座里面。他们是三女两男的组合，好像是回家探亲的大学生。死者叫肖林，挺沉默的。另外几个我跟他们有过交谈，感觉……他们之间好像有点什么……就是那种很微妙的关系。你可以亲自问问他们。”

“你怀疑，凶手会在他们中间？”

“这我可不敢说。在密室之谜没有解开之前，说什么都是没用的。”

黑衣男的再现

离家出走的那一刻，高珊妮就暗暗对自己说：“要走出属于自己的人生路。”对于十八九岁的她而言，走人生路的第一要务便是找到那个自幼便爱慕着的人。

——可是，万万没想到，事情会演变成这样的局面。

杀人、密室、恐慌、没完没了的侦讯。她生平第一次面对这样的局面，如同长在温室里的花朵初次暴露在狂风暴雨之下，被折腾得花残柳败。

“我，我醒来的时候，他们几个都不见了。吴，吴卓老师跟我打了个招呼，就去上厕所了。”高珊妮把她当时的所见所闻一五一十地描述了一遍。

杜文姜细细地整理道：“也就是说，大致的时间顺序是这样的：吴卓先去上厕所，接着回来找乘务员，之后关芝芷回到座位上，自称去上厕所了；然后，乘务员回来找铁锤，接着李孟回到座位，自称去抽烟了；再后来，乘务员砸破厕所门发现了尸体。”

“是，是的。”

“你一直坐在座位上，没有离开过吗？”罗半夏的眼神中透露出犀利。

“没有，我没有起来过。”高珊妮低垂着眼帘，不敢看罗半夏。

“你们是一起结伴回家的同学吧？之前，跟死者肖林有没有过什么瓜葛？”

“我，我跟他们……不是一起的。”高珊妮的声音有点发怯，“我是自己一个人。”

“一个人？”罗半夏有些疑惑，“你是回家过年吗？”

脸色苍白的女孩摇头，否认。

“那你去成都做什么？”

“不做什么。就是想坐这趟列车。”她的声音越发地低了。

——铁路运力那么紧张的春节期间，竟然优哉游哉地坐火车玩？罗半夏觉得这是无论如何都站不住脚的辩解。

“高珊妮，请你配合一点！”罗警官情不自禁地提高了音量。

女孩好像被吓坏了似的，脖子往回缩，脸上露出泫然欲泣的表情：“我，我真的跟他们没有关系。我是来找人的。”

“找人？找谁啊？”

“找我。”低沉的男声在背后响起。

当罗半夏回过头去的时候，一张她决计不想在这种场合见到的脸映入眼帘。

俊美如同欧洲贵族般的面容，高大挺拔的身姿，一袭黑色的风衣，脸上是周围人都死光了一样的阴郁。

高珊妮突然跳了起来，完全像变了个人似的扑到男子身上，又叫又跳："威汀哥哥，威汀哥哥，总算找到你了，总算找到你了！"

男子的脸色并没有缓和，依然是一副拒人千里的冰冷语气："原来是你，真是胡闹！"

"小夏，你怎么了？有点魂不守舍……"杜文姜抬手在罗半夏的眼前晃动了几下。

——罗半夏觉得好晕眩，像被什么东西紧紧包裹着一般，无法突围，无法透气。

为什么茂威汀会出现在这里？自从这个可疑的家伙住进了隔壁的居室，罗半夏便一直处于高度警惕的状态。身份不明、职业不明、甚至连性取向都不明的男子，着实像一团谜一般的黑影，极度妨碍了她正常的生活。

只要一见到他，浑身仿佛就会出现那种被阴影笼罩的恶寒之感，黏稠沉重，摆脱不了。

"呵。"罗半夏深深叹了口气，努力驱赶掉发自体内的恶寒，"没事，继续问吧。"

坐在他们面前的是拥有萝莉般长相的女大学生关芝芷。

"我跟周正元结伴去上厕所……之后，我就先回来了，不知道对面的厕所发生了那么可怕的事。"

"有人能证明你上完厕所后立刻就回来了吗？"

"嗯，有的。躺在第三排过道上的大叔被我绊醒了，我还跟他道歉了半天呢。"

——这似乎并不是非常确凿的证据。时间点过于模糊，难以一一确认。

“你们这些人中间，有没有跟肖林结过怨的？”杜文姜问。

“结怨？警官，你该不会认为凶手在我们中间吧？”关芝芷细声细气地说，“这不可能，这绝不可能。”

“根据吴卓和高珊妮的供词，你跟肖林似乎是男女朋友吧？”

“嗯……是的。”

“之前，你是不是也跟李孟交往过？”罗半夏问。

“我……是的，李孟是我的前男友。”

“这么说来，李孟有杀死肖林的动机咯？”

关芝芷慌乱地抬起头，水汪汪的眼睛里流露出委屈的神情：“不，不可能的。李孟不会这样做的。”

“不过，你跟肖林似乎相处得也并不好。”杜文姜不咸不淡地说，“如果你想回到李孟身边的话，肖林对你来说就是一个妨碍。”

“什，什么？你们还怀疑我？”关芝芷的音调骤然升高，变成了恐怖的颤音。

“别激动。我们怀疑所有可能犯案的人。”罗半夏尽量从语气上安抚她的情绪，“据你所知，周正元跟肖林之间有什么恩怨吗？”

“正元她……”关芝芷硕大的眼珠来回摆动，似乎在踌躇着什么，“她是肖林的前女友。”

“四角恋！要不要这么复杂啊？”杜文姜嘀咕着，斜眼盯着罗半夏美丽的侧脸。

“小文，你有没有觉得，这桩案子几乎让人无从下手。”

——不，不仅是无从下手，而且有一种扭曲的违和感。封闭的行进中的火车，运载着一千多名乘客……虽然说，跟肖林一起回家的这几个大学生最有嫌疑，但对于警方来说这并不能作为排除其他人嫌疑的理由。换句话说，乘坐这列火车的每一名乘客都可能是杀害肖林的嫌疑犯。

——简直是如坠迷雾的感觉。

“还是抓紧侦讯吧。等到了下一个停靠站，做完详细的尸检再说。”杜文姜这个人的优点就是，从不会对某件事抱以太多的迷惘。

下一个侦讯对象是阳光帅哥李孟。

“大概 12 点多吧，我觉得烦得慌，就起身去车厢连接处抽根烟。芝芷跟正元都看见我了。”李孟显得很大气，说话不卑不亢。

“那时候，肖林在座位上吗？”

“不在，我们都没注意到他什么时候离开的。”

“回到座位之前，你一直在那边抽烟吗？没有顺便去趟厕所什么的？”

李孟爽朗地笑了：“警官，总不能你希望我去厕所，我就去吧！”

“有什么人能证明你一直在抽烟吗？”

“哦。”李孟的眼睛里面闪烁了一下，“不在场证明是吗？很抱歉，那个点大家都睡了。我记得是有一两个大叔在旁边来着，不过他们肯定也不记得我了。”

——总算露出点破绽了。

杜文姜情不自禁地挺直了腰背，说：“有人证明，肖林被害之前，你跟他发生过口角？原因是为了你的前女友关芝芷。”

“哪有吵架那么夸张！”李孟以一个更为夸张的表情回应道，“不过是随口争执了两句，这在朋友之间是再平常不过的事了。”

“李孟，我们认为你是有动机的。”罗半夏平静的语气反而增强了攻击力。

“动机？为了夺回旧爱？”李孟咧开嘴，露出灿烂的笑容，“美女警官，你认为我这样的男人，需要吊死在一棵树上吗？我跟芝芷之间早已是云淡风轻。我劝你们还是别往这条死胡同里钻了。”

半路杀出的劫匪

“跟肖林同行的三名大学生都有杀害他的嫌疑，另外那个高珊妮……虽然看起来跟他们不认识，但身份十分存疑。”罗半夏没有说出口的是，只要跟茂威汀有关的人物，都应该列为可疑人物一类。

列车马上就要到达下一个停靠站，罗半夏跟杜文姜正在餐车等着下一名侦讯对象周正元的到来。

“不过，最让人头疼的还是那个密室啊！就像吴卓说的，不解开密室，说什么都是没用的。”杜文姜咬着笔头。

“小文，你有没有想过，其实密室的手法本身并不是最重要的。”

“手法不重要？”

“对。”罗半夏点点头，“事实上，对于密室这种谜团来说，凶手为什么要制造出一个谜样的密室，才是关键所在吧？一般来说，杀人后迅速消灭证据逃离现场才是上策，而刻意用纷繁复杂的方法制造一个不可能犯罪的密室，这其中必然有不得不这么做的理由。”

“不得不这么做的理由……”

“嗯，或者是，因为种种意料之外的巧合而不期然造成的密室。”罗半夏又说。

“你的意思是，有可能密室的形成根本在凶手的预料之外？”杜文姜反复咀嚼着这句话的意思。

突然，他瞪大了眼睛，仿佛获得了神明附体一般，大叫道：“小夏，也许我知道是怎么回事了！”

这时，周正元正好走到他们跟前，短短的头发映衬出英气十足的脸庞，笑道："警官，你们已经查出凶手了吗？"

杜文姜瞟了她一眼，说："呵呵，说曹操，曹操就到。"

"曹操？"周正元瞪着眼睛，一脸茫然。

"正是。从侦查学的角度看，很多时候案件的第一发现人，往往就是凶手本人。"杜文姜笑眯眯地说。

"警官，你是在怀疑我吗？"周正元像被踩到了尾巴，脸上笑容顿失。

杜文姜不置可否，继续说："其实，密室的手法很简单。厕所的那扇门处于从里面锁死并且卡死的状态，这是绝对无法在外面完成的动作。换句话说，能够完成这个密室的就只有待在里面的那个人——死者本人。"

"死者自己把门卡死吗？"罗半夏眨巴了两下动人的眼睛，"那应该是在遭到凶手伏击之后吧？"

"Bingo！凶手捅了肖林肚子一刀，又在他背上刺了一刀，以为他必死无疑。可是，肖林却还留着一口气，挣扎着去锁上了厕所的门。"

听到这里，周正元不可思议地笑了："这不合理吧？肖林为什么要帮助凶手去制造一个密室的假象呢？"

"为了情。"杜文姜幽幽地说，"如果凶手是肖林认识的人，甚至是有过深刻感情的人，那么在他临死之前，或许会想保护那个凶手……是不是这样？肖林的前女友——周正元同学。"

"啊，这……完全是臆断。"周正元脸颊抽搐着，"如果我是凶手，为什么还要傻乎乎地站在那里等着尸体被发现呢？不是应该逃得越远越好吗？不是应该去搞个不在场证明什么的吗？"

"这也是你的谋略之一啊！"杜文姜说，"我猜想，在你杀害肖林之后，听到肖林在厕所里面自己上了锁。于是，你计上心来，摇身变身成为密室的第一发现人，排除掉自己身上的嫌疑。”

“简直是冤枉人。警官，照你这个逻辑，任何人都能被咬成是凶手。”周正元急得直跺脚，“美女警官，你要主持公道！至少，你们也得拿出证据来。”

——似是而非的推理。听起来颇有道理，可是……总觉得缺少一些琢磨。

罗半夏没有吱声。

“证据很简单。只要下了火车，请鉴证人员采集车厢内的指纹，就能知道厕所门锁上是否留着死者的指纹。”杜文姜得意满满地说，“当然，周同学你只是嫌犯之一，死者也同样可能是为了保护他的现女友或者好朋友……小夏，你觉得怎么样？”

罗半夏用牙齿轻轻地咬住了嘴唇。

——真的就只是这样而已吗？密室的手法是——死者自行制造的密室？

火车离下一个停靠站还剩下不到10公里的距离。罗半夏把几名嫌疑人集中到餐车这里，等待当地刑警前来支援。

几名大学生的脸色都很差，有的伏在桌上睡觉，有的低头摆弄着手机，还有的则对着窗外发呆。而餐车的一角，高珊妮正紧紧地挨着茂威汀，兴高采烈地在诉说着什么。看得出来，他们之间的关系应该非比寻常。

就在罗半夏苦苦思索着案情的当口，列车的广播突然响了起来。

“列车长和全体乘客注意，这辆列车已经被我们劫持。请立刻与站台调度联系，让列车不停站地一直向前开。车上乘客不允许下车。”

罗半夏"噌"地跳了起来。

——劫持列车？开什么惊天大玩笑！

"重申，列车上已经装满重型炸药，如果不照我们的话做，所有乘客将一起上天堂。"

"小夏，这到底怎么回事？"杜文姜生平也是头一次遇到这样的危急时刻。

"马上跟列车长联络。"罗半夏起身甩动风衣，如脱兔般轻盈地向火车头奔去。

"列车的播音室在卧铺车厢那头，现在应该是没有人在里面的才对。"年逾50的列车长一边抹着额头的汗珠，一边焦急地说，"警官，怎么办？难道车上真的被装了炸弹？"

——凶杀案尚未告破，又来一桩劫持列车案，真是屋漏偏逢连夜雨。

罗半夏沉思片刻，说："现在还搞不清歹徒的目的。我们一会儿先去播音室那边查探一下，看看歹徒到底有多少人，能不能立刻制服。"

"可是，列车马上就要到站了，歹徒要求不停站地往前开。我们到底该怎么办？如果不跟调度联系，随意地往前开，可是要出追尾事故的。"

"赶快联系吧。暂时先听从歹徒的要求，尽量避免造成不必要的伤亡。"罗半夏冷静地说，"请你派一名乘务员带我们去播音室。"

停不下的列车

在罗半夏的建议下，列车长迅速做出部署，让所有乘务员分散到各节车厢安抚旅客的情绪，并承诺一定会保障他们的安全。而罗半夏和杜文姜则跟在一名年轻女乘务员的身后，急匆匆地挤过狭窄的过道，往位于卧铺车厢的播音室走去。

突然，列车猛烈震动了一下，仿佛处于波涛之中，被猛力地往左推了一把。刹那间，罗半夏差点以为列车要出轨了。

回过神来时，杜文姜紧紧地扒在她的胳膊上，吓得浑身哆嗦。

“小文、大少爷，拜托你有点出息。”罗半夏没好气地斥道。

“我，我只是怕……怕你摔倒，所以才扶住你嘛！”杜文姜惊魂未定地强词夺理道。

“喂，列车长，刚才发生了什么事？”罗半夏没有理睬他，已经拨通了列车长的手机，“什么？餐车发生小型爆炸！”

“小夏，到底怎么回事？”杜文姜也意识到了事态的严重。

看来，这群歹徒不是闹着玩儿的，他们已经先声夺人，来了一个赤裸裸的下马威。

“我们的行动被发现了，不能再靠近播音室。歹徒要求疏散播音室附近的所有乘客。”罗半夏凝重地说。

“该死。简直像看穿了我们的行动一样。”

“当务之急是要尽快跟歹徒展开对话，看看他们的目的到底何在。”

列车已经驶过最近的停靠站，快速向下一站驶去。离到达下一站的时间大约是一个小时。

“列车长和全体乘客，现在提出我们的要求，一千万现金，请在一个小时内准备齐全。”列车广播再次发出声音。“我们要在下一停靠站拿到钱。”

“一千万？”罗半夏倒吸一口冷气。她刚刚跟总部取得联络，火车沿途停靠站的刑警已经全部待命，等火车上的他们作出判断就可以马上采取行动。可是，到底该怎么行动才能不伤及人质，才能不引发玉石俱焚的大爆炸？

“给他们吧！满足歹徒的要求，咱们就安全了。”高珊妮小声嘀咕道。

“是啊，先答应下来，要不然下一次不知道炸哪里了。”因刚才的爆炸而黑头土脸的李孟悻悻地说。

餐车车厢里，靠近吧台的地方一片狼藉，歹徒将一枚小型炸弹安装在了吧台下面。好在炸药的量并不大，爆炸未造成人员伤亡。

“茂威汀，你觉得应该怎么做？”罗半夏突然问道。

黑衣男子阴沉着脸，一副事不关己的样子。

“你认识歹徒吧？劫持列车的是你的同伙，对不对？”罗半夏继续咄咄逼人道。

“你这女人，为什么总喜欢把事情扯到我身上？”男人口吻淡淡的，好像冰川融化的水一般没有气息。

“美女警官，威汀哥哥不是坏人。”高珊妮如护犊般地挡在茂威汀面前，“他是因为我才上这趟列车的，跟劫持犯没有关系。”

——因为你……你们又是什么关系？罗半夏愈发觉得可疑。

“先别管这些了，警官，保护我们这些人质的安全才是当务之急吧？”周正元竖着眉毛说，“快点答应歹徒的要求啦！”

由于没有其他的广播设备，列车长只得拿着扩音器向播音室喊话：“里面的人听着，我们已与地面车站取得联系，他们正在准备一千万现金，火车到站后就会给你们，请保持冷静！”

罗半夏感到彻底的完败。

调查杀人案件，却遭遇铜墙铁壁般的密室，无处着手；火车被劫持，发生爆炸，又不得不向凶恶的歹徒低头。这种挫败的感觉，对她来说还是第一次。原来，警察竟有这么无用的时候，离开了科学的鉴证，离开了尸体解剖，离开了人手齐全的队伍，她简直是孤掌难鸣。

罗半夏郁闷地坐在餐车里，仿佛剩下的唯一事情就是等待时间的流逝，到达下一停靠站后再做打算。她已经同下一站的刑警大队联络过，对方正在部署交钱的时候逮捕歹徒的方案，可是那样做的成功概率能有多大呢？

——“不能坐以待毙。”脑海中响起一个男人低沉的声音，冥冥之中她意识到那正是父亲曾经对她说过的话。回忆如撕碎的纸片，纷纷扬扬地向她扑来，可是却都是片段式的，并不完整。她想起父亲曾经讲过一起幼童劫持案。

“小夏，你要知道，有的劫持案背后……”

那个时候，父亲脸上浮现着慈爱而睿智的光芒，他笑着说的到底是一句什么话呢？抢劫案的背后到底有什么呢？

“小夏，你快过来管管，这个记者要破坏案发现场呢！”杜文姜的叫声打断了她的思绪。

厕所门口，新闻记者吴卓正拿着一根丝线在那里摆弄着。

“吴卓，你在做什么？”罗半夏问。

吴卓做了个少安毋躁的手势，继续把丝线穿过厕所的门锁，然后系到里面洗漱台的水龙头上。

“你这是破坏现场！”杜文姜上前试图阻止。

“警官，看清楚了，对面那个厕所才是现场。我正在研究密室之谜呢。”吴卓不耐烦地说，“反正现在火车也被劫持了，咱们哪儿都去不了，不如集中精力把这起凶杀案给告破了。”

“一个新闻记者不远千里，不辞辛苦，跨行来破案，这是多么伟大的精神病啊！”杜文姜讽刺道，“不过可惜的是，我早就已经破解了密室之谜。真相很简单，是死者为了保护凶手而自行从里面上的锁。”

“呵呵，半夏也是这么想的吗？”吴卓对这个说法似乎毫无感觉，完全置之不理。“你想得太简单了。门锁是从里面卡死的，而不是简单的锁死。你觉得肖林临死前还有多余精力去设计筹谋，故意把门锁给卡死吗？”

“嗯，或许他就是……”杜文姜哆嗦着，“他就是比别人多个心眼呢。”

“呵呵，就算如此，也不可能。”吴卓笑道，“肖林的死状是脑袋磕在粪坑里面。但凡他临死前还有一丝意识，至少也该找个舒服尊贵的姿势待着吧？”

杜文姜被问得哑口，鼻翼呼呼地翕张着。

“吴卓，你有什么高见？”罗半夏及时打圆场，拯救了下属的溃败。

“谈不上高见，不过我正在试验。”吴卓挥了挥手中的丝线说，“这世上但凡密室，第一个该考虑的是心因性因素，比如是不是看错了？是不是误会造成的密室？但在这起案件中显然不是，因为我跟周正元两人素不相识，互为铁证。那么，我自然就考虑第二个密室制造法——机械密室。因为日本动画片《名侦探柯南》的热播，很多杀人犯都学会了几招，像用钓鱼线从门外上锁之类的方法更是屡见不鲜。我给你们演示一下。”

说完，吴卓把丝线从厕所门缝里引出来，然后轻轻关上门。

“看好咯！”他笑道，用力一拉，只听见咔嚓一声。

门锁自里面锁上了。

针尖对锋芒

吴卓得意地笑笑："看来，试验成功了。半夏，我想这大概就是凶手使的小伎俩吧！"

罗半夏上前拉动厕所的门，果然是纹丝不动。

"你是怎么做到的？"

"说出来不值一钱。"吴卓道，"厕所的门锁是通过转动使得金属片锁芯够到锁眼，只要用丝线拉动金属片让它插到锁眼里面就可以了。"

"哼，那你又怎么解释门锁被卡死这件事呢？"杜文姜不甘心地问道。

吴卓胸有成竹地说："在金属片锁芯上再系一根丝线，跟厕所内的某处相连接，而丝线的长度正好等于锁芯跟那一处之间的距离。一旦锁芯插入锁眼，丝线便绷直，达到了极限。从外面自然就无法拧动锁芯了。"

吴卓的推理让在场的人都怔住了。

——似乎非常完美。没有任何破绽。可是，完美得有点过了头吧？

罗半夏正想要说什么，突然身旁挤过一个黑色的身影，径直走到厕所的门旁。冷峻的脸上划过一丝嘲讽的笑意，抢过旁边乘务员手中的钥匙，插入锁孔使劲地一拧。

只听见"嘣"的一声，好像什么细细的东西断了。

然后厕所门被打开了。

"瞧瞧，瞧瞧！"杜文姜从来没有像此时此刻那么喜爱茂威汀这个冷酷男，他为他带来了奇迹，为他在心爱的女人面前挽回了颜面。“什么能把门锁卡死？稍微用点力，丝线就断了，真是可笑！”

吴卓却不疾不徐地答道：“我用的只是普通的棉线，牢度当然不足。但如果是具有一定硬度的钓鱼线或者金属丝的话……”

“恐怕也不行吧。”黑衣男子声音低沉得好像能将人带入地狱，“门打开之后，第一发现者肯定能看到那些丝线，如何处理？”

“是啊，第一发现者好像是你本人吧？这么说来，你很可疑哦！”杜文姜跳窜得像个小丑。

罗半夏很是看不过眼，自己的下属竟然跟一个身份不明的可疑分子沆瀣一气。

“第一发现者……”吴卓仿佛已经被逼到了墙角，回头望向周正元，“或许，这位姓周的同学正是抹去丝线痕迹的凶嫌。”

周正元的脸色由红转白，继而变成铁青色：“拜托，吴老师，你怎么能血口喷人呢？当时，你和那个乘务员都在场，我哪有机会去毁灭证据。况且，如果我能做得到，你和那位乘务员也同样做得到。”

——真是混乱啊！罗半夏觉得有些头疼，事情好像演变成难以收拾的局面了。不论从哪个角度来看，此时此刻的争论都有一点像是……无谓的内耗。

这时，茂威汀在厕所的门板上轻轻敲了下，低声说：“所以，这只是理论上的诡计，不符合案发现场的真实情形。”

“那密室到底是如何做成的？”吴卓不甘心地嘀咕着。“解不开这个谜团，说什么都是枉然。”

“事实上，我有个想法。”罗半夏终于开口道。

“能够证明案发现场是个密室的，其实只有三个人。不，确切地说，只有两个人。一个是用钥匙开锁，却打不开的乘务员小金；另一个是曾经拿小金的钥匙也尝试过开门的吴卓。”

“半夏，你这是什么意思？”吴卓的内心升腾起不好的预感。

“用最简单的方式去想，如果你们两个串通好，是同谋的话，那么就算站在你们身边的周正元也发现不了这一切。”罗半夏平静地说，“只要你们装作门锁被卡住了，死活打不开。然后，小金去取来小锤子砸坏门锁，就什么也发现不了。”

——现场一片沉默。所有人都在静静地吸收消化着这句话的意思，却又都被这其中复杂奥妙的逻辑所困惑。

吴卓苦笑了一下，说：“半夏，咱们认识多久了？你竟然怀疑我！”

罗半夏眼神锐利，面色平静地说：“不好意思，吴卓，你知道我在办案的时候，是六亲不认的。就算你是我的亲人，我也是这么说。”

“呵呵，有意思。那你就继续说来听听。”吴卓负气地说道。

“支持这个论点最有利的一项事实，就是为什么乘务员小金在发现门锁卡住后，不是去找人帮忙，而是擅自找了一把锤子，砸坏了门锁。”罗半夏说，“按照常理，他这个级别的员工应该没有做出这种判断的权限吧？”

“嗯，有道理。擅自砸门锁应该算得上毁坏公共财物吧？”杜文姜附和道。

“简直让人百口莫辩！”吴卓气愤地冷哼道。

“我，我能为自己解释一下吗？”身后传来一个孱弱的声音，是乘务员小金。大概是听说这边又发生了事情，所以跑过来看看情况。

“自从发生了动车追尾事故，我们铁路部门对安全的考虑已经提到了不能再高的程度。现在正值春运期间，我们领导反复强调必须把旅客的安全放在第一位，绝不能放过任何可能出差错的小地方。”小金虽然看起来胆小，说的话却句句入理，“我一听说有旅客可能被锁在厕所里面昏倒或者病倒，就紧张得不得了。本来是想去找人帮忙，可是乘务员都分散在各节车厢，过道又挤满了人，我好怕耽误时间会出事。所以，所以我才……”

“看看，多实诚的孩子。”吴卓悻悻地说。

“那时候，正好看见某个地方有把锤子，我就拿来用了。”小金老实地说，“我跟这位记者同志真的没有串通，我们从前都不认识，而且那扇门确实是被卡死了，我这才紧张起来的。”

——虽然同样没有确凿的证据，但不知为何，这孩子的一番话却有种让人信服的力量。

“半夏，我劝你还是放弃我跟小金串通这条思路吧。”吴卓的眼睛里面神采奕奕，“我可以明确地告诉你，这是条走不通的死胡同。”

罗半夏叹了口气，用手揉了揉额头。

——可是，除此之外，关于密室还会有别的解答吗？

就在众人一筹莫展之际，头顶的广播再次响了起来。

“列车长和全体乘客，我们刚得知这趟列车发生了凶杀案。现在提出我们的第二个要求，将那具倒霉的尸体扔到列车外面，相信全体乘客都跟我们一样，不愿意跟死人待在一趟列车里。给你们五分钟时间考虑。”

话刚落音，整列火车都沸腾喧哗起来。凶杀案的消息对普通旅客是封锁的，只有少部分相关人员知道。现在，歹徒将这个消息公布之后，自然引起了轩然大波。

“该死！小文，快去通知列车长，马上派乘务员安抚旅客情绪。”

罗半夏气急败坏地叫道，“这下麻烦大了，我得马上请示总部。”

“哈哈哈……哈哈哈哈……”

身后传来一个狂放的男人的笑声，渐渐逼近，越来越响亮。

“都什么时候了！你还有心情笑？”罗半夏对着茂威汀怒目而视。

“哼，所有的要素都齐备。好戏终于可以开场了。”茂威汀不羁地望着她。

焦灼的真相

“什么意思？”罗半夏逼近黑衣男子，“难道这一切都是你一手策划的？”

茂威汀邪魅的眼神淡淡地投向她，迷人的微笑如蛊惑般浮现在脸颊。

“你果然不是好人……”罗半夏咬牙切齿地扑上去，猛力抓住他的一双手，将手扳到身后想要制服他。

茂威汀只是笑着，任凭她使出浑身本事，却岿然不动。末了，他轻轻转动身体，轻易便从她的束缚中挣脱，同时一旋身，便已神不知鬼不觉站到了她的身后，双手擒住了她纤细的腰肢。

“生气了？我最讨厌凶恶的女人了。”

罗半夏这才发现自己完全处于劣势，被他紧紧抓在怀里，动弹不得。

“你到底想怎么样？劫持警察可是罪大恶极。”

“茂威汀，快放开小夏。”杜文姜已经着急忙慌地拔出了手枪，“否则，休怪我不客气。”

“小文，先别管我了。快去跟总部联络，请示如何解决那些歹徒提出的要求。”罗半夏焦急地说，“只有五分钟，如果不想出合适的对策，歹徒就会炸火车了。”

“放心，列车上根本没有炸药。”茂威汀轻描淡写地吐出了这么一句，同时双手轻轻一推，将罗半夏放开了。

“什么？”罗半夏回过头来瞪着黑衣男子，“你的意思是，你的那些劫匪同伙是在骗人，根本没有装炸弹，是不是？”

茂威汀露出玩世不恭的笑，说：“拜托，能不能别把我跟他们混为一谈？怎么说，咱们也有同居之谊，给点信任嘛！”

——同居。罗半夏脸红了。杜文姜更是如外星生物一般地望着她。

“威汀哥哥，到底是怎么回事？”高珊妮好奇地问。

“这还不明显吗？醉翁之意不在酒，这帮所谓的歹徒，劫持火车的目的根本不在于金钱……”

“目的不在于金钱。”有什么东西如闪电般穿透了罗半夏的大脑。

“小夏，你要知道，有的劫持案并不是为了金钱，背后往往另有不为人知的目的。”父亲的声音在脑海中响起。

在那一刻，茂威汀的样子跟已故的父亲重叠了。罗半夏有种热泪盈眶的冲动。

“不为了金钱，那是为了什么？”杜文姜反问道。

“很简单，他们想要得到的是那具尸体。”黑衣男子仿佛连声音都变成了罗半夏父亲的。

“得到尸体？这又是从何说起？”吴卓觉得越发茫然。

茂威汀双手交叉在胸前，像看一群笨蛋一样地望着他们，说：“凶杀案跟劫持案根本就是一回事，如果把它们当成截然不同的两件事来看，恐怕到明年也破不了案。”

——父亲的影像终于消失了。茂威汀再一次变回那个令人厌恶的男人。

罗半夏如同得到解脱般地说道："一回事？你的意思是，劫持犯跟杀害肖林的是同一个或者同一伙人？可是，为什么他们杀了人之后，还要劫持火车呢？如果是为了逃跑……那样真的能跑掉吗？"

茂威汀脸上的笑意更浓，带着深深的嘲讽："笨警察，这都不明白。我刚才不是说了，歹徒的真正目的是为了得到那具尸体，那才是货真价实的好东西。"

"我还真就不明白了。尸体能有什么价值？难道那还是具外星人尸体不成？"杜文姜没好气地说。

"珊妮，你来跟他们说说，当这位新闻记者提到《樱的圈套》这本小说时，发生了什么？"

高珊妮有点激动地说："嗯，当时……他们变得很奇怪，气氛很微妙……"

"那位记者，《樱的圈套》里面讲到过一个案子，你还记得吗？"

突然被点名，吴卓慌乱地答道："你是指哪一个？"

"黑社会的那段过去……"

"啊！是不是指贩毒的那一桩？"吴卓叫道，眼睛瞪得大大的。他已经明白了。

"就是那一桩。"茂威汀眯着眼睛笑道，"尸体里面可是能藏好东西的。比如价值连城的——海洛因。"

"毒品！肖林是个贩毒分子？"罗半夏瞪大了那双迷人的大眼睛，同时目光向另外几个大学生瞟去。

这时，吴卓补充道："没错，把毒品装进避孕套里面，然后吞下肚子，最多可以装几十个呢。这是最近一种非常常见的贩毒方式。"

"所以，根本就没有什么劫持火车的罪犯。只不过是肖林的同伙不想让他的尸体落入警方之手，所以假装有人劫持了火车，并唆使你们将尸体扔掉。”茂威汀不厌其烦地说道，“一旦尸体扔到了窗外，就会有他们的同伙去收尸。而火车到达下一站后，劫持火车的歹徒也会销声匿迹，留下一头雾水的警察罢了。”

“而肖林的那几位同伙，也将丝毫不受到怀疑，安然无恙地离开了。”罗半夏狠狠地盯着李孟他们。

“可是，威汀哥哥，你是怎么猜到，肖林的尸体里面可能藏了海洛因的呢？”高珊妮问道。

茂威汀摸了摸小姑娘的脑袋，说：“很简单。肖林的尸体有肺水肿的现象，这是海洛因急性中毒的症状。也就是说，当同伙发现他时，他已经因中毒身亡了。

“而他身上被前后插了两刀，腹部的那一刀，恐怕是他的同伙下意识地想要剖开他的肚子取出毒品而刺的。但是，如果在火车上开膛剖腹，尸体被发现之后恐怕很难顺利脱身，而凶手也难以顺利将毒品带离火车。所以，当凶手冷静下来之后，又连忙在他背部刺了一刀，用来掩饰肖林的死因和他们真正的目的。我没说错吧？这位阳光帅哥！”

李孟被问得一个激灵，结巴道：“什，什么嘛！怎么就怀疑到我头上了，我跟肖林的死没有关系，跟贩毒什么的就更扯不上边了。吴老师，你来做证啊！当时发现肖林的时候，不是一个密室吗？我要怎么进去，又怎么出来呢？”

——没错，还有密室这招最后的撒手锏。只要这道防线不被撕破，凶手仍然是安全的。

吴卓一时之间也哑口无言了。至今为止，他们已经提出了四种解答——死者自杀说；死者自行上锁说；丝线制造的机械密室说；吴卓和乘务员小金合谋说。可是，没有一种解答真正能够回答现实的状况。

罗半夏把目光望向茂威汀。不知道为何，此时此刻，她竟然将所有的希望寄托在这个身份不明的邪恶男子身上。作为警察的羞耻心让她感到绝望，但对于真相的渴求却不断鼓励着她应该这么做。

茂威汀的目光从她美丽的脸庞上轻轻掠过，露出一抹淡淡而勾人的笑意："想让我告诉你吗？小妮子。其实，这是个伪密室，一个先入为主、阴差阳错的伪密室罢了。"

"伪密室？"

"对，因为在这位记者朋友跟乘务员同志努力开锁的时候，这厕所的门锁根本就没有被卡死。"

"不可能。当时我们都费尽了吃奶的力气，门锁确实是打不开。"吴卓不服气地叫嚣道，他觉得茂威汀是在质疑自己的力量和逻辑。

"门锁打不开，难道只有卡死这一种解释吗？"茂威汀不疾不徐地说，"假如厕所里面有人使劲地扳住锁芯呢？"

——厕所里有人？扳住了锁芯？

"茂威汀，你的意思是，死者自己扳住了锁芯？"杜文姜迷惑地问。

"死者都已经死了，怎么还能干这么费力的事情？扳住锁芯的当然是凶手本人了。"茂威汀平静的口吻，好像他只是在菜市场买两棵白菜。

"凶手本人。也就是说，当时凶手就在厕所里面，跟尸体待在一起？"罗半夏惊叫了一声。

"别这么激动。除此之外，还有别的可能吗？"

"这不对啊！如果凶手在厕所里面，他又是如何逃脱出来的呢？"吴卓问道。

“所以，我才说这是个伪密室。你们带着先入为主的偏见，认定门锁已经从里面卡死，把全部的注意力都放在了开锁之前，却忽略了小金去拿锤子的那段时间……”

——拿锤子的时间？当时，吴卓跟周正元两个人都在厕所门外守着。

“等一下！”吴卓突然叫道。“当时，我跟周正元轮流上了一次厕所！如果周正元也是帮凶的话，对面厕所里的凶手完全可以趁我上厕所的时间逃出来！”

茂威汀耸了耸肩，说：“就是这么简单了！”

所有人的目光都聚集到了那三个大学生身上。

三个贩毒犯、三个杀人犯——这样的头衔跟豆蔻年华的大学生们实在很不相称。

“这下我全明白了。”高珊妮接过茂威汀的话茬，如总结发言似的说道，“关芝芷就是在案发现场对面上厕所的女生，她所扮演的角色是占用住对面的厕所，不让吴老师方便。等到吴老师过来找乘务员的时候，她的任务就完成了，所以回到了座位上。而跟死者一起躲在厕所里的是李孟，他是真正的实施犯，当乘务员小金过来找锤子的时候，他就得以从厕所里脱身，回到了自己的座位。”

茂威汀赞许地点点头，说：“周正元的角色最为关键，她负责在现场推动情节的发展，引导每个人的行动。比如，让乘务员小金着急担心，唆使他使用锤子砸坏门锁；同时，也提醒吴卓及时去对面上厕所。”

“那么，那把锤子也是他们故意放在小金能看到的地方的吧？”吴卓说，“果然是缜密，我都被他们给骗过去了。”

“哼，可恶！”说时迟那时快，李孟突然一个箭步冲到高珊妮旁边，右手制住她的行动，左手拿着一把尖刀抵住了她的喉咙。“听着，马上准备汽车，我们要在下一站安然离开。否则，这个女的就没命了！”

高珊妮吓得花容失色，尖叫声如冲天般凄厉：“威汀哥哥，救命啊！”

尾声

“夏姐，菜够吃了，不用再做啦！”

餐桌旁，一个青春靓丽的美少女正对着一个阴沉冷峻的男人，有一搭没一搭地聊着天吃着饭。

堂堂刑警大队副队长罗半夏警官却系着围裙，在厨房里面掌着大勺，为那一对上辈子的冤家做饭。自从父亲去世之后，她已经很久没有那么大张旗鼓地做菜了，虽然厨艺不知道下降没有，心境却明显有所不同。

为了报答茂威汀解决了那次春运列车的大危机，同时又挺身而出救了高珊妮，罗半夏不得不屈尊请他们吃饭。其实，与其说是茂威汀救了高珊妮，不如说是救了罗半夏自己。

当时，罗半夏义愤填膺，个人英雄主义的情结涌上来，偷偷溜到李孟的侧后方，想要来个突然袭击。谁知，她的行动早就被李孟看在眼里，手中的尖刀一甩，那刀子如子弹般直直地向她飞去，想要躲避已经来不及了。罗半夏闭上眼睛，心想难道今天就要折在这里了吗？

等到她睁开眼睛，却发现眼前有一只男人的手臂，上面插了一把尖刀，汩汩地流着鲜血。黑色的衣服是如此熟悉，男人的脸上没有任何表情，连一声痛都没有叫过。

万万没有想到，竟然是茂威汀救了她。在千钧一发的刹那，伸出自己的手臂，为她挡住了那一刀。

——她的心情五味杂陈。有感激，有感动，有惊讶，更有说不清的疑惑。

那样一个自私自利、形迹可疑的男人，为什么会出手救她？

事后，杜文姜还满腹狐疑地问她：“小夏，你真的在跟那个男人同居吗？”

“怎么可能？他只是我的邻居而已。”

——虽然这么说，但是他们租住的房子其实是被房东隔断的。很多时候，他们需要共用同一个客厅和厨房。茂威汀所说的同居，大概是指这个意思吧。

“那他怎么会舍身救你呢？老实说，我本来也想冲上去替你挨那一刀的，结果却没有他快，真是悔死我了。”杜文姜的脸上果然露出了十二万分的悔意。

但是最终，这个疑问还是被束之高阁，不了了之。

而高珊妮竟然住到了隔壁茂威汀的家里，并且觍着脸要求吃罗半夏做的饭。

“威汀哥哥，我还有一点不明白。如果那几个大学生就是火车劫持犯的话，他们一直跟我们在餐车里面，怎么能通过列车播音室广播呢？”

“用用脑子，现在通讯这么发达……”茂威汀正夹起一块红烧肉要吃。这与他一贯的冷酷男形象十分不符。

“哦，你的意思是，他们可以放一个手机在播音室里面，然后再开着扩音器咯！”高珊妮眨巴了两下眼睛，“可是，那样的话，他们也得当着我们的面给那个手机讲话才行啊！”

“别忘了，有的手机具有朗读短信的功能。”短短的一句话就解决了问题。

“哦。我真的好笨哦！”高珊妮怯怯地笑道。

这时，罗半夏正好端着三鲜汤出来，也忍不住发问道：“那么，那场爆炸是怎么弄的呢？他们不可能一上车就带着炸药吧？安检也通不过呀！”

“餐车上有明火，可以做饭的。”仍然是惜字如金，不愿意多加解释。

“你的意思是，他们引爆了小型煤气罐之类的？”

“嗯，有可能哦。”高珊妮天真地附和道。

但是，冷酷男却并没有回答，只顾自己吃着菜。

罗半夏有点无处发泄，只得调侃道：“话说回来，你们两个是什么关系？住在一起不太好吧？”

——罗半夏是个观念保守的女子。

“我是威汀哥哥的心上人。”高珊妮用手挽住茂威汀的胳膊，“我们呀，早就私订终身，总有一天要结婚的。”

“别听她胡说。”茂威汀头也不抬地说，“一会儿会有人来接你。”

“不行，我不要去！威汀哥哥，我好不容易出来找你，我不要回去。”

“别胡闹。”

“我不要嘛！威汀哥哥，我知道你在找什么，我对你会有用处的，求求你留下我，好不好？”

“我不需要你。”

“威汀哥哥……”高珊妮已经哭得泣不成声。

半地下的小酒吧里。

个头矮小的汤川坐在吧台上，一边端着酒杯，一边嘲笑道：“真够狠的。把那么个痴心的小姑娘送回去。留着她也是一个很好的筹码啊。”

“我不需要这种筹码。”茂威汀冰冷地说，“你还没把我耍够吗？牧笛子的车票根本就是你给她的，对不对？”

“哎呀，小姑娘哭着求我，非要见你。我能怎么办啊？”

“一次不忠，百次不用。你我的交易，就此作罢。”茂威汀起身就要离开。

“别……别走啊！我可没耍你。”汤川叫道，“你以为，那几个大学生都是吃素的吗？想想，他们的毒品会是从哪来的？”

“组织从来不沾毒品这种东西。”

“组织里面也出现了异类。有人觉得组织过于古板，所以私底下做一些其他的生意。”

“你有新的情报？”

汤川低头咂了一口龙舌兰，说：“你想想，几个大学生哪来的渠道和能力贩毒？除非他们背后有更强大的人物……”

“是谁？”

“比如说，他们的导师。”

“导师？”

“具体是谁你自己去查吧，这应该难不倒你。”汤川笑眯眯地说，“我要说的只有一句，从叛徒那里，通常总是能刺探到更多的内情。”

茂威汀的脸沉浸在昏暗灯光的阴影里，眯起眼睛，露出了凶狠的表情。

毒曲奇饼干杀人事件

上午 9 点 20 分，如碎金般的阳光慷慨地洒进 × 大医学院的药学实验室。

首席科学家沈家勤教授一边换上实验用的白大褂，一边对助手萧丹说："我想过了，Split VI 号的结果还是不可靠。我想暂时搁置。"

"可是教授，那边一直在催要结果。而且，这毕竟是我们三年多的心血啊！"萧丹皱了皱眉，欲言又止。

"那边我会去交代。"沈家勤语气不快地说，"科学研究又不是做买卖，怎可以斤斤计较？"

"可是，在小白鼠身上的实验结果也很理想。教授，我不明白……"

沈家勤静静地看了他一眼，严肃地说："小萧，看问题不能太单纯。我总感觉 Split VI 号会是个大麻烦。"

"哦……"萧丹不得不暂时放下心中的疑惑，"那我把剩下的试剂存放起来？"

"嗯，一定要保管好，绝不能流出去。"沈家勤说着，一手拿起试管，开始埋头于新的工作。

就在这时，令人惊恐的事情发生了。

最先传入耳朵的是一声玻璃被打碎的巨响。“哗啦啦……”沈家勤只感觉两耳仿佛被灌满了碎玻璃渣子。

他转过头，只见一支锋利的箭直愣愣地插在了靠窗的办公桌上。

萧丹闻声跑来，顿时惊呆了：“教授，这，这是……”

沈家勤的血压陡然升高，瞳孔微缩，望着那冰冷的箭头上所折射出的尖锐光芒，深深陷入了茫然和恐惧。

毒箭从窗外而来

眼前的俊男美女正在热烈地交谈着，一副旁若无人的样子。

杜文姜只觉得妒火中烧，喉咙口仿佛被炭火炙烤着，燥渴不已。那个看起来流里流气、说话吊儿郎当的家伙，曾经还是“俄罗斯手枪杀人案件”中的嫌疑犯呢。此时此刻，居然跟罗半夏肩并着肩，脑袋凑着脑袋地说话——这世道也未免太不公了吧。

“你看，那支毒箭就是从这个窗户飞射进来的，力度很大，贯穿了玻璃窗。”被杜文姜恶毒诅咒着却浑然不觉的简三郎，正兴致勃勃地向罗半夏警官介绍着案情。

“当时是什么时间？”一身火红色风衣的美女警官迎着窗户站立，身姿被阳光勾勒出美丽的轮廓。

“呃……具体的我就不知道了。Peter，你过来跟警官说说情况。”简三郎招手示意。

一个大学生模样的男青年走了过来。简三郎介绍道：“美女，这就是沈家勤教授的独生子沈琪，是他坚持要报案的。Peter，你来说吧！”

沈琪长得眉清目秀，从近处看，是属于“乖乖仔”一类的男生。

他客气地欠了欠身，说：“一早就听三郎说过罗警官，谢谢你们特地跑这一趟。具体的情况我也是听父亲的助手萧丹说的。今天早上9点多，父亲照常来实验室上班，正在跟萧师兄一起配试剂的时候，就听见一声巨响，窗玻璃碎了一地。然后，他们就发现，有一支箭从窗外飞射进来，直直地插在了办公桌上。”

说完，他指了指窗户底下的办公桌。假如当时沈家勤教授正坐在桌前办公的话，很可能躲不过这支箭的袭击。

“箭？真是古老的武器。”杜文姜的语气中带着些许挖苦。

罗半夏也低声呢喃：“是啊，若要置人于死命，箭这种凶器未免也……”

“的确。我父亲也觉得很奇怪，还以为是谁在搞恶作剧。”沈琪说，“可是，萧师兄无意中发现箭头上似乎涂了东西，检验之后才发现那竟然是乌头——一种剧毒。”

“也就是说，只要被箭射中，不论是不是要害部位，都会中毒身亡。”简三郎在一旁解说道。

这时，杜文姜认为轮到自己出场的时机到了，装模作样地走到窗前，略显夸张地嚷道：“可是，这箭究竟是从什么地方射来的呢？这栋理科楼对着大草坪，周围毫无遮拦，放箭者不会就傻乎乎地站在草坪上瞄准吧？况且，实验室在二楼，要从下往上瞄准，也是很困难的……”

说完，杜文姜望着一屋子人脸上的惊诧，得意地仰起了头。

“小文说的……有道理。”罗半夏破天荒地赞同了他的看法。“可是，如此说来，这毒箭究竟是从何而来呢？”

“假如当时在这实验室里的人，自己打破窗玻璃，然后把箭插入办公桌里面——是不是更加合理呢？”杜文姜继续口无遮拦地推理着。

“什么？你是说我父亲自己把毒箭插进办公桌的？”沈琪不觉恼火起来，“我们吃饱了撑的吗？”

杜文姜淡淡一笑，说：“你父亲不是自己都不主张报警吗？否则，你也不会通过那个公子哥儿私下里找到我们了。”

罗半夏细细回忆，整件事确实有些蹊跷。简三郎神神秘秘地来找她，希望她以个人的身份到 × 大医学院查看个案子，又说当事人不希望把事情闹大，请她千万保密。

“Peter，沈教授在哪里？我们能不能跟他谈一谈？”罗半夏对沈琪说道。

“我就在这里。”沈家勤教授高大挺拔的身材出现在实验室里，声音洪亮地说，“你们刚才的分析推理，我都听到了。不过，我想澄清一点，这支箭绝不是我或者助手插进桌子里去的。你们仔细观察就可以发现，箭头射入很深，不是普通的手劲可以办到的。”

“可是……”杜文姜还想争辩些什么，却被罗半夏的目光阻止了。

“嗯，沈教授，您说得合理。”罗半夏笑眯眯地说。“那么，您对这起毒箭事件有什么看法呢？”

“我想，大概是恶作剧吧。”沈家勤脸上掠过一丝阴霾。

——明显口不对心的答案。罗半夏从他的眼神中看到了竭力压抑的惶恐。

“如果是恶作剧，也不至于要在箭头上涂毒。沈教授，您能不能仔细回想一下，平时工作和生活中有没有与人结怨？”

“教授德高望重，素来待人亲切，在学院里的人缘极好，有口皆碑。”站在一旁的助手萧丹插话道。

“是啊，我父亲两袖清风，在名利上也不喜欢争抢，只是埋头做自己的学问，根本不可能与人结怨。”沈琪也帮腔道。

“那么，会不会有其他的个人恩怨？”罗半夏瞪着眼睛，无辜地问道。“或者是家庭矛盾？”

——没有人回答。在场的人都默默地低下了头，气氛陡然变得凝重起来。

“没有，都没有。罗警官，你们请回吧。”沈教授低沉地说，“如果有需要，我们会报警的。”

“沈教授，既然我们来了，还是要把这些证物都带回去化验一下，也要对现场进行拍照。”罗半夏说。

“随你们的便。”沈教授明显有些不耐烦了，挥了挥手，“萧丹，去把今天要配制的试剂拿出来，我们继续做实验。”

毒饼干的牺牲者

两天后，罗半夏和杜文姜再次造访了 × 大医学院的药学实验室。

这一次，实验室里热闹非凡。刚进门，就听见一个女人娇滴滴的声音：“你爸都多少天没回家了。我看，准是这儿藏着个小情人呢。”

说话的女人坐在沙发上，穿着一件金色裹身连衣裙，半笑不笑地盯着实验操作台的方向。她的身边是沈琪，紧锁着眉头，满腹心事。

“沈教授，打扰了。”罗半夏微微鞠了个躬，“我们是来汇报一下关于毒箭那桩案件的鉴证结果。”

沈家勤站在实验操作台旁，转过头来，有些勉强地笑了笑：“哦，好的。你们先在沙发上坐一下。”他的手往沙发上指了指，又像想起了什么似的，说：“对了，给你们介绍一下，这位是我的太太张北雁。我的儿子沈琪，你们上次已经见过了。”

罗半夏和杜文姜跟沈太太和沈琪打了个招呼，有些尴尬地坐下。

“沈教授，经过我们警局鉴证科的分析，上次的那支毒箭，不论是从角度还是从力度来看，都不可能是徒手插入办公桌内的，应该还是从外部射入的。”罗半夏说，“所以……很抱歉，上次胡乱推测了。”

“呵呵，没事没事。”沈家勤微微一笑，似乎并不放在心上。“你们也是对工作认真负责嘛。”

杜文姜在一旁偷偷做了个鬼脸。

“关于射出毒箭的人，您有什么头绪吗？”

沈家勤放下手头的工作，坐到他们对面的单人沙发上，说：“没有。或许，真的只是个意外吧。”

“爸，我觉得这事还是应该重视。”沈琪发话道，“会不会是因为您正在负责的那个项目……”

“跟那个没关系！”沈家勤矢口否认道。

“那上次那个女人呢？”张北雁语调悠然地说，“那个穿得很暴露，戴着墨镜的女人。她是来做什么的？”

“什，什么女人？”沈家勤的脸上掠过一丝不安。“别胡说。”

这时，实验室的门铃响了起来。萧丹走过去接起对讲机：“快递？我们没有买东西啊。好吧，你先送上来。”

不出一分钟，一个戴着小红帽的男青年端着一个四四方方的盒子出现在了大家面前。“您好，请查收。已经付过款了。”

萧丹将信将疑地签字收下这个盒子，转过头问道：“教授，这是您的快递？”

沈家勤摇了摇头，说：“我没有买过东西。打开看看是什么吧？”

包装被打开，露出一个蓝色的饼干盒——是一盒丹麦黄油曲奇饼干。上面还有一张小卡片，寥寥写着几行字：

尊敬的沈教授，感谢您对我的论文所提的修改意见，最近已经被

一家英文期刊接收了。送上曲奇饼干一盒，聊表谢意。回国后再登门致谢！

落款是：蒋小婕。

沈家勤脸上露出宽慰的笑容，向众人解释道："哦，这是我的一个研究生，正在英国交流学习。最近发表了一篇致幻剂方面的论文，我之前也给她提过一些意见。"

"蒋小婕？哦……就是那个眼睛大大的，整天围着你转的小姑娘吧？"张北雁把盒子拿过来敲了敲，酸溜溜地说，"她可真是有心，居然知道你最爱吃丹麦曲奇，还大老远地寄一盒过来。"

"你又多心了。"沈家勤没好气地瞟了她一眼，轻声嘀咕道。"来，正好罗警官他们也在，不如把饼干盒拆了，正好当作下午茶。"

"哈，那实在太感谢了。"罗半夏不好意思地点点头。虽然平日里外表威风凛凛，内心却也是个爱吃甜食的小姑娘。

"好，那我去给大家倒咖啡。"萧丹说着转身往实验台那边走去。不一会儿，他便端着一个咖啡盘出来，殷勤地递到每个人面前，请大家自取。罗半夏注意到，沈家勤教授似乎一直愁容不展，对着最后两杯咖啡踌躇了半天，抓起一杯又放下，好像有满腹的心事。

"教授，现在把饼干打开吗？"萧丹笑眯眯地说。

沈家勤正若有所思地望着咖啡杯里褐色的液体，心思似乎飘到了九霄云外。听到萧丹这样说，他才回过神来，说："好吧，你把盒子拆了。"

萧丹放下手中的咖啡杯，拆掉了那盒丹麦曲奇的外包装，顺手把包装纸扔在茶几上。然后，把盒盖打开，递到沈家勤面前："请教授先品尝吧。"

沈家勤伸手从饼干盒里拣了一块曲奇，说："你们大家随意。"

正当沈教授心不在焉地咬下一口饼干的时候，萧丹似乎有些迫不及待地夹起一块，塞进了嘴里。"老实说，我最喜欢丹麦的曲奇饼了，之前跟教授去北欧的时候，尝到当地人现烤的饼干，那叫一个美味！"

沈琪把饼干盒拿过去，递到罗半夏和杜文姜面前，请他们也自取。罗半夏稍微客气了一番，正要伸手去挑饼干，突然听到一声痛苦的闷叫。抬头望去，只见萧丹的脸色发白，右手扶在脖子上面，似乎被什么东西缠住了喘不过气，嗓子里面发出不连贯的呜咽声。

"怎么了？萧丹……"沈家勤放下手中那半块饼干，冲过去抓住萧丹的身体，用手轻拍他的后背，"不会是噎住了吧？"

——显然不是噎住了。因为，萧丹的脸色很快变成青紫色，嘴角渗出鲜血来，眼珠也翻出了白。

"糟了！"杜文姜这才反应过来，"饼干恐怕有毒！快，快叫救护车！"

"有毒？怎么可能？"沈家勤惊得眼珠都要爆出来，"我也吃了那个饼干啊！怎，怎么办？"

沈琪手中的饼干盒"哗啦"一下掉在地上，圆形的饼干滚了一地。

"教，教授……"萧丹瘫在沈家勤的身上，眼神中似乎还有话要说。他仿佛是用尽了最后的力气，终于吐出了几个字："试，试剂……"

——最终，萧丹还是没有能够等到救护车赶来。

寄送饼干之人

"死因是乌头中毒，在死者胃部检测到了混合着毒物的饼干，初步判断应该是中毒的原因。”法医张成龙说道。

“我们已经搜集完了现场散落的所有饼干碎片，包括沈家勤教授吃剩的那半块。目前看来，沈教授吃的那一块饼干里并没有毒物，现场发现了零星沾有毒物的饼干渣子，估计那盒饼干中有一部分被下了毒。”鉴证科的美女卢杏儿接过话茬道。

——一部分饼干被下了毒？这算是什么下毒手法？

罗半夏感到极度懊恼，如此猖狂的犯罪竟然在她眼皮子底下发生，简直是奇耻大辱。况且，当时所发生的一切实在奇怪极了。每一个环节，每一个步骤，仿佛都事先经人算计好了，就等着他们懵懵懂懂地踏入陷阱。

“张法医，您见过的毒杀案件也有很多起了。您有没有觉得，眼前的这桩案子有点奇怪？”罗半夏问法医张成龙。

张成龙眯着眼睛，说：“呵呵，确实。毒杀是一种古老的杀人方法，简便易行，又不易被人察觉。但是它有一个致命的缺点，就是容易误伤。下毒的人往往无法估计到实际可能会发生的情景，比如所下之毒被其他人误服，或者毒物污染到了别的食物……”

“是啊。一大盒饼干里面，单单只对其中一部分下毒，这究竟是想毒死谁呢？”罗半夏眉头微蹙。

“小夏，你未免把事情想复杂了。其实，结合上下文的背景，不难得出正确的结论哪！”这时，杜文姜做完了那边的侦讯，边走过来边说道。

“什么上下文？”

“你想，我们是因什么而来的？”杜文姜走到她身边，趁机挨着她的肩膀说。

罗半夏眼睛一转：“你是说，这起案子跟前几日的毒箭事件有关？”

“不可能没有关系啊！”杜文姜轻轻笑道，“用的都是同一种毒——乌头，而对付的也是同一个人——沈家勤教授。”

罗半夏眉毛一挑：“你的意思是，凶手真正想杀害的是沈家勤？”

“当然。”杜文姜说，“今天正好是个特殊情况，凑巧沈教授的夫人、儿子还有咱们都在，所以沈教授才提议请大家分享这一盒学生寄来的饼干。但假如是平时呢？沈家勤教授自个儿收到了这样一盒饼干，贸然拆开吃了，不就正中了凶手的下怀？”

“可是，即便是平时，助手萧丹也是在的啊！他也有可能吃到饼干……”

“这可不一定。一般来说，别人送给教授的东西，未经教授许可，萧丹是不敢轻易去碰的。”杜文姜煞有介事地分析道，“而且沈教授的妻子张北雁说过，丹麦曲奇是沈教授最喜欢的饼干，我想他未必会愿意把饼干分给助手。所以，从总体概率来说，误杀到其他人的可能性还是很低的。”

——听起来似乎有几分道理。可是，杜文姜的推理总跟他平日里换的一件又一件名牌衬衣一样，表面上好看，实际却缺少点内涵。

罗半夏撸了下前额的刘海，说：“照你的推断，下毒之人岂不就是那个寄送饼干的蒋小婕了？”

“她显然是第一嫌疑人。我已经请警局通过大使馆联络英国警方了，必要的话先把她控制起来。”

“你动作倒挺快。”罗半夏似笑非笑地说着，眼神却被实验操作台的方向吸引了。

——那边的窗帘后面似乎有人，一个黑色的身影。该不会是……

“不过，我倒觉得那个饼干盒有些奇怪。”鉴证科女警卢杏儿插话道。

“怎么说？”罗半夏的注意力再次被拉回来。

“这种丹麦黄油曲奇，目前在国内也有销售，但是作为进口食品，外包装上一般都会贴上白色的中文说明标签。”卢杏儿用手指了指那盒丹麦曲奇，淡淡一笑道，“刚才我检查铁盒包装的时候，发现盒身的表面有一些黏黏的黑道，似乎是标签被撕去的痕迹。”

“你的意思是，这盒饼干不是从国外寄来，而是在国内买的？”罗半夏惊道。

“我只是觉得，有这个可能！”卢杏儿眨巴两下眼睛，“或许，去查一下生产批次号，就能真相大白了吧？”

“可是，为什么呢？我越发搞不懂了。”罗半夏瞪着一双美丽的眼睛，“难道蒋小婕在国内买好了一盒丹麦曲奇饼干，带到英国，再寄回来吗？”

“怎么可能？没必要这样大费周章吧！”杜文姜失声笑道。

“杏儿，拜托你跟进一下这盒饼干的情况，我需要知道它从出厂之后所经历的全部环节。”罗半夏咬着嘴唇说。

“哇，又给我派这种impossible mission[①]！”卢杏儿是警局鉴证科最能干的女警，年纪轻轻便已经能够独当一面。同时，她还是罗半夏从大学时代开始的密友。

罗半夏微微一笑，神情稍稍有些放松，但背后突然再次升腾起一股寒意。她飞快地转过身，实验操作台方向一个人也没有，却留下了有什么人经过的气息。她三步并作两步地往操作台走去，只见这里零散地摆放着各种化学实验器皿，试管、烧杯、量瓶，以及闻所未闻的一些精密仪器……再往里，有一个类似小厨房似的台子，是沈家勤和

① 不可能的任务，出自电影《谍中谍》。

萧丹平时煮咖啡和泡面的地方。

“咖啡……”罗半夏喃喃自语，脑海中划过一道闪光，“是的，在场的人除了饼干，还都喝了咖啡。杏儿……”

卢杏儿胸有成竹地笑道：“放心吧，罗警官。刚才，我们已经对现场所有人喝的咖啡进行了检验，暂时没有发现毒物。不过下一步，鉴证科会进行地毯式检查的。”

“我就知道，没有人比你更可靠。”

“咳咳！”杜文姜在一旁都快看不下去了。

毒物的藏身之处

“不不，不可能。蒋小婕怎么会寄毒饼干来害我？”沈家勤连连摇头，对于警方的初步推论强烈不满。

“根据我们查到的邮包记录和出入境记录，蒋小婕 14 天之前从英国伦敦寄出的这盒丹麦曲奇，而三天前她已经回到北京。”杜文姜摆了摆手里的资料，“换句话说，她或许是嫌毒饼干寄得太慢，所以两天前才亲自动手，向您的实验室射出了毒箭。”

“什么？她回来了？”沈家勤难掩惊讶之色。

“没错，而且还畏罪潜逃了。目前，我们正在拘捕她。”

“怎么会这样？”沈家勤面色难看，“她为什么要这样做？而且，如此明目张胆地给我寄毒饼干，难道她就不怕立刻被揪出来吗？”

“关于她的犯罪心理，容我们日后慢慢讨论。我们今天来，主要是想向您咨询一下犯罪的动机。”杜文姜说，“沈教授，她跟您有什么过节吗？”

沈家勤茫茫然地抬起头，有些不知所云地望着杜文姜，说：“她，她只是我的研究生，怎么可能有过节……”

这时，一直在旁边不说话的罗半夏开口道："教授，上次您的夫人张北雁似乎提到过，蒋小婕经常在您的身边，围着您转？"

"这……我带她的时间是比较多一点。"

"你们不会有什么暧昧关系吧？"杜文姜阴阳怪气地问。

沈家勤一脸正气地斥责道："胡说，这不过是我妻子胡乱的猜测，她总是唯恐天下不乱。"

"可是，根据我们在学院里的调查，似乎您和您的妻子关系不好，正在闹离婚呢。"杜文姜继续落井下石道，"据说，理由是您在外面有第三者。"

"这完全是无中生有的猜测！张北雁这个女人最近是越来越不可理喻了，竟然到处去散播这种谣言。"沈家勤的眉头挤成了"川"字。

这时，罗半夏在一旁打圆场道："沈教授，会不会是蒋小婕暗中爱慕您，却得不到，所以做出了不理智的事情？"

"呵呵，她一个年轻美貌、前途无量的女孩子，犯得着为我这个半只脚踏进棺材里的老头子涉险吗？"沈家勤没好气地说，"况且，她若真是爱慕我，也应该是嫉恨张北雁才对，又为什么要来害我呢？"

——这话不无道理。但是，情感纠纷往往不是道理可以解释的。罗半夏犹疑了片刻，转换话题道："我想，等我们找到蒋小婕，很多事情都会清楚的。对了，沈教授，上次您爱人提到的一位穿着暴露、戴着墨镜的女人，她又是谁呢？"

罗半夏注意到，在提到那个女人的刹那，沈家勤的脸颊肌肉猛烈抽搐了一下，瞳孔中反射出恐惧的光。但随后，他镇静自若地答道："什么女人？那是张北雁给我安的莫须有罪名，她就是急着跟我离婚分财产。她的私生活混乱不堪……你们去调查一下便知了。"

“你们警方不是已经锁定嫌疑犯了吗？还找我们问来问去做什么？”张北雁穿这件黑色蕾丝无袖衫，跷着二郎腿坐在侦讯室里。

“不好意思，张女士。”罗半夏目光炯炯地盯着她，语气坚决地说，“根据我们的调查，您跟丈夫沈家勤的关系非常糟糕，正在闹离婚，是吗？”

“那是他的过错，他跟那个小狐狸精——就是嫌疑犯蒋小婕暧昧不清，我实在难以忍受，才提出离婚的。”张北雁恼怒地说。

“是的，在离婚案中，过错方肯定只能分到很少的财产。”罗半夏幽幽地说。

“我又不是为了分财产，我就是想尽快摆脱这个朝三暮四的男人罢了。”听出了罗半夏话中的暗示，张北雁连忙分辩了一句。

“你确实想尽快摆脱丈夫，不过理由恐怕并非如你所说的那么简单吧。”罗半夏说，“我们调查到有一位叫作陈俊顺的男人，跟你有非常密切的来往。”

张北雁的眼中明显掠过一丝慌张，语气也少了之前的镇定：“不，这事跟俊顺有什么关系？你们不要胡乱拉郎配！”

“哈哈，张女士，你的算盘打得可真好。这位陈俊顺可是个小开[①]，年纪轻轻便拥有了一间规模不小的物流企业。只不过，他最近好像资金周转困难，正面临被吞并的风险。”杜文姜不咸不淡地笑道，“而恰恰那么巧的是，你两周前正好给丈夫沈家勤购买了一份巨额的人身意外伤害保险……”

张北雁的额头已经布满了细密的汗珠，鼻翼微微扇着，似乎有些呼吸困难。“我说警官，你们不要妄加揣测好不好？那份保险，是沈家勤让我给他买的。”

---

① 上海话，指富二代。

“是吗？不过，保险公司那里可只有你一个人的签字记录哦！”杜文姜很善于痛打落水狗，“怎么样？现在可以把你的预谋通通告诉我们了吗？”

“不，不是你们想的那样。”张北雁一脸的百口莫辩。沉默了许久，她像是冷静了下来，突然抬头问道：“警官，你们说我下毒害沈家勤，有什么证据吗？当时，你们俩可都在现场看着——从饼干被送来，到拆开包装，到沈家勤挑选饼干，我可是连一点饼干渣子都没有沾到过。试问，我要怎么给饼干下毒？”

罗半夏和杜文姜面面相觑，似乎早就在等这句话。罗半夏把一份鉴证报告扔到她面前，说：“很不幸，张女士。你的阴谋已经被拆穿了。而且，正因为你没有碰过那盒饼干，才更说明你就是真凶。”

杜文姜指了指报告上的一行字，补充道：“瞧，鉴证科在饼干的包装胶带上检测到了毒物。也就是说，毒并没有被直接下在饼干里，而是沾在了胶带上。因为萧丹自告奋勇拆开了包装，所以才在手上沾染了毒物，从而侵染了里面的曲奇饼干。而沈教授是在萧丹之前挑选的饼干，所以他吃的那块是无毒的……”

“没错。我记得您当时曾经拿过饼干盒瞧了瞧，毒应该就是那时候下的吧？而你自己手上肯定也沾染了毒物，所以才自始至终都没有碰过盒子里的那些饼干。”罗半夏说，“只可惜，你失算了一步，你满心以为沈家勤会亲自拆开包装请大家吃，却没想到萧丹过分殷勤，多此一举，白白断送了自己的性命。”

“你，你们……”张北雁直愣愣地瞪着眼前的一对男女，觉得他们简直像来自地狱的恶魔，要将她瞬间生吞活剥了一般。

蒋小婕的踪迹

“张北雁还是不肯招认？”卢杏儿拍着罗半夏的肩膀，调侃道。

“我真不明白，她那么坚持自己无罪的理由是什么？难道她认为自己还可能翻案吗？”罗半夏伏在桌子上，没精打采地说。

“或许……她真的是无辜的呢？”

罗半夏直起身子，瞪着卢杏儿：“什么意思？你有新料？”

“小夏，你不觉得这件案子处理得有些操之过急了吗？”卢杏儿眨巴着一双丹凤眼，“我觉得，认定张北雁是凶手，还有很多疑点。”

“愿闻其详。”

“诚然，在包装胶带上下毒，可以较好地解释为什么中毒的是萧丹而不是沈家勤。可是，你有没有想过，这种下毒的方法本质上却相当笨拙，因为除了萧丹，现场的其他人也可能去拆那个包装，比如张北雁的儿子沈琪……你不觉得，这种犯案手法的风险很大吗？”

“或许，张北雁事先想好了对策。比如，可以当场用其他理由阻止沈琪去拆包装。”罗半夏咬着嘴唇说道。

“如果有那种对策，她当时为什么不用呢？难道她跟萧丹也有仇，眼睁睁地看着他送死？”卢杏儿又将一军。

“这……”罗半夏语塞，“可是，包装胶带上有毒，是千真万确的。而碰过外包装的人，不外乎萧丹、沈家勤和张北雁啊……”

“小夏，你别忘了。包装胶带上的毒不一定是在包装被打开之前沾上的，也可能是有人的手沾到了毒之后，又碰到了包装纸造成的。”

“事后？你是说……”罗半夏的大脑火速转动，“可能是有人的手碰到了毒饼干，之后又用手去扔包装纸，使得包装胶带上也沾了毒……”

“没错。你还记不记得当时的情景，比如萧丹是不是在取了饼干之后，又碰过那些包装纸？”

罗半夏仔细地回忆着，萧丹把包装拆开之后，就随手扔在了茶几上。然后，她的心思就在那盒饼干上面了，再后来现场变得无比混乱，谁还会去关注那些废弃的包装纸？

“杏儿，你们是在哪里发现的那些有毒的包装纸？”

“哪里？当然是垃圾桶里了。”卢杏儿不解地答道。“就是沙发旁的那个呀。”

——那些包装纸明明一开始是散乱在茶几上的，究竟什么时候，被什么人扔到了垃圾桶里呢？难道会是萧丹吗？他在用手抓了有毒的饼干之后，又顺手扔掉了包装纸？

罗半夏觉得迷惘起来，原本看似完美的推理，开始出现了一角缺漏，慢慢放大……

“天之痕”高级会所，位于城郊的一个高档社区。

“小文，你确定蒋小婕会在这里出现？”罗半夏一边问，一边不停地把那条露到大腿的迷你短裙往下拉扯。

杜文姜的眼睛自始至终就没有从美女警官修长白皙的大腿上移开过。听到罗半夏的问话，这才回过神来，答道：“当然，我查到她经常在一个科学网络社区出没，今晚是他们社区一年一度的大聚会，她肯定会现身的。”

“那我为什么非要做这种打扮？”一贯衣着严肃的罗半夏对于小清新的吊带衫和迷你裙实在忍无可忍。

“嘿，今天的主题是大学时代嘛！你这个样子，比较容易被人搭讪，也好打听点情况。”

果然不出杜文姜所料，没过多久就有人找上了罗半夏。这是一个肥头大耳的中年猥琐男，眯着一双色眼，阴森森地对罗半夏说：“小姑娘，没见过你啊！哪个学校的？”

“嗯，我是刚加入的。”罗半夏不好发作，只得顺从地答道，“在科学院工作。”

“哦，我是埃里森生物物理所的，我叫马基。”中年男利落地伸出手来，“你在网上叫什么名字？”

“安妮。”罗半夏胡乱诌了一个，立刻直奔主题，“对了，你认识一个叫蒋小婕的女孩吗？她是 × 大医学院的研究生。”

“蒋小婕，这是真名吧？”马基笑道，“这儿没人认得出真名。不过，前一阵我倒是接触过一个 × 大医学院的研究生，不知道跟你说的是不是同一个人。”

“她是不是去英国交流学习过一段时间？”

“啊，那就没错了，我想大概就是这个小姑娘。”

罗半夏顿时瞪圆了眼珠，真是踏破铁鞋无觅处，得来全不费功夫。“您知道她今晚会过来吗？现在在哪里？”

可是，胖子马基摇了摇头，说：“我只跟她聊过几次，不熟。你找她做什么？”

“我……我是她的朋友，好久联系不到她了。”

“呵呵，是吗？”马基脸上露出怪异的笑容，“我劝你还是别找她了，她可能会有点麻烦。”

“麻烦？为什么？”罗半夏愈发不解了。

马基沉默了片刻，突然凑近罗半夏的耳朵，用极低的声音说道：“她给我看过她正在做的一个研究计划，非常前沿，非常尖端。但是，充满了疯狂……”

“疯狂？”

“是的，疯狂。”马基再次重复道，“哦，上天，但愿我没有见到过那个研究计划。这是任何一个科学家都无法抗拒的诱惑，但也是一条会令人走向毁灭的道路……”

罗半夏正想再深入地问个究竟，突然听到了杜文姜的叫声。

“站住，别跑！蒋小婕！”声音是从男厕所那头传来的。

罗半夏迈开穿着迷你裙的两条长腿，如饿虎扑食一般地飞奔而去。男厕所的门口，杜文姜被打翻在地，痛苦呻吟。而里面窗户旁，一名身穿黑衣的男子正欲带着一个娇小的豹纹装女子跃窗逃跑。

“砰——”罗半夏毫不犹豫地拔出了手枪，朝天放出了一粒震慑人心的子弹。随即大喝一声：“不许动！”

黑衣男人转过身来，在昏暗的厕所灯光下，露出一张半明半暗的俊脸。

是他！罗半夏顿时觉得心脏都要跃出胸腔——那是一张她永远也无法忘记的脸，那是一个她平生最痛恨的男人——她的室友兼宿敌，茂威汀。

“你在做什么？放开那个女孩！”罗半夏大声呵斥道。

这时，杜文姜在身后费力地说：“那个女孩，就，就是蒋小婕。”

饼干盒的秘密

“我真的什么都不知道。那盒饼干是我在英国买的，原封不动地寄给了沈教授，怎么可能被下毒？”眼前的娇小女孩就是蒋小婕，长着一双大大的眼睛，忽闪忽闪的显得十分活泼。

“那么，你回国后为什么一直躲避警方的追捕？”罗半夏问道。

“拜托，任何人沾上了杀人这种嫌疑，当然会害怕嘛！”蒋小婕嘟嚷着说，“再说了，我也没有故意躲藏，是你们自己找不到而已……”

“那么你呢？为什么抓着蒋小婕逃跑？你们两个是什么关系？”罗半夏把脑袋转向茂威汀。这个男人从一进门就臭着一张脸，闷声不吭。

“不关你们的事。”茂威汀说出了他万年不变的台词。

罗半夏叹了口气，无可奈何道：“你是不是曾经在沈家勤教授的实验室出现过？你跟这桩案子到底有什么关系？”

茂威汀用眼角扫了她一眼，漠然地转过脸：“无可奉告。”

“蒋小婕，你来说，他为什么抓你？”杜文姜揉着自己腰上的瘀伤，大声呵斥道。

“我，我不认识他。”蒋小婕瞪圆了眼睛，对杜文姜说，“这个男人莫名其妙地把我抓进男厕所，让我跟着他跑……然后你们就打起来了，然后你就被打翻在地了，然后那个美女警官就进来了……”

“咳咳，后面那些话是多余的！”杜文姜颜面全无地咳嗽着。

罗半夏见问了半天，仍是毫无进展，只得转换方向：“蒋小婕，说说你跟沈教授的关系吧。根据我们在 × 大医学院的调查，你们可不是普通的师生关系。据说，你的很多篇第一作者的论文，其实都是沈教授帮你写的。”

这个话题明显戳到了蒋小婕的痛处，她一时语塞，半晌不见答话。

“你们有暧昧关系吧？”杜文姜抓住机会，落井下石道。

“哪，哪有？”蒋小婕的脸色明显沉了一下，“我跟教授是清白的，他只是指导我的论文而已。”

“不用狡辩了，连沈教授的夫人都认为你们有不正当的男女关系，我看你还是坦白交代吧。”杜文姜乐呵呵地说。

这时，罗半夏注意到茂威汀悄悄地用余光扫了蒋小婕一眼，眼神中似乎流露出了然一切的意味。可是，接下来无论罗半夏和杜文姜如何威胁恐吓，旁敲侧击，蒋小婕都一口咬定自己跟沈教授只是师生关系。

侦讯再度陷入僵局。

突然，侦讯室的门被用力推开，打扮入时的美女卢杏儿笑容迷人地倚靠在门框边上。“罗半夏，这回你该请客了。”

罗半夏站了起来，故意怒嗔道：“嚣张什么？有新料到？”

卢杏儿把一个蓝色的饼干盒扔在桌子上，说：“我费了九牛二虎之力，出卖了多少色相，才帮你查清楚这盒丹麦曲奇的来历。怎么样？今天晚上你请客。”

“废话少说，这盒饼干到底是什么来历？”

蒋小婕圆睁着一双大眼，死死地瞪着那个蓝色的饼干盒子。而茂威汀则是用冷漠的目光扫视着周围的一切，就像一头随时都会发动进攻的野兽。

卢杏儿卖了会关子，终于自己忍不住开口道：“我从生产厂家一直查到出入境检验检疫局，总算根据盒子上的生产编号条码，查到了这盒饼干的‘成长经历’。它是今年 2 月在丹麦生产的，3 月底进口到中国大陆，4 月中旬在沃尔玛大卖场上架。大概 3 天前，被人在沃尔玛买走，随后被撕掉了白色中文说明标签，并快递到了沈家勤教授的手里。”

卢杏儿滔滔不绝的解说之后，现场是一阵死一般的寂静。过了许久，蒋小婕才怯生生地问：“这，这盒饼干……不是我快递给教授的那一盒吧？”

罗半夏没好气地瞟了她一眼，说：“沈家勤教授收到的就是这一盒丹麦曲奇，上面还附带着你亲笔写的小卡片呢。”

蒋小婕的脸色都变了，连连叫道：“不可能，这不可能。我的饼干是在英国买的，怎么可能变成国内沃尔玛销售的商品。这太奇怪了！”

“别再装了，这一切再清楚不过。”杜文姜居高临下地说，“这盒饼干就是你在国内买的，伪装成从英国寄送过来。”

这时，茂威汀在一旁低声说道：“邮包是从什么地方寄送的，查一下记录就知道了。”

“是啊，我的确在英国寄出了丹麦黄油曲奇的邮包，这是有据可查的。”蒋小婕壮了壮胆。

——警方之前查过邮包记录。这盒饼干确实是从英国航运过来的。这一点没有人比罗半夏更清楚了。

“对了，我还留着购买饼干的小票呢。”蒋小婕像是突然想起来似的叫道，低头忙乱地翻找着自己的手提包。

“不用找了。你当然可以在英国买过一盒丹麦曲奇。但是，被下了毒的这一盒，却是你在国内买好带到英国去的。”杜文姜继续说，“怎么样？还是从实招来吧。”

“哼。”茂威汀冷笑道，“真好笑。你们不是说，这盒曲奇是3天前被人从国内沃尔玛买走的吗？而这个女人也是3天前回国的，她哪来的时间再把曲奇带到英国去？”

杜文姜一张白嫩的小脸憋红了，如烧透了的蹄髈，吱吱冒着热气。

“我倒是有个想法。”卢杏儿爽朗地笑道，“之前，蒋小婕确实从英国寄了一盒饼干回国。但是3天前，当她回到国内时，快递员把收件人弄错了，饼干阴差阳错地落到了她自己手里。这时，她起了歹念，在沃尔玛又重新买了一盒饼干并且下了毒，然后打电话给快递公司说送错了地址，让快递员重新把有毒的饼干递送到沈家勤教授的手上。这样合理吗？”

——听起来似乎合理。暂时没有破绽。罗半夏略微欣慰地笑了笑，说：“怎样？蒋小婕，现在可以告诉我们，你的动机了吗？是不是跟你在做的研究有关？”

“什么？”蒋小婕眼珠一瞪，露出慌张的神色，“怎么可能跟研究有关？请你们不要再问了。”

罗半夏注意到茂威汀眼中再次闪过奇怪的光芒，像是嗜血的野兽看到了受伤的小动物。突然，她的脑海中冒出一个疯狂的念头，激得她从座椅上“蹭”地跳了起来：“小文，我们必须再去找沈教授一次。我有很重要的问题要问他。”

“很重要的？”

“是，很重要很重要。必须马上问他。”

生化研究的背后

晚上10点半，×大医学院的药学实验室仍然亮着灯。一个憔悴的身影正躬着腰，站在实验操作台前，摆弄着各种化学试剂。

“不可能啊！”沈家勤教授的口中喃喃自语着，两眼对着一瓶草绿色的试剂发呆。

“沈教授，能告诉我们，您正在做的研究是什么吗？”罗半夏清亮的嗓音从身后响起。

沈家勤吃了一惊，蓦然回过头来，呆呆地望着眼前的一行人。

“教授，您是在配制那个吗？”蒋小婕站了出来，小心翼翼地问。

然而，沈家勤没有搭理她，眼神懵懵懂懂的，像是失忆了一般：“你们要做什么？我这里已经什么都没有了。”

“Peter，你之前提过，说毒箭事件有可能是因为沈教授正在负责的科研项目。”罗半夏转身问沈琪道，“那究竟是个什么研究项目？”

“罗警官，你大半夜地把我们找来，就是为了问这个吗？”沈琪有些疑惑。

“是的。想必你们都还记得吧？萧丹临死之前，曾经说过两个字——试剂。”罗半夏说，“我想，这个试剂说不定就是教授所负责的科研项目的成果吧？蒋小婕，你也知道内情，对不对？”

蒋小婕低下了头。茂威汀在一旁冷冷地看着她。

“沈教授，您还不准备向我们坦白吗？这可关涉到一条人命，或许还有你自己的性命！”罗半夏义正词严地说道。

不知道过了多久，沈家勤的眉毛才微微地颤动了一下，慢慢抬起眼睑，目光无神地望着四周，低声说：“那是一个噩梦，那简直就是一个噩梦。”

“教授……”蒋小婕低声地唤道。

“小婕，我撑不下去了，我必须说出来。”沈家勤用力咬着嘴唇，“罗警官，你们想知道的那个研究，并不是什么国家的科研项目，而是一个国际组织委托我进行的药物研究。”

“国际组织？什么样的组织？”

“这就说来话长了。”沈家勤微微眯起眼睛，陷入了久远的回忆，“5年前，我在斯德哥尔摩参加一个药物学的国际学术会议，并在大会上作了一个关于致幻剂研制的主旨发言。会后，一个叫作鲍伯的德国人来到我下榻的宾馆，自称是‘国际非成瘾性药物研究会’的干事，这个组织的简称叫作‘NAA’。他说，对我的主旨发言非常感兴趣，想不到中国大陆也有这样出色的学者，他们研究会下面有一个基金会，可以资助我进行更深入的研究。”

茂威汀一动不动地注视着沈家勤，眼神里面透露出几乎可以杀死人的凶光。

“当时，我并没有任何警觉。此前，也有一些国际组织或者基金会联系过我，他们那里会有一些研究项目，需要找人来做。我想，这个鲍伯所在的大概也是类似的组织吧。当时，我只是回答他，容我回国之后再做考虑。”沈家勤继续说，“可是没想到，我刚回到国，萧丹就告诉我说，有一笔巨款打到了我的账户上，金额为500万美元。然后，我就查收到来自鲍伯的邮件，告诉我那是第一期的款项，资助我继续开展致幻剂方面的研究。”

“等一下，爸爸。一般来说，不论是政府的科研基金，还是这种非政府组织的基金，都会对研究项目提出一定的要求或者限制吧？”沈琪发问道，“这个组织资助你的条件是什么呢？”

“没有条件。”沈家勤摊了摊手，“很奇怪吧？他们没有指定任何学术课题，只是让我继续自己的研究即可。唯一的要求是把最新的研究结果提交给他们。”

“好奇怪的组织！”杜文姜也在一旁嘀咕道。

“是啊，当时我简直觉得这是天上掉馅饼的好事，也没有深入考虑，便按照他们的要求把一些最新的研究进展抄送了一份给鲍伯。”沈家勤说，“之后，NAA又相继给我的账户上汇入了两期款项，分别是300万美元和400万美元。”

“同样是没有任何附加要求？”杜文姜问。

“是的，甚至都不要求提交研究费用的账目明细……”

沈琪仰起头，思索着：“听起来，简直就像是白送钱给爸爸您啊！”

“几乎可以这样理解吧。直到3年前，我向他们提交了一份从中草药中提取致幻剂的报告之后，鲍伯才给我发了一封email。”沈家勤的脸色凝重起来，“他说，组织对这种致幻剂的功效非常感兴趣，希望我能深入研究，并且应用于临床试验。不久之后，NAA 再次给我汇入了 1000 万美金。”

“老天爷！”沈琪用手捂住了嘴，他俨然嗅到了一丝不祥的气息。

“直到那一刻，我才突然发现自己已经深陷其中，欲罢不能了。”沈家勤神情寥落地说，“我一直接受着 NAA 的资助，没有任何委托函件，也没有任何审计监督。即便我去告诉别人，这是 NAA 无偿捐助给我的，恐怕也没有人会相信吧？我在无形之中被这个组织操控了，对他们所提的要求只能唯命是从。”

罗半夏迷惑地望着他，问：“沈教授，NAA 让你研究的致幻剂，究竟是什么呢？”

“不不，请你们不要问我这个问题。”沈家勤慌乱地说，“总之，它是一种能给人带来毁灭性幻觉的药物，在小白鼠身上的实验结果就已经让人吃惊。假如应用于人体，其效应将难以预计……”

茂威汀的眼神越发犀利了，身体前倾，双拳紧握，仿佛一发随时可以射出的子弹。

——这果然不是一起单纯的谋杀案，不仅涉及神秘的国际组织，而且还有恐怖的生物武器……罗半夏感到后背一阵发凉，半个身子都像掉进了冰窖里面。“沈教授，你的研究结果已经悉数提交给 NAA 了吗？”

“还没有。上一次的邮件里，他们要求我尽快把试剂用于人体试验。可是，在小白鼠身上的研究结果越来越异化，跟我之前的设想完全不一样，我怎么能应用于人体？所以我一直推托说试剂还不稳定，敷衍他们。”沈家勤眉头紧锁。

这时，罗半夏突然想到了一件事：“对了，之前您爱人提到的那个戴着墨镜的女人，是不是……”

沈家勤点了点头，说：“是的，她是组织的人，来对我进行口头警告。”

“如此说来，毒箭和毒饼干也是 NAA 对你的一种威胁？”杜文姜说，“而且，为了杀鸡儆猴，他们毒死了你的助手，以便恐吓你尽早交出实验结果。”

沈家勤看了他一眼，对于这种推测欲言又止。沈琪急切地叫道：“爸，您得尽快把这个研究交给国家的科研管理部门，这个神秘的 NAA 组织已经威胁到您的生命了，您不能再一个人默默地承担所有的风险。”

“生命？”沈家勤无神而又无助地抬起双眼，“生命究竟是什么呢？是可以人为操纵、随意被涂改的画板吗？”

这时，罗半夏走到蒋小婕的面前，掏出手铐铐住了她：“我想，事情已经完全弄清楚了。蒋小婕，你就是 NAA 派来潜伏在沈教授身边的卧底吧？这次的毒箭和毒饼干事件，应该都是你一手策划的好戏！”

充分不必要的解答

卢杏儿拾掇好一天的工作资料，换下古板生硬的工作服，准备下班享受属于自己的人生。刚打开办公室的门，就被一股强烈的男性气息逼退回来。

“你，你不是那个……谁吗？你来干什么？”卢杏儿圆瞪着眼睛，问道。

茂威汀的脸色像南极的冰雪一样冷，一步一步地把卢杏儿逼到办公桌旁，低声说：“我想知道一些事。”

“什么事？”卢杏儿自觉不是娇生惯养、贪生怕死之辈，可是在那种压倒性的气势下，她还是忍不住颤抖了。“跟案子有关的事，恕我无可奉告。”

“那就看你自己的选择了。”茂威汀嘴角牵动，却一丝笑意都没有，“现场的咖啡你都检查了吗？”

“呵，我当是什么呢。”卢杏儿松了口气，“咖啡里面没有下毒，这一点是早就确认了的。”

茂威汀却并不满意，低沉地说：“我指的不是杯子里面的咖啡，而是那些咖啡杯……”

卢杏儿瞪圆了双眼，心想这个男人果然犀利。之前就听罗半夏说起过，这个男人曾经协助警方破获了两起奇案，而且性格乖张，行事诡秘……

“哼，亏你想得到那些杯子。不过，恐怕要让你失望了。那些杯子上面也没有被下过毒的迹象……”卢杏儿迷人地一笑。

“呵呵，我要检验的可不仅仅是这个。”茂威汀的脸上丝毫看不出任何的动摇，仍旧是淡漠地说，“你会帮助我的，对吧？”

“怎样？蒋小婕招认了吗？”

三天后，众人再次聚集在 × 大医学院的药学实验室里。沈家勤忐忑地望着罗半夏，问出了这样一句。

罗半夏耸了耸肩，无奈地答道：“没有，她还是那套说辞，坚持说饼干是在英国买的，还拿出了购物小票和邮寄存单作为证据。”

“可是，你们不是说，她有可能是让邮包寄到国内自己的地址，调包之后再当作送错的包裹，重新快递到这里来的吗？”沈家勤有些急迫地问。

“话虽如此。但到目前为止，我们并没有找到那个包裹曾经被误送到她那里的证据。”杜文姜说，“另外……有个不幸的消息是，昨天她的律师已经把她保释出去了。”

“什么？”沈琪在一旁差点跳了起来，“那么危险的分子，你们费多大劲才逮到她，怎么能就这样把她给放了？”

“对方的律师非常大牌，而且很有手腕，我们警局根本就顶不住……”罗半夏微皱着眉，“况且，我们手头确实也没有确凿的证据。”

“沈教授，事实上，那个寄错包裹再调包的推断，细细想来，也有不尽合理之处。”杜文姜说。

“不合理？哪里不合理了？”沈家勤的妻子张北雁歪在沙发上，问道。

杜文姜笑了笑，说：“试想，假如蒋小婕有意要在曲奇饼干中下毒，她为什么不直接寄一盒有毒的饼干，却偏偏要费事，在国内另买一盒并且调包呢？”

“或许，她害怕海关检查的时候，会查出饼干有毒？”

“海关抽查邮递物品的概率本身就很低，若要特意去检查饼干的毒性，那更是微乎其微了。”杜文姜说，“好吧，就算她有不得不那样做的理由。那么，饼干寄到国内之后，她为什么不直接往这盒原装的饼干里下毒，却要到国内沃尔玛去另买一盒来调包呢？反正都是要打开外包装才能下毒的，实在没必要多此一举啊！”

罗半夏伸长了脖子，再一次觉得自己从前可能低估了杜文姜的能力。“确实，调包的理由非常牵强。而且，调包实际上反而更容易让蒋小婕自己成为嫌疑犯。”

“等一下，你们这是在为蒋小婕开脱吗？”沈琪苦笑道。

“很多时候，最像凶手的那一个，往往不是真凶。”杜文姜帅气地扬了下刘海，他以为罗半夏最吃这一套“福尔摩斯”式的推理秀了。

这时，张北雁从沙发上站了起来，神情有些癫狂，嗤笑道：“真是好笑，警察竟然在为罪犯开脱！那我倒要问问，如果蒋小婕不是凶手，那到底谁才是？”

“当时在现场的人都有嫌疑。”茂威汀冷不防地说出了这么一句。

罗半夏闻声向他所在的地方望去，只见他穿着一身黑色的衣服，脖颈处露出白色的肌肤，冷漠桀骜的样子仿佛一个来自地狱的天使。

“当时在现场的人……除了那两个警察，不就只剩我们母子了吗？”张北雁怪叫道，“难道你们还在怀疑我们母子想谋害自己的丈夫或父亲吗？”

“这并非不可能……”罗半夏刚想接过话茬，却被打断了。

“我认为，破解案情的关键还应该放在那盒被调了包的丹麦曲奇上面。”杜文姜高调地唱反调道，“如果大家觉得我刚才的推理可以接受，那么蒋小婕调包饼干的可能性应该可以被排除了，同意吗？”

“同意。”久未出声的沈家勤点头道。

“那么，问题就来了。究竟是谁调包了那盒丹麦曲奇呢？把蒋小婕从英国买的原装饼干调换成了在国内沃尔玛购买的进口商品。”

偌大的实验室里面，无人应答。杜文姜的问题如扔进湖心的石子，微微波澜之后，仍是平静如旧。

“呵呵，莫不如我把问题问得更简单一点。”杜文姜的神情越发得意，“在蒋小婕从英国寄出邮包，到沈家勤教授收到包裹，这个过程当中谁会有机会把饼干进行调包呢？”

“这怎么可能嘛！”张北雁嘀咕着，“谁能在快递物品的运输过程中调包？难道去买通送快递的小哥吗？”

“您答对了。”杜文姜笑嘻嘻地说，“事实上，在这起案子里，一直隐藏着一个尚未露面的人物。”

“尚未露面的人物？”罗半夏迷惑地望着杜文姜，“小文，拜托你别再卖关子了！”

杜文姜尴尬地吐了吐舌头，他还满心以为罗半夏最吃这一套呢。“好吧。这个人物，沈夫人最熟悉了。小夏，你还记得吧？沈夫人有一个交往密切的男性朋友，叫陈俊顺。而此人有另外一个身份——物流公司的老板。”

“什么？难道是……”罗半夏只觉得眼前一块浮云飘过，原来自己一直错失了重要的信息。

“没错，正如你所想的，蒋小婕所选择的英国快递公司，在国内的合作伙伴正是陈俊顺的物流公司。”杜文姜摆了个旗开得胜的造型。“现在，大家可以理解，那盒丹麦曲奇是如何被调包的了吧？”

张北雁原本站着的身体，颓然跌坐在沙发上。沈家勤转过脸，对她怒目而视：“北雁，想不到，想不到你竟然这样恨我……”

“不，家勤，不是这样的。”张北雁无助地望着自己的丈夫，不知道该如何为自己辩白。

隐匿的真实

“北雁，你在害怕什么？大可以把真相说出来。”一个洪亮的男性声音从门口传来。

循声望去，只见一位穿着朴素的矮个子中年男子迈着坚定的步伐走了进来。他在沈家勤面前站定，深深鞠了一躬，说：“沈教授，打扰了。我是您妻子的朋友，我叫陈俊顺。”

——真是说曹操，曹操就到。罗半夏觉得现场的状况已经演变成了一出8点档的肥皂剧。

杜文姜用眼角瞄了这个叫作陈俊顺的男人一眼，说：“既然来了，就把真相告诉大家吧。你是如何通过自己的物流公司，对那盒曲奇饼干下毒的。”

陈俊顺猛地转过身，光明正大地面对着杜文姜，两眼直勾勾地盯住他，说：“我没有下毒，请你不要造谣。”

“别扯了。你们两个不就是蓄谋毒死沈教授，骗取高额保险金，再双宿双栖吗？”杜文姜没好气地说。

陈俊顺倒是一点都不畏惧，理直气壮地说：“我的确打开过那个寄送给沈教授的邮包，还对里面的饼干盒调了包，但是我没有下毒。”

——众人一片哗然。

“没有下毒？谁信？”杜文姜冷笑道。

“你为什么要那么做？”罗半夏倒是觉得眼前的男人给人一种可信赖的印象。

“为了帮助北雁……”陈俊顺的语气里第一次有了犹豫，他偷偷瞥了张北雁一眼，终于像是下定决心似的说道，“北雁一直怀疑沈教授有外遇，跟那个女研究生暧昧不清。所以那天，当我凑巧看到那个女孩给教授寄的包裹时，就告诉了北雁。结果……”

“是的，是我让他打开那个包裹，拆开饼干盒子，看看里面到底有什么见不得人的东西！”张北雁终于咆哮了出来。

——竟然是一出妻子误查风流账的戏码。罗半夏觉得自己白白急得额头一层汗。

“那你们干吗还要调包啊？”杜文姜有些不服地嚷道。

“因为饼干盒里什么都没有，我一气之下把整盒饼干都给砸了！”张北雁懊丧地哭叫道。

不知道为什么，罗半夏突然觉得，大概不会有比这更合理的解释了吧？

“呵呵呵呵……”角落的那头传来了男人隐隐的笑声。

罗半夏的背后一凉，感到某个令人厌恶的家伙又要再次出现了。可是，为什么她会有这么奇怪的想法呢？转过头，只见茂威汀的脸上挂着不羁的笑意，一步一步向她走来。

“你笑什么？”

茂威汀仍旧把手顺势搭在她的肩膀上，倚着她窈窕的身姿，笑道：“这么多人，讨论了这么半天，还是完全不得章法啊！”

“放开你的脏手！”杜文姜怒不可遏，“你又有什么道理了？”

“你是白痴吗？一个劲地在那里推测饼干是什么时候被下毒的。难道就没有人觉得，这种无聊的下毒方法命中率太低了吗？”

“你……”杜文姜气得要上去打架，被沈琪拦住了。

“其实，他说的有道理。”沈琪细细回忆道，“那天，萧丹拆开包装后，先把盒子递给了我爸，我爸从里面随机挑选了一块来吃。之后，萧丹自己也是随便拿了一块，却当场中毒身亡。换句话说，那盒饼干里面，只有一部分曲奇饼干被下了毒——可是，凶手为什么要做这种半吊子的事呢？”

“那是因为凶手没有预料到会有那么多人一起分享这盒饼干！”杜文姜吼道。“如果沈教授独自收到那盒饼干，独自全部吃完的话，就不会有任何问题了。”

“可是，就算饼干寄到的时候只有沈教授一个人在场，但是这盒饼干总共有好几十块，很难想象有人能一次吃光吧？”茂威汀说，“如果只在一部分饼干里下毒的话，凶手就不担心在沈教授吃到有毒饼干之前，那些毒饼干就已经被用来招待客人或者被实验室的其他人拿去吃了吗？”

——原来破绽在这里。罗半夏恍然大悟，之前杜文姜的推理虽然看似有理，却总是欠缺了一点火候。是的，问题就出在这里。这盒饼干实在太大，根本不是一个人一次能吃完的，估计分好几次都未必能吃完。如此一来，凶手为什么不买一盒小一点的饼干，或者干脆在每一块饼干上都下毒呢？

“哼，那照你的说法，这饼干上的毒是哪来的？”杜文姜一副黔驴技穷的倒霉样。

“很简单，毒被下在了别处。死者的手沾到了毒，才侵染到了一部分的曲奇饼干。”茂威汀云淡风轻地说。

“你是说下在外包装上面吗？这一点我们已经考虑过了。”罗半夏说，“可是，这样做的风险也很大，任何人都可能去拆开包装盒，同样是无差别杀人啊！”

茂威汀轻佻地看了她一眼，说：“小姑娘，想法别太狭隘。你仔细回忆一下，那天你们除了曲奇饼干，还吃过什么？”

“咖啡？”罗半夏之前已经听卢杏儿说起过茂威汀调查咖啡杯的事，矢口否认道，“那不可能，我们检查过，咖啡杯上没有被下毒。况且，当时大家也都是随机从咖啡盘里挑选的杯子。”

“真的是完全随机的吗？”茂威汀凑近罗半夏的脸，那双如黑夜一般漆黑的眼睛里面，蕴藏着难以抑制的光芒，“据说沈教授可是在最后两杯咖啡中犹豫了很久……”

罗半夏回想起来了，当时沈教授显得很害怕，好像是担心有人下毒似的，抓起一杯又放下，然后挑了另外一杯。而他挑剩下的那杯就留给了端着咖啡盘的萧丹……

茂威汀望着她的表情，知道她已经猜到了事实：“怎么样？现在一切都清楚了吧？真正的毒就藏在沈家勤的手里，他在挑咖啡杯的时候，把毒涂到了萧丹的咖啡杯上面。而之后，他一直用另一只无毒的手端咖啡和拿饼干，所以他自己没有中毒。”

“可是，杏儿并没有在咖啡杯上检测到毒物……”罗半夏说。

“很简单，他趁乱把毒物擦掉了呗！”茂威汀冲她眨了眨眼。

“照你这么说，那包装胶带上面的毒……”

“也是他事后故意涂上去的，目的自然是混淆警方的视线。”

“哼，你有什么证据吗？”杜文姜咬牙切齿地说。

茂威汀坦然地从衣兜里掏出一个透明小塑料袋，里面有粉末样的东西，说：“这是我在沈教授的私人抽屉里找到的。经过你们那个小美女检验，这些粉末成分是乌头，跟饼干里面发现的一模一样。”

“爸爸，真的是你？”沈琪难以置信地望着眼前的慈父，无论如何都无法接受一位德高望重的学者竟然沦为一个杀人凶手的事实。“你为什么要杀死萧丹，他不是你最得意的门生、最好的助手吗？”

“师徒的决裂，多半是因为研究成果的分功不均吧……”茂威汀悠然地望着沈家勤，眯起了那双细长的眼睛。

迟来的救赎

监狱的探视室。

沈家勤教授穿着囚服，满脸胡楂地瘫坐在一把小椅子上。“嗬，想不到你会来看我。那个警察怎么了？”

沈家勤指的是探视室里负责监视的小警员。只见他歪站在墙角，一副昏然的样子。

“放心，他不过是困了，要多睡一会。”坐在沈家勤对面的是一个眼神冷峻的男人，压低了声音说：“毕竟是我亲手把你送进这里来的，我当然要来看看你。”

沈家勤摇了摇头，自嘲道：“自作孽，不可活。是我自己起了歹意，跟你没有关系。”

“难道你就不感到奇怪吗？”茂威汀冷笑道，“你明明没有机会擦掉咖啡杯上的毒。”

沈家勤讶异地抬起了头，警觉地说：“你什么意思？我确实一直奇怪来着，究竟是谁在帮我……”

“呵呵，”茂威汀声音虽然在笑着，脸上却一点表情都没有，“别误会，我可没帮你毁灭证据。况且我也没那个机会接近那些咖啡杯。”

“那到底是谁？”沈家勤若有所思地望着他，“难道是他们……”

“恐怕你都想错了。”茂威汀讥讽道，“警方之所以没有在咖啡杯上检验出毒物，是因为你的手上根本就没有沾到毒物。”

“什么？”沈家勤的眼珠都要爆了出来。

“没错，我早就把你抽屉里那袋粉末调了包，所以……”

“所以我是清白的？萧丹不是我害死的！”沈家勤激动得拍案而起。“你，你……既然早就调包了那袋粉末，为什么还要诬蔑我？我要上诉，我要翻案！”

“教授，请你冷静。”茂威汀的语气中带着一股天然的震慑感，“你应该明白，把你送进这里来是为了保护你……”

沈家勤慢慢平静下来，眼底泛起了狐疑：“到底是怎么回事？既然毒不是我下的，萧丹又是怎么死的呢？”

“教授，你是知道萧丹的身份的，对吧？”茂威汀说，“虽然你在法庭上说，因为萧丹窃取你的研究成果而起了杀意。但其实……”

“是的。他是NAA组织派来的卧底，要挟我交出试剂的配方。”沈家勤恶狠狠地说，“那支毒箭就是他放的。案发之后不久，我在离办公桌不远处的书柜里面，发现了一个能够射出箭的小型固定弓座。

我想他一定是利用这个装置把毒箭射入办公桌，然后又故意打破了玻璃窗，让毒箭看起来像是从窗外射进来的。我真没有想到，身边最亲近的助手竟然是潜伏多年的卧底。我不能，不能再留这么危险的分子在身边，所以才一时起了杀意。”

“你把配方的资料都销毁了，是吗？”茂威汀问。

沈家勤的脸上泛起一丝得意：“当然。配方从来都只存在于我的大脑里，谁也偷不走。”

“这就难怪了。”茂威汀领会地点点头，“其实，要解开萧丹死亡之谜并不难。在当时那种情况下，除了您有机会在咖啡杯上下毒，剩下的可能性也只有一个了。”

“是谁？如何做到？”

茂威汀仰起头，说：“他本人。毒一直藏在他的食指和中指指逢间的软胶囊里，端盘子或拿咖啡杯时并不会沾到。而当他用这两个手指去夹饼干时，故意把软胶囊捏碎，才会把毒物侵染到饼干里面去。”

“什么？你的意思是，他是自杀？”沈家勤的脸都扭曲了。

“正是！而且那些包装胶带上的毒，也是他无意中碰到才沾染上的。”茂威汀的唇角沾染着冷酷的笑意，“之前把一切都赖在你头上，真是对不住啊。”

“可是，他何必自杀？难道是觉得对不起我吗？”沈家勤有些悲痛。

茂威汀摇了摇头：“他是组织的精英，怎么会为了这种理由而放弃任务。确切地说，他的死是为了更好地完成任务才对。”

沈家勤一脸木然地望着他。

“他临死之前说的那句‘试剂’，让你很在意吧？”茂威汀说，“你在他死后，都做了些什么呢？”

沈家勤不可思议地望着他，仿佛已经被看穿了一切："这个……萧丹一直是支持把试剂用于人体试验的狂热分子。所以，当他临死之前提到'试剂'的时候，我心中着实惊慌了起来。因为，Split VI 号试剂的某些成分就是从乌头当中提取的。而当时，我并没有看清楚他是否触碰到了咖啡杯上有毒的部分……我怀疑，他是不是把试剂用在了自己身上，从而产生了中毒反应？或者是加速了毒物的发作？于是，我连忙去查看之前我们制备好的那批试剂，却发现已经全部被使用了。这更加增添了我的怀疑。所以我……"

"所以，您就重新制备了一批试剂，对吗？"茂威汀说。

"是的，我急于弄清楚试剂到底会造成什么样的不良结果，我必须要排除……"

"教授！"茂威汀打断了他，"遗憾的是，您制备那批试剂的过程，已经被组织窥视窃取了。而您新制的那些试剂，也已经被他们取走了。"

"什么？"

"没错。因为组织事先没有料到，你会突然决定终止研究，所以之前并未采取强制措施窃取配方。而你做出终止研究的决定后，他们无论是口头威胁还是利用毒箭之类的恐吓，都无法逼你就范——由此他们也明白，要想直接从你口中套出试剂的配方，几乎是不可能的。所以，萧丹才不得不出此下策，让你误以为试剂有问题，诱使你重新配制试剂。"茂威汀凑近了沈家勤的脸，"这也就是我为什么要把你送进监狱来的原因——你的存在对组织来说已经没有价值了，他们现在应该恨不得把你除之而后快！"

"你，你到底是什么人？叛徒？"沈家勤又惊又怕地望着他。

"哼，我是什么人并不重要。我只想知道组织让你研究这试剂的目的，所谓的 Split VI 号试剂究竟会带来什么样的毁灭性幻觉。”茂威汀说，“如果你愿意说出一切，我可以安排送你到安全的地方去。”

沈家勤沉默了很久。如死一般的寂静中，只能听见自己的心跳在有节奏地跃动着。

终于，他慢吞吞地说出了一句：“别开玩笑了，你本身就是组织的人，难道能逃得出他们的手掌心吗？”

话刚落音，只见沈家勤的脸颊抽动了一下，眼神凝固在空气中，全身在一瞬间变得僵硬，然后缓缓地如一尊雕塑般地倒下了。

茂威汀冲上前去，探了探鼻息——已经来不及了。

“可恶。”冷面男抬起头，发现天花板上有一个不易察觉的针孔。

他狠狠地攥紧了拳头，趁着警察还没有冲进来，跃身跳过桌子，从门口逃了出去。

电台直播杀人事件

罗半夏狠狠地望着眼前这个高大冷峻的男人，极不情愿地打开了拘留所的牢门。

全城有名的浪荡公子哥简三郎冲她挑逗地一笑："嘿，美女警官！别愁眉苦脸的，我这位兄弟又没犯事。你们警察可必须代表正义啊！"

身穿飒爽警服的罗半夏，竖起一对细细的柳叶眉，犀利的眼神透过简三郎的肩膀望向那个冷面男，咬牙切齿地说："我们会找到证据的。"

一个月前，× 大医学院的首席科学家沈家勤教授因毒杀自己的研究助手萧丹而被捕。一周之前，神秘男子茂威汀到看守所探视沈家勤教授。然而，就在那短短的半小时探视时间内，沈家勤突然猝死。与他单独待在现场的茂威汀企图冲出看守所逃跑，被警卫当场逮捕。

经过现场勘查和法医鉴定，沈家勤教授死于某种毒性极强的药物——一根肉眼几乎不可见的毒针射入了他的颈部。警方翻遍了探视室的每一个角落，终于在天花板的火灾报警器旁边发现了一个发射毒针的小孔洞，由此推测罪犯可能是通过安装或修理火灾报警器的机会将毒针发射装置嵌入的。但是，茂威汀仍然有重大嫌疑——不仅因为他是现场唯一与死者待在一起的人，而且他还曾经利用药物将探视室的看守迷晕了。

在审讯中，茂威汀对警方的一切问话均不理睬，既不交代他跟沈家勤教授谈话的内容，也对沈教授的猝死缄口不言，让负责问询的罗半夏恼火不已。更巧合的是，探视室的监控录像正好在那天出了故障，整个探视过程完全没有任何影像留存。沈家勤教授被害一案的调查工作陷入僵局。

一周之后，家世雄厚的简三郎来到警局保释茂威汀。由于缺乏犯案的关键性证据，又有大额的保释金做担保，罗半夏不得不亲自送这名嫌疑犯外释。可是，她深信茂威汀跟沈家勤的死绝对不会毫无关系。这里面必然深藏着更加莫可名状的恐怖阴谋。

茂威汀还是那副事不关己的漠然态度，面对正气凛然、义愤填膺的美女警官，只是冷冷地留下了一句话："警官，再警告你一次，不要多管闲事。"

第一个电话

又是一个无聊的周末。新闻记者吴卓在把遥控器按得手软之后，终于不甘心地关掉了电视机。抬头看看时钟，才十点多钟，这漫漫的长夜要如何打发才好？这时，他的目光落在了沙发旁边那台被人遗忘的收音机上面。对了，之前一个女同事给他推荐过："你真该听听周六晚间文艺之声十点档的节目。"

星期六的晚间22点，是文艺之声广播电台收听率最高的节目《说出你的秘密》的播出时间。吴卓早就听说过，这档节目在短短一年内就跃升为文艺之声的王牌栏目。不仅仅是因为节目中劲爆的话题引人关注，更归功于女主持人晓宇富有亲和力的主持风格和妙语连珠的解答。

——姑且听一听吧？吴卓顺手打开了收音机。一阵刺刺啦啦的杂音之后，文艺之声的频段已被锁定。吴卓站起身来，打算去浴室冲个澡。

“您好，您的电话已经接进来了。今天，想跟大家分享什么事情呢？”主持人晓宇甜美柔和的声音响起。

“我，我……”广播里传来一个猥琐的男人声音，沙哑含混，“我在丽花酒店。”

“哦，您是从酒店给我们打的电话吗？”晓宇朗声问道，“那么，您遇到了什么困难或者奇怪的事情吗？”

“呵呵。”电话里的男子发出了一阵奇怪的笑声，“我身边有个女人，她躺着呢。”

“呃……”主持人明显愣了一下，“您想说……什么？”

吴卓正好从浴室间里出来，听到上述对话，一边用干毛巾擦着头发，一边在沙发上坐下。

——听上去，似乎是个无聊男人的骚扰电话啊！

“她是个风尘女子。”猥琐男继续说道，“我在夜总会认识的，是她把我带到这里来的。”

“呃……”主持人在一阵思维短路之后，问道，“这位先生，您结婚了吗？”

“这不重要。我现在想跟你探讨的是，对付这类女人的问题。”猥琐男的声音不知不觉中变得强硬起来。

“那么，您对这类女性，有什么看法呢？”晓宇不愧是金牌主持，表现出临事不乱的镇定。

吴卓窝在沙发里，打开一罐冰啤酒惬意地喝着，渐渐开始觉得《说出你的秘密》这个节目还有点意思。

“这种女人——该死！”男子突然恶狠狠地说。

“您是曾经和这类女性有过什么特殊的经历吗？”主持人明显有些骑虎难下。

可是，男子并没有回应问话，反而说：“哼哼，我要杀了她，你信吗？”

“什么？”主持人完全呆住。

想必此时此刻，所有正收听节目的人都在怀疑自己的耳朵是不是出了毛病。吴卓直起腰身，刚灌下的一口啤酒差点从气管里喷出来。

“呵呵呵呵……”电话那头传来一阵淫坏的笑声，“没错，我要杀了她。现在，她的脖子就在我的手掌下面，只要轻轻地一捏……”

“这位朋友，您是在跟我们开玩笑吗？”主持人的声音里面已经听不出任何轻松意味。

“玩笑？我可没空开这种玩笑。”男子粗暴地说，“你知道她为什么会躺着吗？因为我给她下了药了，在酒里面。我现在要开始慢慢地享用她，一点一点地把她折磨致死。哈哈哈……”

“对不起，请不要再开这样恶劣的玩笑。我们的广播不是为你这样的人开设的，我要挂断了。”主持人的语气里难掩愤怒。

吴卓非常理解她的心情，在电台工作难免会遇到骚扰，不过这样明目张胆地挑衅，实在让人不忿。

“别啊！”男人继续挑衅道，“难道你不想知道我打算怎么弄死这个女人吗？就算你不想知道，全国的听众难道也不想知道吗？”

“对不起，我们不想知道！”晓宇语气坚决地挂断了电话。

吴卓略微有些失望，其实他倒是蛮想继续听那个神经病说点什么的。一段音乐之后，主持人晓宇舒缓了情绪，开始接下一个电话。

“您好！《说出你的秘密》，请您分享秘密。您的电话已经接进来了，请讲……”

“呵呵呵呵……我已经把她的衣服全扒了，光溜溜地像鱼一样哪！”猥琐的男人声音再次出现。“你说我用什么凶器好？刀、绳子，还是就用我这双手？”

“怎么又是你？”主持人不禁流露出愤怒。

“啊！对了，我听说过一种能让人极其痛苦的死法。用湿毛巾盖住人脸，然后不断地往头部浇水。出于人体的本能，她会张开大口用力地呼吸、吞咽，这样就会把大量的水吸进胃和肺里面。在她快要溺死的时候，将毛巾拿开，让她稍稍吸几口空气，然后再继续使用同样的方法。这种方法可以让人在濒临窒息的折磨中极为痛苦地死去。呵呵呵……”男人猥琐而残忍的声音仿佛来自地狱。

“你，你……”主持人完全被吓傻了。

“我现在就把她搬到浴室去，你们等我一会儿。我还会回来的。”男人说完，挂断了电话。

主持人显然已经不知道该作何回应，收音机里面传出了串场的音乐。吴卓能够想象，现在电台直播间里必定乱作一团，这突如其来的恶劣玩笑着实棘手。事实上，吴卓在报社也收到过类似的恐吓信或者意淫的小说体犯罪预告，但由于是纸质媒体，不会像电台直播那样令人措手不及。大多数情况下，这类事情都是某些心术不正者为了出名或者发泄情绪而搞出来的恶作剧。吴卓认为，这可能是社会压力积聚到一定程度的某种爆发吧？现在，就看文艺之声如何应对了，如果把恶作剧当真，或许最后只会招来笑话，而且会破坏了节目的严肃性；但如果就这样置之不理，万一真出什么事，电台也将难辞其咎。

过了一会儿，广播里传来电话打入的“嘟嘟”声。几名听众纷纷表达了对刚才恶作剧电话的看法，有的人认为应该报警，让警察查出那个男人所在的位置，给他严厉的警告处罚；也有的人认为恶作剧者就是想引起别人的注意，最好对他置之不理。几通电话之后，主持人晓宇的情绪明显平静下来，说话声音也恢复了一点自信。

就在这时，新的电话接了进来。

“喂，这电话怎么这么难打啊？”熟悉的沙哑声再次刺激着每一个听众的神经。

——没错，那个猥琐男又回来了。

“是你吗？”晓宇情不自禁地提高了音量，语气里有与之对峙的力度。

“是我，呵呵。都怪你们的电话难打，真是太可惜了。”男人不慌不忙地说。

“怎么了？发生什么事了？”晓宇急切地问道。

“在我给你们打电话的时候，水一直在流，忘记让那个女人喘气了。”男人说，“现在，她已经死了。”

“啊？”晓宇只发出了一声疑问，就再也说不出别的话。

“游戏结束了，我该回家了。同志们，再见！”男人轻松地说完，挂掉了电话。

丽花酒店

丽花酒店的309房间内，刑侦大队副队长罗半夏正气恼地望着现场狼藉的场景。死者是附近豪门夜总会的一名售酒小姐，身份证上的姓名是王吉芳，今年29岁，歌厅里的人都叫她芳芳。死亡原因是被湿毛巾掩住口鼻，吸入大量水窒息而亡；死亡时间大约是晚上10点至

11点之间，跟文艺之声电台接到恶作剧电话的时间基本吻合。

尸体是在浴室的淋浴房里被发现的，全身赤裸，面部盖着一块毛巾。由于死前经过一番激烈的挣扎，受害人的眼睛、鼻孔及嘴巴里均有血液流出，死状凄惨。

杜文姜公子在看到尸体的模样之后，趴到盥洗池吐了好久。

“真变态，竟然用这么残忍的手段！而且，还打电话到广播台去直播！”杜文姜嚷嚷道，“难道现今的世道已经变得如此下作了吗？”

罗半夏为了重新调查茂威汀的案子一直忙到半夜，突然接到出警的命令，急匆匆地赶到这里。听相关人员像连珠炮似的轮番介绍了基本情况之后，感到头昏脑涨，忍不住用手揉了揉太阳穴。

“张法医，还有没有别的发现？”她转向法医张成龙。

神情肃穆的法医点了点头，说：“死者生前受过虐待，手脚上都有被绳子紧勒过的痕迹。另外，在她身上还发现了男性的毛发……”

罗半夏的眼前一亮，说：“哦？看来有必要到她工作的夜总会去查一下，看看她今晚是跟什么人出去的。”

这时，鉴证科最能干的美女警官卢杏儿拖着脚步走了过来：“唉，深更半夜还得加班，夏警官，宵夜你请啊！”

“少啰唆。快说，有什么发现？”罗半夏一向对这位大学时代的死党一点不客气。

“房间的电话没有被使用过，犯人用的应该是手机。”卢杏儿稍稍端正了一下语气，“我们正在跟移动运营商联系，看能不能查到打出那几通电话的手机号。不过，照电台主持人描述的情况来看，如果真是猎奇杀人，那么犯人很可能使用的是非实名制的号码。”

“猎奇杀人啊……”罗半夏摇了摇头，心头隐隐漂浮过某种不安。

“警官，我们这儿是正经场所，没有您说的那种营生。”豪门夜总会的经理嬉皮笑脸地对着罗半夏谄媚，“芳芳就是在我们这儿卖酒而已，我敢保证上班时间她绝对没有干过违反法律规定的事情！当然，下班之后的事，我们就管不着了。”

——狡猾的老狐狸。根据现有的情报，这家豪门夜总会很有问题，经常帮助里面的卖酒小姐和服务员招徕一些上不了台面的“生意”。

罗半夏没心情搭理他的狡辩，径直说：“别跟我打马虎眼。芳芳昨天晚上是跟什么人出去的？”

“这个我不太清楚哪！你知道的，她们这些女孩子都是自己挑选客人的。而且，芳芳的这里有点问题，”经理指了指脑袋。“我一般都不愿意管她的事。”

“你是说，她可能意识不清？”罗半夏追问道。

“她太容易受骗了。而且，经常会神经兮兮的，分不清幻想和现实。”

——凶手可能正是利用了这一点，把芳芳给骗出去的。罗半夏判断道。

“那么，她平时跟什么人有积怨吗？”杜文姜在一旁问道。

“这能有什么怨恨，都是逢场作戏的事情嘛！”经理的脸上掠过一丝淫秽的笑。“哦，她有个好姐妹，你们可以找来问问。”

眼前的女子叫娜娜，大约二十五六岁年纪，打扮得妖冶入时。

“我跟芳芳就是在这间夜总会认识的。她以前在别的地方做，三年前才来这边的。”

“她昨天是跟什么人一起出去的？”罗半夏问。

娜娜回想了一下，说：“好像是个矮个子男人，戴着一顶奇怪的帽子，就是那种檐边帽。我还嘀咕了一句，哪有人大半夜戴着帽子来泡场子的啊！昨天找我的客人特别多，我也没留意她，光看见她挽着一个男人的手出去了。”

“是熟客吗？”

“看着不像。常来找她的那几个人，都是猥琐大叔级别的。你知道，芳芳年纪也大了，一般好一点的男人也看不上她。”

“那么，她有什么仇人吗？”杜文姜问。

娜娜的眉间轻轻一皱，叹息道：“唉，芳芳是个苦命的女人哪。17岁就出来做，一直也没傍着个可靠的主。偏偏还找了那么个没用的男人，整天管她要钱不说，动不动就打骂她，搞得她现在精神都有点不正常了。”

“你是说，她有一个长期交往的男朋友？”杜文姜问。

娜娜无奈地一笑，说：“什么男朋友，就是凑合在一起过的男人呗。那个浑蛋又小气又自私，一边花着芳芳卖身赚来的钱，一边还骂芳芳是个贱货。你们说有这么孬的男人吗？”

“对于芳芳的死，你有什么看法？”

“那个凶手真该死！他好杀不杀，干吗要对我们这种苦命的人下手？我们已经生活在社会底层了。到底哪里得罪了他，要这么残忍地杀死芳芳？”娜娜说着，有点夸张地声泪俱下，“看来这活是干不长了，不光有得病的风险，还有生命危险呢。”

事后，在对夜总会其他人员的侦讯过程中了解到，前一天晚上9点半左右，一个戴着檐边帽的矮个子男人把芳芳带出了夜总会。但是，没有人看清那个男人的长相，有人说戴着墨镜，有人说戴着口罩，众口纷纷莫衷一是。

在一间破旧杂乱的小平房里，罗半夏警官找到了芳芳的同居男友谢旭和。这是个三十来岁，头发像鸟窝一样乱糟糟的宅男，一双空洞的眼睛望着罗半夏，说："她的死不关我的事。"

——这反应未免太轻描淡写了，而且似乎有种刻意撇清关系的意味。罗半夏不免心生疑窦。

"你知道她是怎么死的吗？"杜文姜有些恼怒地嚷道，把芳芳的死状跟眼前的男人详细地描述了一遍。

可是，得到的回答仍然是："她在那种地方上班，早晚会出事。我早就警告过她了，是她自己不听。"

"听说，你们的关系并不好，你经常打骂她？"罗半夏严厉地问。

"我只是不喜欢她干那种工作。"谢旭和语气颓废。

"但是，她赚来的钱你倒是一分都没少花啊！"杜文姜讥讽道，"而且，你还给她买了一份大额的人身保险，受益人是你的名字。"

谢旭和的目光突然变得锐利，像剑一般刺来："你想说什么？我已经说过，她的死跟我无关。"

"哼哼，为了得到巨额保险，杀死同居女友，并且伪装成是猎奇杀人。这种可能性也不是没有……"

"我有不在场证明。"谢旭和异常镇定地说道，"昨天晚上，我跟六七个朋友在酒吧看球，一直从晚上 8 点到凌晨 2 点。你们可以去调查。"

——主动地提供不在场证明，仿佛早就准备好了似的。罗半夏眯起眼睛，觉得这个男人越发可疑了。

第二个电话

"嘿嘿嘿，主持人，你一定很想念我吧？听众朋友们，也在等着我吧？”

电台直播杀人案发生后的第二个周六晚上，《说出你的秘密》节目再次接到了猥琐男的电话。

吴卓虽然对上周发生的事情仍有疑虑，却也像数万名听众一样，早早地守在了收音机前。节目开始不久，仿佛命中注定的敲门声到来似的，广播里传来了熟悉的声音。

主持人晓宇急忙应答道：“这位听众，你就是上周丽花酒店的那个罪犯吗？”

“哎呀，说什么罪犯，多难听啊！”男人的语调似乎较上周更为细腻了一些，“我是杀戮卑贱女人的骑士，是来自地狱的使者。”

“好吧，骑士先生，您今天想分享什么秘密呢？”晓宇沉着地说道。

吴卓听出来了，电台应该在接到电话的第一时间就报了警。现在，主持人正在尽量地套取信息和拖延时间。

“哈哈，识时务者为俊杰。”男人笑道，“让我来告诉你一件更好玩的事情吧。”

“什么事？”

电话里传来一阵猥琐的笑声，好像差点笑岔了气：“猜猜我现在人在哪里？MOTO 汽车旅馆哦。这次的女人可不一般，不是上回那种低贱货色，是个良家妇女哟！”

“你……把她怎么样了？”

“哈哈，你着急了是不是？急着想让我对她做点什么吧？”男人的兴奋溢于言表，“可是，我该怎么干才好呢？”

“请你冷静一点。你不是自称杀戮卑贱女人的骑士吗？为什么要伤害一位良家妇女？”经过上次的事情，主持人晓宇的表现变得镇定多了。

“问得好，问得好！”男人越发激动了，“这个女人啊，表面上看起来端庄无比，可是背地里却在偷人呢。她背着自己的丈夫，在外面有年轻的情人，你说这种女人该不该杀？”

“嗯……我不好评价。”

“嘿嘿嘿，她就是这样的贱女人哪！我稍微跟她说了几句话，她就上钩了，跟我来了这种破旅馆。”男人笑道，“我就是要在这种地方解决了她，让她知道自己有多么低贱。”

“你……打算做什么？”晓宇的声音微微有些颤抖。

吴卓心里也不禁焦急起来，但愿警方能快速定位找到这个打电话的罪犯，把那个可怜的女人解救出来。

“上次不好意思，没有把握好进度。这次我带了很不错的工具，嘿嘿。”男人说道，“我已经把她的手脚都绑在床栏上了，下面就是精彩的享用阶段了，你要一起体验吗？”

主持人没有出声。大概已经惊慌失措到不知道该说什么的地步了吧？吴卓的喉结上下浮动了一下，觉得嗓子眼里干涩得发紧。

“你在听着吗？”男子见没有反应，忍不住发问道。

“是，是的。我在听……”晓宇的声音中有难以掩饰的慌乱，“希望你能冷静。你应该知道，这样做是不对的。”

“哈哈哈，别这么胆小嘛！你听，我已经把绳子绕到了她的脖子上，一圈，再一圈……”

“住，住手！”晓宇忍不住怒吼起来。

“哎呀，她醒过来了。不好，我得勒紧一点了。啊啊……你听见她发出的呻吟了吗？”男人仍是一派轻松，“等等，我让话筒凑近一点。”

就在吴卓以为要听到那个可怜女人的叫声时，电话突然中断了。

“嘟嘟……”

“听众朋友们，电话突然中断了，我们只能等待，看这个罪犯会不会再打来。请大家不要担心，我们已经报警，相信警方很快就会找到这个罪犯。”晓宇冷静从容地说道。

听到这里，吴卓脑海中浮现出罗半夏那风风火火的身影——估计这位老朋友又有的忙了。

MOTO 汽车旅馆 109 房间。罗半夏和杜文姜分别站在门的两侧，彼此对视了一下，简单交流之后，杜文姜冲到门前，快速踢开了房门。

“不许动！”像电影里那样，杜文姜用手枪对准了室内的那张大床。

只见一个女人的双手双脚被绑在床栏上，呈一个大字形仰面躺着，全身赤裸，已经断气了。杜文姜快速将视线转移到室内其他角落，搜索着罪犯的身影。

——屋里面没有人。那个混蛋已经跑了。可恶！

其他警员以及法医、鉴证科人员鱼贯而入，开始进行现场勘查工作。

罗半夏沮丧地靠在门边，冷冷地望着往来穿梭的人影，她自认行动力在警队中属于翘楚，早早就在电台布下反追踪仪器。当罪犯打进电话之后，第一时间启动了 GPRS 卫星定位追踪系统，并快速锁定了这家汽车旅馆的位置。

可还是慢了一步，让那个家伙逃走了——那个狂妄的家伙，不把警察放在眼里，向全世界直播杀人的卑劣男人。

法医张成龙走过来汇报初步的尸检情况："死因是勒毙，时间大约在一个小时之内。凶手用的凶器是一根特殊条纹的尼龙绳。"

"哦？跟用来捆绑死者手脚的是同一种吗？"

"不是，这种绳子很少见，回头我会提供样本。"

"好，先按照凶器的来源去搜查试试。"罗半夏点头道，"还有别的线索吗？"

"嗯，死者生前也有过被虐待的经历，身上同样发现了男性的毛发，已经送去跟上次的进行对比化验了。"

"怎么了？"罗半夏听出张成龙的声音中有些迟疑。

"我总觉得，凶手好像刻意要留下那些毛发似的……"张成龙笑笑，"也没什么理由，就是一种直觉。"

罗半夏沉默了半晌，说："是很奇怪！如此明目张胆地给电台打电话，直播杀人的过程，还像刻意似的留下了毛发这样的强证据，这个罪犯究竟是什么样的人格？"

"大概是个疯子吧？"张成龙应和道，"他可能根本不在乎被逮到。"

"不，不是的。"罗半夏说，"虽然他表现得十分高调，处处张扬，可是整个犯案的节奏却掌握得恰如其分，让我们几乎无从下手。"

这时，警员朱建良走了进来，说："罗警官，女死者的家属到了。"

汽车旅馆

在汽车旅馆被害的女子名叫邹姝，今年32岁，是一家外资企业的财务人员。她的丈夫叫作毛伟才，是市第三人民医院的大夫。两人是通过相亲认识的。

"她在外面有个情人。"毛伟才对于妻子的死反应冷淡，一双空洞的眼睛低垂着。“他们经常来这儿。”

“你既然知道她有外遇，为什么不出声呢？”杜文姜问。

毛伟才缓缓地抬起头，目光呆滞地看着杜文姜，说：“我们互相不干涉对方的私生活。”

“也就是说，你并不在意妻子的出轨？”

“呵……在意又能怎样？心不在你这儿，做什么都是枉然。”毛伟才叹息了一声。

“今天晚上，你事先知道她要出来见情人吗？”罗半夏问。

“嗯，知道。她每次出来玩，都会打扮得特别漂亮。”

——这位丈夫的态度有些过于坦然了。罗半夏很难想象现实中会有这样宽宏大度的男人。

“那么，你觉得妻子的死，会是谁下的手？”

毛伟才的脸上掠过一丝疑惑，说：“不是变态杀人狂干的吗？就是打进电话的那个男人。我听说，邹姝已经是第二名受害者了。”

“你也听文艺之声的那个节目了？”

“嗯。”毛伟才点点头，“我在酒吧跟朋友喝酒，正巧那里一直在播这个节目。不过，我没想到竟然是邹姝……”

“毛大夫，事实上在很多变态杀人的案件中，会出现模仿犯——就是伪装成变态狂，犯下相似的案件。”罗半夏费力地解释着，“你妻子的案件虽然和上次夜总会酒女被害一案有很多相似的地方，但我们还是不能简单地认定是同一个人作为。”

“哼，如果非要找一个嫌疑犯的话，就是她的那个小情人呗。这个地方他最熟悉了，而且最近邹姝变得神经兮兮，我估计他也快忍受不了了吧？”毛伟才的话多了起来。

——神经兮兮，罗半夏觉得这话很熟悉，似乎在哪里听过。可是，记忆就像一个汹涌的旋涡，在你越是想要找寻什么信息的时候，越是什么都抓不住。

旅店的老板是个四十开外的精明男子，面对警方的问询，小心翼翼地说："警官，我们都是按照规定对住客进行身份登记的。这位邹姝女士确实是我们这里的常客，她经常跟一个年轻小伙子来开房。不过，每次都是她先过来登记，然后那个小伙子直接去房间里找她。这种事情，我们只能睁一只眼闭一只眼了，您说是不是？"

罗半夏细细查看着旅店的登记簿，邹姝平均每半个月就会来这里一次，有时候甚至是一周一次。

"最近一个月，她好像没有来过？"罗半夏指着登记簿问道。

"是。所以，今天晚上我还特地问候了她，说她怎么好久没来了。"老板眯着眼睛说，"不过，她有点迷迷糊糊的，没有理睬我。"

"她还是跟往常的那个小伙子一起来的吗？"

"应该是吧？"老板脱口而出后，又思索了片刻。"不过仔细回想起来，当时确实没注意看，那个男的一晃就往里面走进去了，在走廊那边等她。"

"你这儿有那种事情吗？"杜文姜打了个暗示的手势。"就是帮那种女人拉客人的？"

"怎么会？警官，您真是开玩笑了，我都说了我们是正经经营的小旅馆。"

"你要这么说，那我可叫伙计们好好查一查了！"杜文姜不客气地说。

"别，别呀！"老板慌乱而狡黠地笑道，"警官，来来来，抽根烟。有些事情，大家都心照不宣。我从没有主动做过什么，不过有些客人知道这里，来找些乐子也是有的。”

杜文姜凑近罗半夏的耳朵，说：“会不会是罪犯找错了对象？误把邹姝当成了风尘女子，后来只好将错就错，当成出轨的女人给杀了。”

罗半夏点了点头，又问：“你知道文艺之声出现变态杀人的事情吗？”

“哎哟哟，真是不得了。上次那个案子就发生在丽花酒店嘛，离我们这儿很近，大家都传开了。”老板语气夸张地说，“可实在没想到，这种事情竟会发生在自己身上啊！刚才我也在听广播，那个犯人说到 MOTO 汽车旅馆的时候，我还想着不知哪家店要遭殃了。真是想不到……我这儿是小本买卖，肯定会受很大的影响了！”

——是的，发生过命案的旅馆，估计是不太会受到那些寻欢客的喜爱了。

就在这时，罗半夏的手机响了起来。

“小夏，小夏，那个手机信号又开始移动了！”卢杏儿在电话里激动地嚷嚷。

当警方锁定汽车旅馆的位置之后，罪犯打电话的那个手机就关机了，无法继续追踪动向。所以，罗半夏才带着大队人马扑了个空。

卢杏儿带来的这个消息着实让人振奋，手机信号开始移动，意味着罪犯的手机再次打开了，那么只要通过卫星定位，一定能把那个家伙揪出来。

“马上追踪，杏儿！”罗半夏下达命令。

没过多久，卢杏儿再次来汇报：“小夏，信号停下来了，位置已经锁定。”

“在哪儿？”

“嗯……”卢杏儿的话语中出现了一丝犹疑，“位置是在你家附近。”

“啥？”

“正在精确定位……啊啊！出来了！怎么会？”卢杏儿呆住了。

“到底在哪里啊？”

卢杏儿像是缴械投降般地挤出了一句：“好像就是你的公寓。”

旧案的阴影

说句实话，尽管罗半夏对茂威汀有几千几万个看不上的理由，却从来没有把他跟变态杀人狂联系在一起过。这个男人太酷太拽，怎么看都不像是会做出那种猥琐事情的人。

然而，卢杏儿在罗半夏的公寓隔壁找到的，却是正在把玩着那部手机的茂威汀。卢杏儿是这样描述当时的情景的：警方通过房东打开房门，只见茂威汀正坐在桌子边上，手里拿着一部手机，两眼紧紧盯着屏幕，放出凶恶的光芒。

“我再问最后一次，是你给文艺之声打电话的吗？”罗半夏扑在审讯桌前，以几乎要吞下对方的气势喝道。

如老僧入定般坐着的英俊冷面男轻轻眨了一下眼睛，在沉默了半晌之后，终于开口道：“你觉得，我会做那种无聊的事吗？”

罗半夏突然觉得松了一口气，不知道是因为这句迟来的坦白，还是心里那根绷紧的弦已经彻底绷断了：“那么，你是从什么人手上拿到那部手机的？”

茂威汀白了她一眼，冷冷地说：“那是我捡的。”

——又是如此含混不清的回答。这个男人的背后究竟隐藏了多少不可告人的秘密？罗半夏眯着眼睛盯住他，仿佛想要用锐利的目光将其穿透一般。

“在哪里捡到的？”

“那家 MOTO 汽车旅馆。”平淡得若有若无的声音。

“是在案发的 109 房间里面吗？你曾经去过现场？”罗半夏的眼底闪过一丝兴奋的光。

“是又怎样？”茂威汀仍是冷淡而挑衅的表情。

“你见到凶手了吗？快说说当时现场的情况！”罗半夏俨然一副饿虎扑食的姿态。

可是，茂威汀岂是乖乖就范的主？他冷冷瞟了她一眼，抿住薄而性感的嘴唇，缄口不言。

“喂，快说话啊！”罗半夏觉得眼前的男人必定是她这辈子最大的克星，不论是百炼钢还是绕指柔，他通通不吃。

大约是被她纠缠得烦了，茂威汀总算简短地吐露了一句：“现场只有尸体。手机是掉落在门口的……”

“凶手是不小心把手机落在门口，还是故意让别人发现它的呢？”罗半夏像是自言自语地思索道。过了一会儿，她又把视线转向茂威汀，狐疑地说：“可是，你为什么会出现在现场呢？你是怎么找到那里的？”

“女人，我说过很多次，不该问的事不要问。”茂威汀再次恢复了那张冰冷无情的扑克脸。

“电台直播杀人案的进展如何了？上头和舆论都非常关心，咱们的压力很大啊！”市警察局局长、罗半夏父亲的老友沈祥斌问道。

罗半夏直立在局长的办公桌前，有些惭愧地说：“虽然现在抓到了一个嫌疑犯，但这个人犯案的可能性很小。其他方面，还没有什么头绪。”

“什么样的嫌疑犯？”沈局长有些奇怪。

“嗯，这个人此前还协助我们破过一些案子。”罗半夏支吾道，“而且他……不是会犯下那种案子的人。”

“不是那种人？小夏，这可不是一个训练有素的刑警应该做出的判断。”

“我……”罗半夏自己也不明白为什么会平白无故下这样的结论。“局长，我们会继续努力侦查的。我们已经在文艺之声周围布下天罗地网，只要罪犯再次打电话进来，我能确保在5分钟之内定位到他。”

沈局长的脸上掠过一丝疑虑，但他并不打算纠缠于此。因为罗半夏一直是他最信任的手下，亦是他最好朋友的女儿。

“好吧，你放手去干。其实，今天叫你过来，是因为我突然想起了一桩旧案。”

“旧案？跟现在的案子有关吗？”

沈局长点了点头，说：“这件案子当年就是你父亲办的，已经是十年前的事情了。”

十年前，罗半夏的父亲罗霄雄是市刑侦大队最能干的大队长，他屡破大案，成绩骄人。在那一年的秋天，发生了一起轰动全市的电话预告杀人案件。事情的起因是刑侦大队的报案电话接到一个神秘男人的来电，对方说话支支吾吾，十分可疑。接电话的警员听他嘀咕了半天之后，对方突然说：“我要杀死一个女人，她现在就躺在我的旁边。你觉得用什么方法杀死她比较好？”

接线员当场就蒙了，以为对方是骚扰电话，恨不得立即挂断。然而，电话那头的男人却不依不饶，开始一五一十地描述杀人的每一个细节。

小伙子终于有点相信，问道：“请问你现在在什么地方？”

“皇冠酒店。”对方说完之后，便挂断了电话。

事后，警方立刻赶往皇冠酒店。由于不知道具体的房间号，他们像大海捞针一般地敲开了每一扇房间的门，终于在209房间发现了一具赤裸的女尸。死者名叫单兰芳，年仅20岁，是一名发廊的按摩师，偶尔也出入这类酒店做一些接客的生意。

这桩案子震动了整个警局。由于罪犯在犯案途中故意给警方打电话，现场直播杀人的经过——简直像是在故意挑战警方的权威一般。罗霄雄被委任调查此案，可是在实际的破案过程中却遇到了重重困难。首先，他们虽然查到了拨出那通预告电话的手机，但由于当时根本没有实行手机实名制，这个号码在案发后也就立即被弃置了；其次，单兰芳的人际关系简单，是一个普通的外地打工妹，除了发廊的几个同事之外，她几乎不认识任何人，更谈不上有什么情仇结怨；再次，尽管在尸体身上发现了男性的毛发，但由于无法确定嫌疑犯，也就谈不上做DNA比对。还有一个让人最为疑惑的事情，虽然209房间是用单兰芳的身份证登记的，但当天酒店门口的监控摄像头里，似乎并没有拍到一男一女进入酒店的画面，凶手究竟是如何神秘来去的呢？

罗霄雄花了整整三个月的时间追查真相，可最终仍是无功而返。渐渐地，这件案子被列入疑难案卷，鲜再有人问津。

罗半夏望着父亲当年亲笔写下的案卷记录，不禁陷入了深深的沉思：十年前的电话预告杀人案件和眼前的电台直播杀人案之间确实颇有一些相似之处，如：死者都是生活不太检点的女子，罪犯都在犯案的同时通过电话直播了杀人现场，尸体都全身赤裸，还留下毛发等证据。可是，光凭这些表面的相似点，仍然无法判断跨越十年长度的两案之间是否存在某种联系。它们究竟是同一个人所为还是模仿犯罪呢？

无差别杀人

就在罗半夏为电台直播杀人事件一筹莫展之际，案情突然有了180度的大回转。

杜文姜兴冲冲地闯进罗半夏的办公室，嚷道："小夏，重大突破，那个该死的嫌疑犯已经逮到了。"

"什么？在哪儿？"正在苦苦思索案情的女警官激动地跳了起来。

"已经关进拘留所了，别着急，证据确凿，他跑不了了。"

罗半夏用一种不可思议的眼神望着杜文姜。这个不靠谱的富二代真的能带来那么大的惊喜吗？而在杜文姜的眼里，这目光却充满了崇拜和爱慕，盯得他心里直发痒。

"你们是怎么找到嫌疑犯的？"

"嘿嘿，你难道没有发现吗？两起案子的案发地点相隔很近。我推测，犯人应该对这一带很熟悉，尤其是对这些风月场所。所以，我在方圆5000米以内进行了地毯式搜查，终于找到了几个形迹可疑的嫌犯。"杜文姜得意道，"然后，我又对他们进行了侦讯，调查其不在场证明，最后锁定了这个叫作孟凯的社会青年。"

罗半夏低头去看杜文姜手里的那份案卷资料。照片上是一个老实巴交的年轻人，刚满20岁，看起来普通极了。他真的会是两桩命案的凶手吗？

"光凭这些，你就断定是他作的案？"

"当然不止。我们还在这个孟凯的家中发现了一条特殊的尼龙绳索——跟张法医提供的凶器样本完全一致。"杜文姜胸有成竹地说。

"真的吗？"罗半夏也不免激动起来。

“没错。我已经把他逮捕了，正等着你去问话呢。”

“那还不快走！”罗半夏舒展眉头，冲他微微一笑。

这笑容引起的涟漪也只有杜文姜自己可以领会了。

然而，侦讯过程却比想象中艰难。看起来老实巴交的孟凯，面对警方狂轰滥炸的审问，表现得十分淡定。

“是你杀了那两个女人吗？”

“当然不是。”

“你曾经打电话给文艺之声吗？”

“没有。”

“这条绳索是哪里来的？”

孟凯愣愣地望着罗半夏，迷茫地摇了摇头：“我也不知道家里还有这种绳子。”

“这种绳子非常少见，而且价格昂贵，你不可能不知道吧？”

孟凯仔细看了看那条尼龙绳，老实巴交地说：“多半是快递公司用来捆东西送货的，或者是超市用来捆东西的吧？谁会注意到一条绳子啊！”

——他的话听起来有些道理，又像是在狡辩。罗半夏感到一时半会找不到有力的反驳点。

“两桩命案发生的时间，你都在哪里？”

“在家里打游戏。”孟凯说，“我基本上很少出门的。”

从精神状态上能看得出来，孟凯是个资深的宅男，恐怕每天的生活就是吃饭睡觉打游戏吧？这样的年轻人，会是连环杀人案的凶手吗？罗半夏心里再一次犯起嘀咕。

“你说谎，明明有人在丽花酒店附近见到你跟一个女人勾肩搭背。”杜文姜犀利地揭穿道。

“那，那是我被骗了！”孟凯有点委屈。

这时，法医的助手走了进来，在罗半夏的耳边嘀咕了几句。罗半夏的脸色瞬间变了，转向孟凯怒目而视：“你不用再狡辩了。证据确凿，两名死者身上发现的毛发与你的DNA样本完全吻合，凶手就是你！”

“什么？”孟凯失去了镇定，脸上的表情都拧巴了，“不，不！我没有，你们不能随便冤枉人！”

“那你如何解释DNA检验一致的事实？”

孟凯垂下头颅，低声说：“我不知道，我真不知道是怎么回事……”

罗半夏躺在自己公寓的单人床上，辗转难以入眠。

电台直播杀人事件虽然看似完美地谢幕了，可罗半夏却觉得太过仓促，仿佛一台操之过急的戏剧，还余留着许多未交代的情节。嫌疑犯孟凯即将被移交检察院，但他仍是一副拒不承认犯罪的倒霉模样——这种态度让有多年刑侦经验的罗半夏感到无法安心。况且，整个案子确实还有很多疑点，比如凶手为什么要采取电台直播杀人这种高调的方式？虽然孟凯是个资深宅男，但精神检查并未发现他有人格方面的障碍。其次，为什么会在受害人身上留下毛发这样的证据？如果整个犯案过程是经过精心谋划的，就应该会竭力避免留下这样的强证据。最后，也是罗半夏的一点点私心，她总认为眼前的案子跟父亲十年前办的那桩案子或多或少会有些联系——可是，十年前孟凯才10岁，应该不可能是杀死单兰芳的凶手……

就在这时，门铃响了起来。打开门，一张英俊的脸孔隐没在昏暗的光线里，两道浓黑的眉毛下面是一双冰冷而无情的眼睛。

“你来干什么？”罗半夏严阵以待地面对这个一向不友好的邻居。

茂威汀没有说话，径直推开门，大摇大摆地走进单身女刑警的公寓。

“喂，谁让你进来了？”

然而，罗半夏的抵抗是无效的。人家已经舒服地找到了沙发坐下，漠然的脸上掠过一丝讥笑，说：“我来给无能的警方提供一点线索。”

“无能……”罗半夏心头的怒火迅速燃起，“别忘了你还在保释期间，我随时可以把你抓起来。”

茂威汀显然无心跟她继续瞎扯下去，不耐烦地说：“广播电台的事情，你们就打算拿那个替死鬼结案了吗？”

“替死鬼？”罗半夏不服气地说，“那可是证据确凿啊，怎么能说是替死鬼呢？”

“哼……”茂威汀仿佛是长长地叹了一口气，说，“原来一些表面证据就能把你唬成这样。”

“嗨，那你说到底是怎么回事？”罗半夏有些气急败坏。

“这不过是伪装成无差别猎奇杀人的谋杀案罢了。好好查查两名死者的关系吧，你会看到不一样的东西。”冷峻的声音说道。

杰出推理秀

市公安局的会议室。案件所有的相关人员都被叫到了一起，文艺之声的主持人晓宇、第一名受害者芳芳的同居男友谢旭和、豪门夜总会的经理、芳芳的好姐妹娜娜、第二名受害者邹姝的丈夫毛伟才、MOTO 汽车旅馆的老板、嫌疑犯孟凯以及无关人士茂威汀。

“小夏，你这到底唱的是哪一出？”杜文姜耷拉着眼皮，不满地望着一屋子人。“广播电台的那桩案子不是已经结案了吗？”

谢旭和也在一旁点头道：“就是啊，那个变态杀人狂不是已经抓到了吗？还找我们来干什么？”

“是啊是啊！而且，这事跟我们实在无关哪！”豪门夜总会的经理明哲保身道。

电台主持人晓宇矜持地坐着没有说话，但眼神里面也流露出迷惘。

“有什么话就快说吧，我下午还有个病患的会诊。”毛伟才皱着眉头说道。

“大家少安毋躁，谜底马上就会揭晓。”罗半夏露出迷人的微笑，然后转向芳芳在夜总会的好友娜娜，“娜娜，能不能再跟我们说一遍，你的好姐妹王吉芳在夜总会工作之前，都有过哪些经历？”

娜娜被点名，不禁坐直了身子，笑道：“哎呀，警官，上次我不是都跟你说了嘛！芳芳最早是在一家小发廊做按摩技师的，后来辗转又干过足浴、保健按摩什么的，三年前才经人介绍到我们这个夜总会卖酒。她如今的日子比过去是好多了，你知道干按摩很辛苦的……”

“她在小发廊工作是多久之前的事？”

“十年前吧。”

罗半夏眨巴了两下漂亮的眼睛，转而对毛伟才说：“毛大夫，我们调查了您妻子邹姝过去的经历。她 17 岁从老家河南信阳出来打工，一开始在小酒店端盘子，25 岁那年通过自考取得了会计本科证和从业资格证，之后就开始给一些小企业做财务，直到进入现在这家外资企业。可是，她 20~22 岁这期间的经历却是空白的，自称是在自学会计。我们费了一番周折才发现，她那时候在一家小发廊当学徒，本来是打算从事美容美发行业的，我说的对吗？”

毛伟才舔了下嘴唇，有些紧张地说：“那么久远的事情，我不太清楚。”

“不，你很清楚，而且一直对妻子这段不光彩的经历深恶痛绝。”罗半夏严厉地说，“这就是你杀死妻子的动机！”

杜文姜惊讶地瞪大了双眼：“小夏，这，这不可能吧？毛伟才他可是有确实的不在场证明啊！我们查证过，那天晚上他确实一直跟几个朋友在酒吧，还全程收听了文艺之声的节目。”

“就是！不要信口开河。”毛伟才满不在乎地说，“我对邹姝的过去根本不了解，对她的现在也不关心，我有什么理由要杀死她？”

这时，主持人晓宇轻声细语地插话道：“警官，按照您的分析，两桩案子是同一个凶手所为吗？”

罗半夏转过头，颇感欣慰地望着她，说：“晓宇，你说到点子上了。这正是整个案件的关键所在。芳芳和邹姝曾经共同在某个小发廊工作过，虽然名义上一个是按摩师一个是学徒，但实际上都免不了为生计而出卖过自己。换句话说，芳芳十分清楚邹姝的底细。十年后的一个偶然的机会，芳芳遇到了毛伟才，不仅对他吐露了当年的真相，而且以公开这件事情来要挟他。身为下一任院长候选人的毛伟才自然怒不可遏。一方面，他绝不能让这种丑闻公之于世，所以必须让芳芳永远闭嘴；另一方面，他对于妻子一而再再而三的隐瞒和背叛也忍耐到了极点，这样的女人不配当他的妻子，他要尽快摆脱她。经过一番调查他发现，十年前芳芳和邹姝工作过的那个发廊，曾经发生过一桩电话预告杀人案件。”

“哦，你是指罗伯父经手的那桩案子吧？”杜文姜对此也有所耳闻，“一直没有告破，已经成为悬案。”

“没错，模仿那桩案子，他想出了一个完美的杀人计划。”罗半夏的目光渐渐转移到谢旭和的身上，“毛伟才找到了芳芳的同居男友谢旭和，动之以情，诱之以利，把他的杀人计划和盘托出，并许诺事成之后能够拿到巨额的保险金。这位无业的社会青年显然动心了，答应参加他的计划。”

“等，等一下。怎么又扯到我的头上？”谢旭和结巴道，“我，我也是有不在场证明的！”

“正因为你们俩都有不在场证明，才恰好证实了我的推断。”罗半夏目光锐利地刺向他，“你们进行的正是——交换杀人！我已经调查过，在芳芳被害一案中，毛伟才没有不在场证明；而在邹姝被杀的案件中，谢旭和也提供不了任何不在现场的证据。”

“交换杀人！？”晓宇惊讶得不禁掩住了口。

“是的，晓宇。难道你没有发现吗？两次打进电话的人，他们在说话的语气上虽然极力模仿，却仍有一丝不易察觉的微小差别。”

“哦？是什么？”

“笑声。”罗半夏说，“我反复听了几十遍的节目录音，最终发现第一个人的笑声是‘呵呵呵呵……’，第二个人却是‘嘿嘿嘿……’。正是这一点点差异，却反映出前后打进电话的不是同一个人。”

“原来如此。所以，他们在各自伴侣被杀的当晚都拥有完美的不在场证明。而警方先入为主地认定凶手只有一个人，就没有想到去调查他们在另一桩案子中是否在场了。”杜文姜点点头，“高明啊！”

“是的。这就是为什么他们非要在电台进行直播杀人的原因。一方面是为了误导警方，让我们以为凶手是同一个人；另一方面，以电台节目播出时间为限，可以制造出非常完美的不在场证明。”罗半夏补充道。

“可是……那个孟凯的毛发，是怎么回事？”杜文姜吐了吐舌头，觉得自己的问题极其不合时宜，但又十分必要。

罗半夏早已胸有成竹地说：“孟凯说过，他三个月前做过一次手术，正是在毛伟才大夫工作的市三医院。我想，毛大夫要拿到孟凯的毛发应该非常容易吧？也正是这一点，最终暴露了他的凶手身份。”

“一派胡言！”毛伟才竖起眉毛愤怒地吼道，可是却无法进行更多的辩驳。

“怎样？没话说了吧。”罗半夏再次把目光转向一直隐藏在角落里的茂威汀，像是挑衅般地扬起下巴，“所以，这是一起伪装成猎奇杀人的谋杀案，是对十年前那起案件的模仿犯罪。证明完毕，华生先生。”

隐藏的杀意

“啪啪啪……”寂静的角落里，茂威汀独自鼓起掌来。一抹无耻而迷人的微笑上扬，整个人从黑暗的阴影里走了出来。

“精彩！精彩极了！”他晃晃悠悠地走到罗半夏面前，仿佛站不住似的倚在她身上，故意语重心长地说，“小姑娘，对于你来说，能做到这一步已经是极限了。”

“极限是什么意思？你认为我的推理有问题吗？”罗半夏恼怒地要拨开他的手。为什么每到这种时候，他总是这副轻浮不羁的样子？

“触到事实，但搞错方向。”茂威汀轻轻抚了一下她的肩膀，“各位难道真的相信这种漏洞百出的交换杀人计划吗？”

“漏洞百出？怎么说？”杜文姜虽然不喜欢茂威汀，但此时此刻却有点希望他能压一压罗半夏的傲气。

“按照这位小姑娘的说法，杀死芳芳的是毛伟才，而杀死邹姝的是谢旭和。交换杀人虽然听起来很有噱头，可是却需要满足一个最大的先决条件。”

“什么条件？”

茂威汀嘴角一笑，说：“作案的两个人必须有平等的利益交换关系。在这起案件中，毛伟才是真正有动机的人，而谢旭和只不过是受到保险金的诱使，他们之间只有薄弱的利益交换，能否形成坚固的同盟，十分有待商榷。说白了，谢旭和并没有必要为了毛伟才的私心去杀死一个毫不相干的女人。”

罗半夏听着，默不作声。

茂威汀继续道：“其次，仅仅从凶手前后的笑声不同，就推论出凶手有两个人，这个结论也太过于草率了。”

“嗯，有时候心情不同，笑声也会有差异。”杜文姜落井下石地赞同道。

——对于下属的倒戈，罗半夏一脸黑线。

茂威汀脸上的得意漾得更开，凑近罗半夏的脸说：“你唯一说对的一点就是，凶手采取电台直播杀人，是为了替自己制造不在场证明。”

“凶手到底是谁？怎么制造不在场证明？”罗半夏后退半步，躲开他扑在脸上的气息。

“最不可能作案的那个人就是凶手。”茂威汀的眼角迷人地一眯，视线向某个方向投去。

——她？怎么可能？罗半夏目瞪口呆地望着茂威汀目光所指的人，心底倒抽一口凉气。这不可能，这是绝对不可能的事！

而茂威汀却浑然不觉地一步一步走向那个人，目光锐利如剑，口中滔滔不绝：“为什么要采取电台直播的方式来杀人？因为全世界都可以为你做不在场证明。为什么死者赤身裸体，身上还留下男性毛发这样的强证据？因为这样就不容易让人联想到作案者是一个女人。对不对？文艺之声的主持人单晓宇。”

在茂威汀犀利目光的注视下，晓宇的脸色骤然惨白，但神色依然镇定：“开什么玩笑？案发当时我可是在跟真凶进行直接对话。正如你所说，全世界都可以为我做不在场证明，我怎么可能是凶手？”

“没错，特别是第一名死者的死亡时间正好是10点到11点之间，当时晓宇在文艺之声的直播间做节目，根本没有作案的时间。”罗半夏对于茂威汀的谬论十分不屑。

“哈哈哈……这就是她精心设计的诡计，利用了广播电台节目播出的便利条件。”茂威汀爽声笑道，“难道你们没有发现，文艺之声电台的大楼和丽花酒店以及MOTO汽车旅馆距离都十分近，开车往返也只需要不到十分钟吗？”

“就算如此……”罗半夏低头咬了下嘴唇。“晓宇也不可能在直播的时候跑去杀人。”

“谁说节目一定是全程直播的？”茂威汀的声音有种居高临下的威吓，“如果事先录好开头十分钟的节目，及时赶回来的话，并不会引人注意。我跟电台的工作人员询问过，当天《说出你的秘密》节目的导播生病了，直播间只有晓宇一个人在。电台的其他人是在听到威胁电话之后，才跑去直播间查看情况的。”

“呵呵，光凭这样就想冤枉我吗？”晓宇义正词严地说，“我可是跟真凶进行了直接对话，这些过程我们台里的领导都有目共睹，难道也是事先录好的吗？”

“对啊，这是绝对无法伪装的。”罗半夏低声喃喃道，可是内心里却有些动摇了。

“你都自己坦白了，还需要我解释吗？那几个电话其实是事先就预备好的录音电话！”茂威汀轻松地答道。

“录音电话？”

“没错，只要仔细研究一下凶手使用的那部手机，就会发现里面有一个十分先进的应用软件，可以作为电话中继站。换句话说，犯人可以从别的地方打电话到这台手机上，然后再通过手机把电话拨通到电台。”

“就算如此，录音是死的，如何进行对话？”杜文姜思索着，突然仿佛也想到了，“难道是……”

“没错，说出来是很没技术含量的把戏。事先设计好所有的对话，并录好打进电话者的话，然后再按照剧本一句一句地进行问答就行了。”茂威汀说，“听起来像是有问有答的热线电话，其实不过是她一个人在演独角戏罢了。”

原来，那些听起来焦灼对峙的对话，竟然是晓宇一个人在自编自导地演戏。

“那么，电话里那个变态男人的声音也是通过电脑合成出来的了。”杜文姜已经完全领会了茂威汀的意思，“至于男性的毛发……”

众人的目光都投向了孟凯。只见他脸涨得通红，有种恍然大悟的神情，对着晓宇说：“啊……上星期我确实在电台门口跟一个女人有过一段邂逅。可是过程中她始终遮着面，不让我看见。难道那个女人就是你？”

晓宇面无表情地看着他，仿佛在看着一件被丢弃的工具：“哼，那是你的造化。”

“所以，孟凯是你事先设计好的替罪羊？”罗半夏愠怒地说，“可是，你跟这两个女人无冤无仇，为什么要杀死她们？”

“难道从她的名字里你还看不出眉目吗？她姓单，叫单晓宇。”茂威汀又强调了一句，“她是跟母亲姓的。”

“单晓宇……”罗半夏的脑海中掠过无数名字，终于定位到了那个人，“单兰芳，十年前那桩电话预告杀人案的被害人。难道说，单晓宇是单兰芳的女儿？”

“是啊，她就是为报杀母之仇而来的。”

“报仇？难道杀死单兰芳的是王吉芳和邹姝？这到底是怎么回事？”罗半夏觉得迷惑极了。

茂威汀无奈地摇了摇头，讥讽道：“警察的观察力也太差了吧？刚才，你已经阐明王吉芳和邹姝十年前曾经在同一个小发廊工作过，而单兰芳被害的时候同样也是在一家发廊做按摩师。只要稍加调查就可以发现，她们三人曾经是关系不错的发廊姐妹花呢。因为利益关系，王吉芳和邹姝杀害了单兰芳，并且伪装成是变态杀人狂所为。眼前的这一桩案件正是单晓宇模仿当年王吉芳和邹姝的手法设下的杀局。其实，她早就在暗中揭示了三个案件的联系，单兰芳死亡的旅馆房间号是209，王吉芳是309，而邹姝是109……”

豁然之间，一切都开朗了。为什么十年前的案件，父亲费尽心机却如堕迷雾？因为警方一直把调查的方向放在变态杀人狂上面，想当然地认为凶手肯定是男性。为什么当时酒店的监控摄像头没有拍到一男一女进入酒店的画面，因为实际上带着单兰芳去酒店的是一个女人。王吉芳和邹姝，她们一人负责实行凶杀，一人负责给警方打电话，误导警方的视线——好一个声东击西、颠倒寻常的大阴谋。

“王吉芳和邹姝并不知道，单兰芳在发廊工作之前，已经在老家诞下一个女儿。这个处在悲剧旋涡里的孩子就是单晓宇。”茂威汀的声音有种宿命般的味道。

这时，单晓宇在一旁兀自大笑起来：“呵呵呵，没错，我要让她们像母亲一样屈辱而痛苦地死去。这两个恶毒的女人，竟然为了一条金链子而对我母亲下毒手，我要让她们下地狱！下地狱！”

她的脸上失去了往日的平和与祥宁，浑身的戾气将她化身成了一个复仇的魔鬼。熊熊仇恨的火焰一直燃烧了十年，无法平息。

尾声

罗半夏静静地盘坐在公寓的小床上，手头翻看着父亲当年留下来的案卷。

十年了，那桩父亲唯一没有侦破的案件终于有了了结。罗半夏轻轻翻到案卷结语，想把案子的来龙去脉记录上去，也算是对父亲有个交代。

突然，结尾处的几句话吸引了她的目光。

“法医认为，死者生前可能注射过某种精神类药物，但现有手段无法检测出，需要将血液样本移送专业机构进行化验。”

可是，案卷的后面却没有记录血液样本化验的结果。罗半夏想起来了，正是这桩案件发生后三个月，父亲在一次任务中被歹徒击中左胸牺牲。大概这化验结果也就无人再问津了吧？

可是，父亲当时把血液样本送到哪里去了呢？

文艺之声广播电台大楼 9 层办公室。

茂威汀歪在单人沙发上，脸色阴沉地说：“是你把十年前单兰芳被害的真相告诉她的吧？你们到底有什么目的？”

坐在办公桌后面的是一个窈窕美女，明眸皓齿，红唇娇艳欲滴：“不要冤枉好人，你凭什么这么说？”

“哼，单晓宇要作案，有一个人是绝对无法绕过的。那就是你——

导播顾佳清。”茂威汀冷冷地说，“案发当天，你故意谎称生病，这样就只有她一个人在直播间，方便她作案。”

“呵呵。”顾佳清妩媚地笑了起来，“好吧，就算她母亲被害的事情是我告诉她的，不过我可没要她去杀人啊。”

“你教唆人的本事，我已经领教过了。”茂威汀眯着眼睛，“恐怕那两段变态杀人狂的录音也是你参与录制的吧？前后两人的笑声不同，是因为其中一段是你的杰作，对吗？”

顾佳清低头不语。

“可是，组织为什么要杀死这两个普普通通的女人？灭口吗？她们究竟知道些什么？”

“威汀，我劝你别想太多了。”顾佳清淡淡地说。

“单兰芳的情况不清楚，但至少王吉芳和邹姝都出现了精神病性的症状。”茂威汀直直地盯着顾佳清，压低了嗓音，“她们是不是……最初的实验体？”

“你是在问我吗？”顾佳清仰头挑逗地说，“我怎么会知道？而且，就算知道了也不会告诉你呀！”

茂威汀突然站起身来，三两步走到她跟前，在她还没缓过神来的片刻，一把尖刀已经抵在了她雪白的脖子上。“快说，不说就杀了你！”

顾佳清一脸坦然，轻轻闭上眼睛道：“杀吧。难道你手上沾的血还少吗？也不差我一个。至少，为了神圣而死是值得的。”

茂威汀的手因愤怒而痉挛着，刀尖的光芒在凝固的空气中缓缓落下。

“你们那些见不得人的事情，终有一天会暴露于阳光之下。”

男人冷峻的声音仿佛来自地狱。

钢铁密室杀人事件

汤川走进茂威汀那间陈设简单的公寓，四处看了看，点点头说："真行！跟美女住在一起，吃苦也乐意啊！"

茂威汀眯着眼睛，凶恶地瞪了他一眼："少废话，拿来！"

"什么呀？"汤川假装不知，顺势在沙发上舒服地坐下。

"他们为什么要杀掉那两个女人？"

汤川笑道："怎么？顾佳清没有告诉你？"

"那个女人！"茂威汀的语气十分不耐烦。"一个字都没有漏出来。"

"哈哈哈……关键时刻女人靠不住，好基友才是一辈子的啊！"汤川坏笑道。

茂威汀斜眼瞪他，眼底的怒火已经快要烧到汤川的身上。

"得，得！"汤川摆了摆手，收敛了笑容，"十年前那桩案子你知道吧？就是王吉芳和邹姝联手杀死了单兰芳的案子。表面上看，那两个女人似乎是为了一条金链子而下的手，但根据我的线报，实际情况远远不止那么简单。"

“她们也是被教唆的？”茂威汀向前倾去，“为什么要杀死那个叫作单兰芳的女人？”

汤川从上衣口袋掏出一页 A4 大小的纸，神秘兮兮地说：“警方当时对单兰芳进行尸检时发现，她生前可能被注射过某种精神类的药物……”

茂威汀接过那页纸，发现是那宗案子案卷的一部分，只见上面写道：“法医认为，死者生前可能注射过某种精神类药物，但现有手段无法检测出，需要将血液样本移送专业机构进行化验。”

他抿紧了嘴唇，低声道：“她们果然是……实验体吗？单兰芳是最早发病的，所以被干掉了。另外两个一直观察到现在，最终也被消灭掉了。”

“嘿嘿，这还不能妄下结论。上面不是说，警方把单兰芳的血液样本送去了某家专业机构……”

“是哪里？”

汤川向后一仰，卖起了关子：“刚才的消息都算是免费赠送。接下来的情报，我可是要收费的了。”

“少废话！”

汤川黝黑的小脸上凝起一股肃然，压低了嗓门说：“这个情报可费了我好大的力气。据说，血液样本被送到了 P 大生物系最牛的何鸣教授那里。”

“嗯，知道了。你可以走了。”茂威汀面无表情地说。“下周，钱会自动打到你的账户上。”

“嘿，太无情了吧。我怎么有种被当成手纸的感觉，用完就扔啊！”汤川站起身来，整了整衣服，笑道。

可是，茂威汀专注地想着事情，并不理会他的玩笑。

"喂，还有一件事。"汤川又说，"你知道当年负责单兰芳案子的警察是谁吧？"

茂威汀抬起头，眼神里有种恶毒："你想说什么？"

"没事，我等着看好戏。"汤川再次无耻地笑了笑，转身离开了。

一次探访

何鸣教授住在P大一处僻静的小院里，是一套经过重新装修后的平房。十年前，何鸣教授作为分子生物学的学术带头人被引进国内，P大按照院士的待遇分配给他一个小院子，羡煞旁人。

罗半夏费了九牛二虎之力，才找到当年和父亲罗霄雄共同负责单兰芳一案的同事，打听到血液样本被送到了何鸣教授这里。由于后来父亲因公殉职，案件被一度搁置，虽然警队也曾两次三番来催要结果，却都被何教授以尚未有结果而推阻了。渐渐地，案件陷入泥潭，此事也鲜有人问津了。

一大清早，罗半夏和杜文姜站在何鸣教授家的小院门口，按了几次门铃后，一个文质彬彬的年轻男子来为他们开门。

"你们是……"男子扶了扶眼镜，问道。

罗半夏热情地打招呼："你一定是何鸣教授的独生子何晟吧？听说你是天才神童，刚回国来P大任教。自我介绍一下，我是市刑侦大队的副队长，罗半夏。这位是我的助手，杜文姜。"

杜文姜在一旁点头致意。

"哦，是警察。你们有何贵干？"何晟的语气并不热情。

罗半夏说："是这样的。我之前给何鸣教授发过电子邮件，有一些事情要向他请教。何教授让我今天过来找他。"

"爸爸让你来找他？没搞错吧？"何晟露出狐疑的表情。

“没错，他说要当面跟我谈。”

何晟脸上的神色更加不自然了，沉吟片刻，说：“你们先进来吧。”

走进何家的客厅，只见一个身形娇小的中年妇人坐在沙发上，身边站着一个瘦高的老年男子。何晟介绍，中年妇人正是何鸣教授的妻子乔美云，而旁边的老人是家里的远房亲戚孟伯，在这里帮着干些家务活。一番寒暄之后，罗半夏说明了自己的来意。可是，何夫人脸上也露出了为难的神色。

“我先生真的让你们登门来找他吗？”

“是啊，他在邮件里是这么说的。不信你们可以问他。”罗半夏觉得有些奇怪。

“可是……”母子俩面面相觑，似乎有难言之隐。

“何师母，到底有什么问题？”

何夫人沉思了一会儿，终于吐露了真情：“我先生……已经足不出屋很多年了。我们平时都不太见得到他，不知道他为什么会请你们到家里来。”

“足不出屋？是什么意思？”

“我们家有一间用钢铁打造出来的屋子，就是在普通的房间里面加了一层钢质板材。我爸住在里面已经有快十年了。”何晟缓缓说道。

“钢铁打造的屋子？”罗半夏更加觉得不可思议，“何教授为什么住在那里面？”

何夫人皱了皱眉，说：“他……精神有些问题，总是说有人要害他。本来想把他送到精神病院，可是他坚决要我们为他打造一间钢铁屋子来住。这样一住就是好多年，连学校里的课都不去上了。好在P大同情我们，才保留着他的职位，给我们这个院子住。”

“怪不得我打电话到生物系，那些老师都支支吾吾，欲言又止的。原来，何教授发生了这种事啊！”罗半夏恍然大悟，“可是，我之前跟他通了好几封邮件，并没有觉得他有什么异常啊！”

“唉，我爸的智力完全没有问题。他一直通过互联网在做一些学术研究，甚至还能指导博士生呢。但他就是不肯走出那间屋子，好像只有待在里面才会感到安全。”何晟颇为无奈。

“啊，竟然是这样。”罗半夏有些遗憾地说，“那么，当初他怎么会出现精神症状的呢？是受了什么刺激吗？”

何夫人愣了一下，眼神有些怪异，说：“我们也不太清楚。我记得，他好像是接了一个什么科研项目，一开始还挺兴奋的。但没过几天，他突然说有人会来害他，变得神经兮兮的。”

罗半夏突然联想到了什么，问道：“您刚才说何教授在钢铁屋子里已经住了十年了，也就是说，他接到那个科研项目的时间也正好是十年前？您知道那是个什么样的项目吗？”

何夫人和何晟都茫然地摇了摇头。

“那会儿系里面刚引进了一台先进的分子检测仪，我只知道他天天都在使用那台仪器，好像是在分析某种物质的成分吧？”何夫人说。

——或许就是在分析单兰芳的血液样本？罗半夏寻思道，难道何鸣教授是在血液样本中发现了什么，才发疯的吗？

“何师母，能不能带我们去见一下何教授？”罗半夏提出了请求。

何夫人抿了抿嘴，转头对身边的男子说：“好吧。孟伯，麻烦你去拿一下钥匙。”

一行人跟随孟伯穿过一条狭窄的过道，来到一堵钢铁打造的墙壁面前。

“教授就住在这里面。”孟伯轻声谦恭地说道。

展现在罗半夏眼前的是一堵用纯钢铁打造而成的墙壁，有一扇门镶嵌在里面，门旁边的右下角还有一个小窗口。此时此刻，门和窗都关闭着。

何夫人从孟伯手中接过钥匙，蹲下身子，跪在那扇小矮窗面前，小心翼翼地转动了锁。

——矮窗缓缓地向内打开了。

“何鸣，刑侦大队的罗警官来找你了。”何夫人冲里面喊道。

可是，过了好一会儿，都不见里面有答复。

“何鸣？”何夫人又叫了几声。

仍然没有答复。

何夫人蹙眉，低下头通过矮窗往里面望去。

“咦？人呢？”她的眼睛四处张望，嘴里发出了疑惑的声音。

“怎么了？”罗半夏在一旁问道。

“他……他好像不在里面。”何夫人踌躇地说。

“我来看看。”罗半夏自告奋勇地走到矮窗旁边，蹲下身子往屋里面望去。

只见里面是一间仅仅四五平方米大小的屋子，墙壁都是用钢铁制成的，严丝合缝。屋内陈设简单，一张狭窄的单人床，一张书桌，一把椅子，一个挂衣服的架子，还有用矮钢板隔开来作为卫生间的马桶和盥洗池。

——可是，里面确实一个人都没有。罗半夏的目光来回扫荡，突然下意识地抬起了头。

“啊……”身为刑警的她居然也被当时的情景吓到了。

只见天花板的空调通风口处，挂着一根短短的绳子，何鸣教授的尸体正悬空吊在那里——舌头长长地吐了出来，眼珠突突地瞪着下面，仿佛居高临下地在咒骂着这个世界。

钢铁密室

当警方的大队人马赶到时，众人却对这个钢铁打造出来的屋子束手无策。

“拜托，别开玩笑了。你们怎么可能没有门钥匙？”罗半夏急得哇哇大叫。

何夫人为难地低着头，说：“铁门的钥匙只有一个，在我丈夫身上。我们只有这扇矮窗的钥匙，每天的饭菜和他需要的物品都通过矮窗给他送进去。只有遇到大件物品需要运送，他才会打开铁门。”

“怎么会这样？”罗半夏有些气急败坏，“按您的说法，这岂不是个密室嘛！而且还是用钢铁打造的！”

“杏儿，你快想想办法！”罗半夏只得求助于鉴证科的美女警官。

卢杏儿穿着一身白色短裙，身姿婀娜地往铁门口一站，淡定地说：“看来，只能拿电锯把门锯开了……”

“这种馊主意，我也会出好不好？”杜文姜在一旁嘲笑道。

“为了不破坏铁门的样子，最好还是从旁边墙壁上锯开！”突然，一个低沉而冰冷的声音从身后传来。

——这个声音是……罗半夏猛地回过头，只见身材颀长的男子正冷着脸靠在墙角，肃然的神情仿佛刚才那句话不是出自他的口。

“他怎么会在这里？谁带进来的？”罗半夏又惊又恼地望着茂威汀，大声责问自己的下属。

这时，卢杏儿怯怯地自首道：“是我啦！”

“哈？”罗半夏没想到大学时代的闺蜜会干出这种背叛自己的事

情。但是，想到卢杏儿曾经还帮过茂威汀的忙，是不是他们两个有什么不可告人的关系？

卢杏儿继续说道："小夏，威汀哥说的有道理，赶紧从墙壁上锯开一个洞，把何鸣教授先放下来吧。"

现实没有时间容罗半夏再胡思乱想，毕竟不能让何鸣教授的尸体一直吊着。于是，按照茂威汀的建议，警方用电锯在旁边空白的钢铁墙壁上挖了个能够容许一人通过的洞。

罗半夏和何教授的家人一起走进这间古怪的钢铁屋子。此时此刻，能够更加清晰地看到屋内的全貌。单人床是那种简单的铁架子床，上面铺了一块木板，一张老旧发黄的席子半拖在地上，还有一个竹编的空心枕头掉在床脚；书桌上放着一台笔记本电脑，旁边有一只倾翻了的水杯；马桶和盥洗池还算干净，没有散发出不洁的气味。整个屋子给人的感觉，似乎像是很久没有人住在这里似的。

法医张成龙忙着指挥众人把尸体放下来，做了初步的检查。

"何鸣教授是因绳索将脑部供血中断导致脑内缺氧而死，简单来说就是上吊死的。用来上吊的绳索是一根普通的尼龙质腊绳，挂在中央空调通风口的铁栅栏上。死亡时间已经超过一天，更具体的信息需要解剖之后才能确定，不过恐怕无法太精确了。"

"超过一天了……"罗半夏有些烦躁，转而问何夫人道，"何师母，你们怎么会一直都没有发现呢？"

何晟替母亲解释道："我父亲性格很古怪，一般情况下，如果他不召唤，绝不允许我们擅自去打扰他。"

"那么吃饭呢？每天是谁负责送饭的？"罗半夏问。

"是我。"何夫人说，"因为怕别人会害他，所以他对吃的要求很高，每次都必须由我先试毒才可以。不过，昨天我来送饭的时候，他让我不要打开矮窗，直接放在外面。没想到，他竟然做了这种傻事……”

“没有开窗，那他的这些指示是如何传达给你们的呢？”罗半夏有些不明就里。

“是这样的。那儿不是有一台笔记本电脑吗？”何晟指了指桌上的电脑，“父亲一直是通过网络来跟我们交流的。即便有时候他打开了矮窗，也是为了传递一些材料，很少跟我们说话。”

——好古怪的何教授，他究竟在害怕些什么呢？罗半夏感到毫无头绪，转而问正在忙碌的鉴证科美女：“嗯……杏儿，你那边的情况怎么样？”

卢杏儿转过身来，眨巴了两下灵动的大眼，说：“这扇铁门是完全锁死的，必须用钥匙才能打开。而那只钥匙是在何鸣教授的口袋里发现的。从现场的情况来看，这间钢铁屋子宛如一个密室。嗯，没错，是一个钢铁密室。”

“密室？”罗半夏很不愿意面对这样的字眼，“或许是有人事先配制了钥匙，这样就可以随意进出这扇铁门了呀！”

卢杏儿和何夫人同时摇了摇头：“不可能。这种锁是特制的，钥匙和锁之间有非常精细的搭扣，普通的锁匠根本配置不出来。”

何夫人进一步补充道：“自从这间屋子打造出来之后，钥匙就一直在我丈夫身上。任何人都不可能有机会配制钥匙。”

不可能的自杀

“上吊，密室……从目前这些状况看，何教授只能是自杀的了。”罗半夏说完，心虚地望了茂威汀一眼。

“但是，自杀的理由是什么呢？”杜文姜接过话茬，“何教授那么害怕有人会毒害他，显然是个惜命之人啊！”

“何师母，教授他最近一段时间有什么奇怪的表现吗？”罗半夏问。

何夫人摇了摇头，说：“没感觉有什么特别的。就是前天晚上发邮件，让我送饭的时候不要打开矮窗。”

“他有说什么理由吗？”

“没有。我们从来都不敢过多地问他，他也不会回答。”

“嗯……”何晟突然支吾道，“事实上，爸爸给我发过一封邮件，里面提到让我去查一种罕见植物的成分。我刚查出来，那种成分具有很强的致幻作用。可是，这跟他的死会有什么联系吗？”

“致幻剂？”罗半夏皱了皱眉头，想起 × 大医学院的沈家勤教授也是研究致幻剂的。为什么最近总是遇到跟致幻剂有关的案子？

“会不会是何教授自己配制了致幻剂，服用之后精神失常，从而自杀了？”杜文姜提出了自己的见解。

“不可能。爸爸已经很久没有从事直接的生物学研究了，这间屋子里也没有任何可以用来配制致幻剂的仪器和材料！”何晟说，“但是，从爸爸给我的邮件里，我感觉他好像为这种致幻的成分非常担心，甚至有些恐惧……”

“恐惧？那他是因为害怕，才自杀的？”杜文姜瞎猜道，“对了，你们不是说，十年前他是接了一个科研项目后，才开始说有人要害他的吗？或许他是被什么人威胁了！”

“就算如此，为什么偏偏要在这个时候自杀？”罗半夏不同意。

“咳，当然是研究出现了突破性的成果，他觉得肯定会被人置于死地了呗。”杜文姜信口开河道。

罗半夏正想反驳，突然听到背后一个男人的笑声传了过来。

“煞有介事地说了半天动机，拜托先看一下现场吧？”毒舌的男人说道。

“现场？”罗半夏转过身，望着吊过何教授尸体的空调通风口。

杜文姜最看不上茂威汀这种故作深沉的男人了，不禁讥讽道：“怎么了？现场没什么问题啊！”

“呃……”卢杏儿正想插话，却被夺过了话柄。

“上吊除了绳子和用来固定的高处支撑之外，还需要什么？”茂威汀轻佻地笑道。

罗半夏狐疑地看着现场的模样，脑袋一时之间有点空白。

茂威汀走到空调通风口下方，用手够了够，说：“这屋子可不低。何教授只是中等身材，他要怎么把自己吊到空调通风口下面去？”

“凳子！”罗半夏拍了下脑袋。

对了，狗血的电视剧里面，上吊之人都是踢掉凳子后才悬空的。可是，屋子里面没有被踢翻的凳子，书桌旁边的椅子也离得八丈远。

“会不会是借助了床啊？”杜文姜推测道，“他先站在床上，然后再把脖子套进绳索里。”

“可是，这张床离空调通风口也有好一段距离呢。”卢杏儿终于说出了自己的想法。“而且，用来上吊的绳子很短，即便站在床上，高度也不够啊！”

话刚落音，气氛微妙地凝重起来，一股恐怖的气流滞留在空气中。

——何教授仿佛是被凭空吊在了天花板的空调通风口下面，悬悬荡荡，无依无凭。

“那……到底怎么回事？”罗半夏傻了眼，这么简单的事实她竟然没有看出来。

“很简单，这不是自杀，而是一起被人精心设计过的谋杀，利用了某种奇妙的诡计。”茂威汀说完，冷漠地转身，头也不回地离开了现场。

“谋杀？”杜文姜望着茂威汀的背影，没好气地说，“可是，这是个严严实实的密室啊！铜墙铁壁的，难道凶手会穿墙术吗？”

“也算不上是完全的密室吧？”卢杏儿讪讪地说，“不是还有一扇可以从外面打开的矮窗吗？”

“何师母，那扇矮窗的钥匙有几把？”罗半夏转而问道。

何夫人说：“矮窗的钥匙有两把。我丈夫身上有一把，另外一把挂在餐厅冰箱旁边的暗格里面，只有我们家里人知道。”

“也就是说，另外这一把钥匙，家里面的任何人都可以拿到咯？”罗半夏追问道。

“是啊。”

“喂，警官，你这是什么意思？”何晟的语气有些不满，“难道你怀疑是我们家里人杀死了我爸吗？”

“少安毋躁，这只是例行的询问。”罗半夏安抚道，“那么，这两天有什么人来拜访过何教授吗？”

何夫人摇了摇头，说：“没有。自从我丈夫精神失常之后，家里就很少有人来了。这两天除了你们并没有外人来过。”

“夫人，余小姐也来过。”孟伯突然在一旁提示道。

“孟伯，你老糊涂了吧！林姗怎么会是凶手？”何晟愈发不满。

罗半夏不明就里地望着他们三人。

何夫人解释道：“是这样的，我儿子的女朋友叫作余林姗，他们虽然没有结婚，但我已经把她当成自己家人了。昨天，林姗来家里吃饭，一直到晚上才走的。”

“她知道矮窗钥匙放在哪里吗？”

“嗯。”何夫人点了点头。

“妈，难道你也怀疑林姗？”何晟几乎有点气急败坏了。

“小晟，我不是这个意思。但是，林姗她对你爸爸的研究，好像一直挺感兴趣的，我不知道这其中会不会有什么……”

“行了，妈。照这么说，你才最有杀死爸爸的嫌疑呢。”何晟翻脸道，“你对他早就没有感情了。可是，他这个样子，你又不能跟他离婚，你那个相好的等得着急了吧？”

“你……”何夫人听到这话，脸涨红得几乎晕过去。

“小何先生，你怎么能对夫人说这种话？”孟伯上前搀扶住何夫人。

“哼，孟伯，你还是少说几句吧。别怪我说出更难听的话来。”何晟恼怒地甩了甩衣袖，转身往外面走去。

最后见到的人

何鸣教授的妻子乔美云是P大校友会的干事。自从何教授精神失常以来，她在单位一直处于半工作半休假的状态。因为她能讲一口流利的英文，校友会就只让她负责外国留学生校友联络这类轻松的工作。

罗半夏专注地望着眼前的何夫人，虽然已经接近知天命的年纪，但岁月并没有在她脸上留下太多的痕迹，她娇小苗条的身材，白皙光洁的脸庞，乍一眼看上去好似刚上初中的学生。

“何师母，您最后一次见到何教授是什么时候？”罗半夏问。

何夫人思索了一会儿，说：“应该是前天傍晚，我给他送晚饭去的时候。那时候，他打开了矮窗，还跟我说饭菜不要做得太咸。”

“当时，他没有提起第二天把饭菜放在外面的事情吗？”

"没有，我是第二天上午才看到他的邮件，让我一整天都不要去打扰他。"

"您是何教授生前最后一个见到他的人吗？"

何夫人摇了摇头："不是。前天晚上，我丈夫把小晟叫过去谈话。他们在矮窗那边说了一会儿，后来不知道怎么就吵了起来。两个人好像都挺生气的样子。"

"你知道他们是因为什么原因争吵吗？"

"不知道。也没听清他们在说什么。"

罗半夏眯起眼睛，思索了一会儿："何教授和何晟以前有过什么矛盾吗？"

"唉！"何夫人沉沉地叹了口气，"还不是为了小晟的女朋友，我丈夫不同意他们来往，说林姗这个女孩子心术不正。但是，他脑子不清楚又很偏激，我倒是觉得林姗为人还是不错的。"

"何晟看起来很爱自己的女朋友？"

"嗯，非常爱。他曾经说过，可以为了余林姗拼命。"何夫人仰起头好像在想着什么，"现在年轻人的感情，是我们这代人无法理解的了。"

"刚才……何晟提到您也有杀死何教授的动机，这是怎么回事？"杜文姜突然插话道。

何夫人脸上的光彩瞬间黯淡，眼神一凝，说："那是他的想象，他总以为我跟他爸爸没有夫妻感情了。我不知道他是从哪里听来的那些闲言碎语。"

"是什么样的闲言碎语？"杜文姜不依不饶地追问。

何夫人有些委屈地望着他，嘴巴瘪了一下，说："都是捕风捉影的事，请你们不要再问了。"

何晟坐在警局的侦讯室里，脸上依然是一副不忿的表情。这位斯坦福大学分子生物学的高材生，看上去满脸书卷气，但骨子里也有自己的脾气。

罗半夏端看着手中的资料，问道："根据P大的人事档案记录，你是去年从斯坦福毕业后通过人才引进来到P大生物系任教的。你回国后，一直住在父母的家里吗？难道P大没有给你分配住处？"

何晟歪着头，语气里带点讥讽："P大哪有那么大方？我爸处于半退休状态，还住着院士小院，已经算是顶级待遇了。后勤处跟我说，最多再分给我一间单身宿舍，还是20世纪80年代建造的那种。反正家里有的是空房，我就没要那个破宿舍。"

"刚才你提到你母亲在外面有相好的，是怎么回事？"

提到这个话题，何晟的脸色变得很不自然，脑袋来回转动，不耐烦地说："我那是气话。我妈对我爸还是很不错的，这么多年悉心照顾，不离不弃，算是难能可贵了。不过，一个女人长年累月得不到丈夫的爱，毫无希望地坚守着一份形式上的婚姻，总归是一件很不容易的事。我也不是傻子，家里面什么情况，我都看在眼里的。"

"你是在暗示，你母亲跟家里面的佣人孟伯有暧昧关系吗？"

"不是我说的，邻居和系里面的老师也都有这种想法。"何晟说，"毕竟，一个年龄相仿的男人，在家里跟妈妈朝夕相处，要不出事都难。"

"不过，就为了这个要杀死我爸，也有点牵强。"何晟想了想，又补充说。

"你跟你父亲的关系，好像处得并不是很好。"罗半夏转换话题道，"有一位生物系的教授说，你们俩曾经为了某个学术观点而在一本国际刊物上针锋相对。”

“呵呵。”听到这里，何晟反而轻松地笑了起来，“警官，你不太了解学术圈吧？学术争论是最有意思的事情，不管是父子、师徒还是别的什么，在坚持自己的立场时是六亲不认的。当然，这也仅限于学术争论。我跟爸爸的关系挺好，他关在钢铁屋子里的时候，我还帮他处理很多社交方面的事情。”

“可是你母亲说，前天晚上，你在钢铁屋子的矮窗边跟何教授吵了起来。那是怎么回事？”杜文姜总是喜欢提这类犀利的问题。

何晟愣了一下，大概没想到警方已经查问到如此细致的地步，硬着头皮回答说：“我爸之前让我去查一种植物的成分，我把结果告诉他之后，他好像不太赞同。那天，他把我叫过去，说我没有好好研究。我们就吵了几句……”

“但是，事情好像还涉及你的女朋友余林姗？”罗半夏进一步追问。

何晟的表情越发难堪：“是这样的。那种植物是林姗帮我弄到的，从云南和缅甸交界的热带雨林带回来。可是，我爸说我找错了，不是那种植物。而且，他一直也不太喜欢林姗，不赞成我们在一起。”

“那天吵完之后，你还见过何教授吗？”

何晟摇了摇头，轻轻叹了口气：“没想到，那就是我们的最后一面。虽然你们都说他不是自杀，但有时候我也在想，他是不是因为生我的气，所以想不开……要不然他也不会特地发邮件给妈妈，让她连饭都不用送进去了。”

“他这样不让你们打开矮窗送饭的情况多吗？”

“不算多。他不想见人的时候会这样闭关几天。”何晟回答道。

“除了你之外，还有谁在那之后见过何教授吗？”

“没有了。我想我是最后见到爸爸的人吧。”

他们的动机

余林姗是一个打扮时髦的女子，戴着一副红色边框眼镜，看上去既高雅又知性。她坐在侦讯室里面，抿着嘴唇沉默的样子，给人一种格格不入的感觉。

“余小姐，昨天一整天你都待在何晟家里吧？”罗半夏耐着性子问道。

“是啊，我们已经谈婚论嫁了，去他家吃饭很平常。我每个星期都去，有什么问题吗？”余林姗应答如流。

“你动过冰箱旁边暗格里的钥匙吗？”

余林姗倒抽了一口冷气，神色有些闪烁：“没，没有啊！那是何伯伯屋子矮窗的钥匙，何晟不让我碰的。”

“可是，我们在那上面验出了你的指纹……”杜文姜幽幽地说。

余林姗猛地抬头，眼睛里面有些惊恐：“那，那是我不小心的……”

“怎么回事？”

“嗯……何伯伯住的那间钢铁屋子，他们从来都不让我看。我就是很好奇嘛，一个人长年累月住在那种地方，到底是什么样的。所以，我趁他们不注意……”

“也就是说，你打开过那扇矮窗？”

“没，没有。”余林姗矢口否认，“我本来想拿钥匙去开窗的，后来吃饭的时候听何伯母说，何伯伯那天都不让她把饭送到屋子里去。我猜何伯伯是有什么要紧的事，就不敢去打扰了。”

“哼，本来你也不应该去打扰吧？”杜文姜故意板起面孔，“听说你对何教授研究的致幻剂很感兴趣……”

余林姗脸上露出难堪的表情，支吾道：“那是因为……我本身就是学这个专业的嘛。听何晟说，何伯伯是因为一项研究走火入魔，才住进那间钢铁屋子里去的。我很想知道那项研究到底是怎么回事，会把何伯伯那么聪明的一个人折磨成那样。”

罗半夏对于她的辩解不置可否，转而问道：“你跟何晟是怎么认识的？”

“我们是在斯德哥尔摩的一次国际会议上认识的。”余林姗坦言，“也算是志同道合吧，聊着聊着就走到了一起。”

“我们查到，你好像在为一个国外的 NGO 组织工作，经常有出国的机会。”罗半夏说，“你跟何晟相识，是不是为了接近何教授？”

余林姗瞪大了眼睛：“你，你们不会是把我当成国际间谍了吧？我可是中国公民！我跟何晟认识绝对是偶然。”

“别激动，我们可没说你是间谍。”罗半夏觉得这个余林姗有点做贼心虚的感觉。“但是，你知道何晟因为你而跟他父亲争吵的事吗？”

“嗯。”余林姗点点头，“何教授对我有些误解，所以我昨天才专门去何家想跟他解释一下。”

“你见到何教授了？”

“当然没有。刚才已经说过，本来想拿钥匙去开矮窗的，后来放弃了。”

——前后倒是一致，但让人感觉有些过于圆滑了。

罗半夏继续问：“你认为，何教授对你有什么误解呢？”

“他好像以为我是什么组织派来害他的，他把自己的妄想跟现实混淆在一起了。”余林姗这句话说得很不客气。

“对于何教授的死，你有什么看法？”

“我不知道。”余林姗偷偷瞟了罗半夏一眼，“我觉得，应该是外来人作案吧？”

孟伯是何鸣教授的远房亲戚，来自远郊区县的一个小镇。六年前，他所在的工厂倒闭之后，由于工作不好找，就被乔美云叫来家里帮忙。虽然是个普通的工人，可是长得瘦高斯文，一眼看上去让人颇有好感。

——跟这样温润体贴的男人长期相处，换作自己也会有所动心吧？罗半夏仔细体会着乔美云的心理。

“您在何家已经工作六年多了。您觉得，何教授和何夫人的关系好吗？”罗半夏问。

孟伯老老实实地回答：“教授和夫人的关系很好。这么多年，夫人一直守着这个家，真的很不容易。”

“您和何夫人的关系也很好，是吗？”罗半夏小心翼翼地说。她总觉得说话稍不妥当，就会伤害到眼前这个朴实的男人。

孟伯敏感地察觉到了罗半夏语气中的闪烁，抬起头义正词严地说：“警官，我知道你想问什么，我也知道外面有些难听的话。可是，我跟夫人之间真的清清白白，绝对没有做过对不起教授的事。”

“您所谓的清清白白是指什么？”杜文姜毒舌地说，“很多人都说，您对何夫人体贴入微，简直好像是在照顾自己的妻子一样。”

“这……警官！”孟伯的语气陡然严肃起来，“不瞒你们说，我都这个岁数的人了，还能有什么想法？只是夫人真的很可怜，让人看着不忍心。”

“所以，你由怜生爱，日久生情了？”杜文姜一点也不顾及对方的情绪。

孟伯脸上掠过一丝怒容，但很快压抑下去，叹口气道："唉，随便你们怎么说，反正我们不是你们想象的那种关系。"

罗半夏见场面有些僵，连忙转换话题道："孟伯，平时您在何家都负责哪方面的工作？"

"就是打扫一下卫生，买个菜什么的。"

"做饭呢？也是您负责吗？"

"不不，饭都是夫人亲自做的，而且还要为教授试毒。"孟伯皱着眉头说。

这个细微的表情被罗半夏捕捉到了——孟伯似乎对于何教授古怪的生活习惯有些反感。

"那么，何教授住的那间钢铁屋子也是您打扫的吗？"

"不是。"孟伯说，"那间屋子我从来没有进去过。何教授不需要人打扫。那里面与世隔绝，大概也脏不到哪里去吧？"

"这么说来，您平时基本上都见不到何教授？"

"是的。这么多年来我也只见过他几次，都是通过矮窗。"孟伯说。

"前天晚上，何教授跟何晟在矮窗边大吵了一架，您知道这件事吗？"

"嗯，我听见他们在争吵，好像是为了余小姐的事。教授很不喜欢余小姐……"

罗半夏顺着他的话，提示道："据说，余小姐曾经偷拿过矮窗的钥匙。"

"唉。"孟伯又叹了口气，"其实，她偷钥匙的时候，被我看见了。当时她很尴尬，立刻把钥匙放回去了。不过……"

"她也有可能事后再去偷，是吗？"

"嗯。"孟伯郑重地点了点头。

犹大之窗

"你们怎么看？"罗半夏问道。

罗半夏、杜文姜和卢杏儿三人围坐在警局的会议室，进一步整理案情。

"从动机上看，这四个人都有嫌疑。妻子乔美云可能因为长年累月的孤独而痛恨患有精神疾病的丈夫，虽然现在不能肯定她与孟伯的私情，但弑夫另嫁的可能性还是存在的；儿子何晟在学术观点上跟父亲相悖，同时女朋友的事情又遭到父亲反对，父子之间积怨较深；余林姗的背景还不明朗，但她对致幻剂很感兴趣，或许有某些我们未曾了解的动机；至于孟伯比较单纯，可能就是为了替乔美云解脱吧？"杜文姜整理总结道，"你们觉得呢？"

"嗯，他们不仅在动机上有嫌疑，而且也拥有作案的时间和可能性。"卢杏儿说，"这间钢铁屋子如此诡异，也只有非常了解它的人才可能下手。只是，这钢铁密室的诡计一日不破解，凶手就无从谈起啊！"

罗半夏沉默着不说话。

杜文姜问："小夏，你似乎不太同意？"

"嗯……我还是觉得，何教授的死可能跟他研究的致幻剂有关。杏儿，何教授的那台电脑修好了吗？"罗半夏说。

卢杏儿无奈地摇了摇头，说："电脑旁边的那杯水倒翻，浸湿了主板和硬盘，想要修复起来非常困难。"

——真是屋漏偏逢连夜雨。

罗半夏寻思道："会不会凶手的目的就是要破坏那台电脑？"

“不会吧？如果电脑里面有关于致幻剂的重要资料，凶手为什么不干脆把电脑带走呢？”卢杏儿说，“相比于单纯地破坏数据，获取数据不是更有效吗？”

“大概凶手已经把数据拷贝走了吧？”

“不！”卢杏儿坚决地摇头，“虽然修复起来很困难，但不是一点办法都没有。茂威汀给我介绍了一个电脑天才，据说还是有希望恢复一部分数据的。让这些数据落入警方手中，显然是凶手的失误啊！”

“你说的那个电脑天才是谁？”听到茂威汀的消息，罗半夏不禁提高了警惕。这个冷傲的男人无缘无故出现在现场，还如此热心地提供帮助——肯定不是免费的午餐。

“嗯……是一个叫作简三郎的男人，好像你也认识吧？”

——简三郎？就那个纨绔公子哥儿，他竟然是电脑天才？罗半夏有种世界观被毁灭的感觉。

“杏儿，你跟茂威汀怎么搞在一起了？他可不是值得信任的人。”

“什么叫搞在一起？小夏，说话不要太难听啊！”卢杏儿笑道，“我只不过觉得，他还挺有魅力的。”

“你……”罗半夏对于“外貌协会会员”卢杏儿的直白感到无语。

“怎样？难道就许你跟他同居，不让我和他亲密交往吗？”卢杏儿取笑道。

“都说了没有同居，没有！”罗半夏气恼得几乎要跳起来。

“你们都别吵了……”这时，一直在沉思的杜文姜突然发话道，“那个密室的诡计，我想应该已经破解了。”

“什么？”两个美女异口同声道。

“对啊，其实不是什么了不起的谜题。”杜文姜耸了耸肩，“你们刚才不是问，凶手为什么没有把电脑带走吗？很简单，凶手根本没有进入钢铁屋子里面。”

“没有进入？那他是如何将何教授吊起来的呢？”

“利用那扇犹大之窗[①]呀！”杜文姜笑道。

“你是指那扇矮窗？”罗半夏皱着眉头，“怎么讲？”

杜文姜舒了口气，说：“那扇矮窗虽然很小，但是却可以通过一个人的脑袋。凶手把何教授骗到矮窗旁边，让他伸出脑袋，然后用绳子从斜上方勒住他的脖子，可以在短时间使何教授昏死过去。随后，凶手再利用某种重型的钩子，把绳索甩到空调通风口中，绕过何教授的脖子把他吊起来。整个作案过程就完成了。”

“绳子，钩子，甩到空调通风口，绕过脖子……”罗半夏努力地在脑海中想象着杜文姜所描绘的画面。可是，越想那画面就越混乱，完全不得章法。

“我不明白，绳子的一端从空调通风口穿过之后，如何回到凶手的手中？”卢杏儿提出了疑问。

“哎呀，绳子上有铁质的钩子嘛，用强力磁铁把它吸过来不就行了。”杜文姜回答得轻描淡写。

“磁铁？那得多强的磁力啊！”卢杏儿反驳道，“如果凶手真的利用了那种磁铁，肯定会干扰到附近居民的电器使用。”

罗半夏点头赞同：“这个手法好像行不通。”

杜文姜有些泄气地沉默了半晌，又说：“或许，凶手通过某个理由欺骗了何教授，让他亲自把绳索穿过空调通风口，然后拿到矮窗旁边。待到勒死教授之后，就直接拉动绳索把尸体吊到半空。没错，就是这样。真正的凶手是何教授最亲近的人！”

话说完之后，会议室内有片刻的宁静。罗半夏和卢杏儿对于这

---

①《犹大之窗》是约翰·狄克森·卡尔的代表作之一。

个异想天开的诡计都有些怵头，但一时半会儿还没弄明白杜文姜的描述。

“让何教授亲自把绳索绕过通风口？凶手得编出什么样的理由啊？”卢杏儿说。

杜文姜略一沉吟，说：“不难啊！只要说帮何教授把什么东西吊起来就行了嘛，比如挂个灯笼之类的……”

——好牵强的借口，几乎可以说是强词夺理了。

罗半夏反驳道：“就算你所说的理由成立，那么凶手把何教授吊起来之后，如何把尸体固定在空调通风口处呢？别忘了，绳子的另一头还握在凶手自己手里呀！”

“哈？”杜文姜的眼珠来回转了几次，终于也认识到了自己推理中的短板。

如果要用杜文姜所说的方法把尸体吊起来，那么凶手必然要利用定滑轮的原理来拉动绳子。在这种情况下，凶手要如何处理手中那一端的绳子呢？

“你光想着可以在矮窗边勒死教授并吊起尸体，却忘记了不进入钢铁屋子是无法把两头的绳子系住，固定在通风口的铁栅栏上的。”罗半夏一语中的。

杜文姜还想垂死挣扎：“不对不对。让我再想一想，肯定有什么特别的绳子打结方法，可以既固定住绳子，又能够拉动的……”

卢杏儿在一旁笑眯眯地望着杜文姜，心想，为什么这个屡屡想在罗半夏面前表现机智一面的富二代，总也摆脱不了悲剧男的命运？

机械密室

“这扇门真的一点破绽都没有吗？”罗半夏轻轻敲了敲钢铁密室的

大铁门。

为了解开密室的诡计，罗半夏带着杜文姜和卢杏儿再次来到何家的钢铁屋子。可不知道为什么，卢杏儿竟把神秘男茂威汀也给带来了。他一个人站在角落的书桌旁，不声不响地望着室内。罗半夏心里犯嘀咕，卢杏儿跟茂威汀究竟是什么关系？

“我们仔细检查过，这扇铁门确实是完璧。”卢杏儿回答道，“整间屋子是在原有砖墙基础上贴了一层厚度约半厘米的钢板，而这扇门的厚度却有砖墙加钢板那么厚。另外，它使用的锁也是由一家知名的国外制造商定制的，只有一把钥匙可以打开。我查过了，如果想要多配一把钥匙，必须向制造商提供配制人的身份信息和购买时的一系列材料，流程相当烦琐；并且，每一把配制的钥匙都会被记录在册。所以，要想从铁门这里寻找突破口几乎是不可能的了。”

“不可能……”罗半夏皱着眉头，喃喃自语。

这时，只见茂威汀从书桌旁走了过来，在盥洗池和厕所边仔细查看。

“这儿有什么问题？你不会认为，凶手是从马桶的孔眼里面钻出来的吧？”罗半夏总是忘不了挖苦他两句。

“至少，这里也是一个通道。”英俊而冷酷的男人哼道。

“要这么说，空调通风口也是一个通道啊！凶手可以从那里进来。”罗半夏突然醒悟道。

“那不可能。通风口的铁栅栏是被钉死的，没有任何破坏过的痕迹。”卢杏儿说，“大约何教授就是怕有人从那里进来害他，才设计成那个样子的吧？”

“唉。”罗半夏沮丧得像只斗败的蟋蟀。

“这屋子里的东西有点少得出奇了。”茂威汀突然冷冷地说了一句。

作为何教授长期生活的起居室，这里确实太过简单了。一张木板床，上面只有一层薄薄的席子和一个竹编的空心枕头，何教授也不嫌硌得慌？书桌上除了被取走调查的笔记本电脑之外，也只有一个水杯，连一支笔一张纸都没有。据何夫人说，由于何教授长期幽闭在暗无天日的钢铁屋子里，家人担心他会因情绪抑郁而自杀，所以刻意把有可能用来自残的物品都取走了。

“东西少……”罗半夏细细琢磨着，脑中突然闪过一道光。“我记得何夫人说过，当遇到大件物品需要运送进屋的时候，何教授会打开铁门。这两天天气渐渐变凉了，或许何教授会需要一床被褥什么的。凶手以此为契机，让何教授打开了铁门，从而进入钢铁屋。”

“然后呢？”杜文姜问，“凶手如何离开？”

“凶手将何教授杀死并吊起之后，拿着钥匙离开密室，然后从外面将铁门锁上。”罗半夏说，“小文，下面就该用到你说过的把戏了。只不过，使用对象不是尸体，而是钥匙。”

卢杏儿似乎已经明白了罗半夏的逻辑：“你是说，凶手通过钓鱼线之类的细绳，将钥匙从矮窗拉动回何教授的衣服口袋里面？可是……”

还来不及让卢杏儿说完，杜文姜就急于赞同道：“啊！这确实是有可能做到的。这么说来，凶手应该是谁呢？”

“从可操作性来看，何夫人为教授送被褥是最顺理成章的，但是另外三个人也不是完全没机会。”罗半夏说。

“不，我丈夫从来都不需要被褥。”突然，何夫人的声音从屋门口传来。只见何晟、孟伯和余林姗都跟在后面。

何夫人继续说：“以前，即便是冬天，他也不使用被褥。这间屋子有中央空调，四季的温度都很适宜。所以，如果我提出给他送被褥，那会显得很奇怪的。”

“嗯。”何晟和孟伯都点头认同道。

“你们这是……”罗半夏对他们的到来有些不解。

“我们想知道真相，我爸真的不是自杀吗？”何晟说。

这时，杜文姜左手托着下巴，说：“嗯，凶手也可能送的不是被褥，而是……比如实验仪器之类的。你之前不是说这间屋子里没有可以配制致幻剂的仪器和材料吗？或许，何鸣教授为了亲自了解那种植物的致幻成分，让你把仪器材料送进来呢？”

何晟的脸色一变：“什么意思？你在暗示我才是凶手吗？”

“没错。虽然不知道前天晚上你跟何教授具体在为什么争论，但是你完全可以这样对他说：‘你如果不相信我的结果，一会儿我把材料和仪器给你送进来，你自己做分析好了。’这就为何教授打开铁门制造了机会。”杜文姜继续道。

罗半夏觉得这种推测不无道理。

然而，何晟却捧腹大笑起来：“哈哈，太可笑了。你们警察的知识面也太狭窄了吧？欢迎你们到生物系看看，生物分子分析仪是不是我一个人就能搬得动的。我如果对爸爸说出这种话，估计会被他认为脑残了。”

“嗯，而且那些仪器很精密，不是随意可以搬动的。”作为同行的余林姗附和道。

“或许，我们一时想不到合适的理由。但凶手肯定是花言巧语地骗取了何教授的信任，说服他亲自打开铁门。我想，这一点是没错的。”罗半夏连忙为下属解围。

“不，这一点恰恰错了。”茂威汀突然在没人注意的角落开腔道。

卢杏儿把目光投向那个男人，心里暗叫不好。可是，她已经无力挽回局面。

“什么？”罗半夏有种背后中枪的感觉。她注意到何晟的目光中似乎有惺惺相惜的赞许之色。

“这位美女刚才不是已经说过，这把锁是跟国外制造商专门定制的，它可不是在小商品市场上一抓一大把的普通货色。”茂威汀的嘴角露出邪气的笑容。

罗半夏突然感觉全身发虚，好像整个时空颠倒过来。有什么东西在消失，而另一种气场正在越来越强……

“这锁到底怎么了？”杜文姜针锋相对地问道。

卢杏儿刚想开口，又一次被抢夺了话语权。

“很简单。你们可以试试，从屋外上锁跟从屋内上锁，是不是一样的。”茂威汀冲罗半夏嬉笑道。

罗半夏立刻从卢杏儿手中抓过了钥匙，分别试着从屋外和屋内上锁。在反复尝试了几次之后，她终于发现了机关所在。

原来这把锁有两个锁舌。从屋外上锁的时候，只有外侧的锁舌会转动；而从屋内上锁的时候，两个锁舌都会转动。也就是说，这把锁在设计之初就决定了，从屋内上锁是更加保险的。

“明白了吧？傻妞。”茂威汀的右手搭住罗半夏的肩，亲昵地靠近她，“如果凶手拿了钥匙从屋外上锁，那位美女早就看出来了。”

罗半夏鼓着腮帮子瞪他一眼，又转回头去看鉴证科的美女卢杏儿，满腹的气闷只能往肚子里面咽。

汹涌的真实

一时之间，整个屋内安静下来，仿佛宁静的海平面之下潜伏着更为汹涌的波涛。

“那么，这个密室……到底是怎么回事？”

卢杏儿偷偷地瞥了罗半夏一眼。她知道这个大学的死党肯定在心里咒骂自己，竟然没有早早地把铁门锁的结构告诉她。其实，在茂威汀来找她之前，整个鉴证科都没有发现这把门锁竟然有那样奇怪的构造。因为这件事，她欠茂威汀一个人情，所以才答应带他再次来到现场。刚才，她无数次想把锁的构造说出来，却一直被现场奇怪的气氛压制了。

“所以我说，或许我爸还是自杀的。”何晟低声地说，“否则，密室的现象是无法解释的。”

听到这话，罗半夏泄气地垂着头。兜了一大圈，难道最终还是回到起点吗？

“喂，打起精神！”茂威汀用力地拍了拍她的后背，“真相不是显而易见的吗？”

“显而易见？”杜文姜不服气地挑衅道，“你倒是说说看，凶手如何穿墙破壁，在这间坚固的钢铁屋子里杀死何教授？”

茂威汀轻快地走到屋子中间，把双手交叉架在胸前，说：“密室这种诡计，除了给侦破制造困难之外，最好的效果是让人误以为死者是自杀，从而使得凶手成功脱身。但是在这个现场，我们一眼就能看出何教授并不是自杀——因为他没法把自己吊得那么高。所以，如果凶手想要制造出何教授是自杀的假象，那么他显然是失败了。”

“那又如何？”杜文姜问。

“于是就有了第一个问题，为什么凶手不把自杀的场面伪装得更加真实一些呢？”茂威汀说。

如果把上吊的绳子放得低一些，下面再搁上一把被踢翻的椅子——现场的真实度会增加许多。可是凶手却偏偏把尸体吊得那么高，仔细想想确实是很愚蠢的行为。

“你到底想说什么？”罗半夏急切地问。

“呵呵，小姑娘要多动脑筋嘛。”茂威汀调戏道，“伪装自杀现场的失败，并不是凶手的疏忽，也不是他没有想到，而是因为他根本就做不到。”

“做不到？你的意思是……”罗半夏寻思道。

“凶手无法自由地控制吊起尸体的高度，无法对现场进行更多的布置。”茂威汀斩钉截铁地说，“换句话说，凶手并没有进入这间屋子里面。”

“这一点我早就知道了。否则，凶手就会把书桌上的笔记本电脑带走了嘛！”杜文姜嗤之以鼻。

“凶手没有进入屋子，他如何把何教授吊得那么高呢？”罗半夏仍是不解。

“别着急，这里有三个问题。第一，我们都看到了，屋内的陈设相当简单，几乎所有的东西都是木质或铁质的，没有一点儿棉质或者纸质的东西。第二，何教授为什么要发邮件，不让人打开矮窗送饭？第三，孟伯说这间屋子长期没有人打扫，可是我们却看到屋里面挺干净的，没有什么灰尘。”茂威汀的嘴角掠过一抹笑意。

“这是三个问题，全面不搭界嘛！”杜文姜说，“跟密室的诡计有什么关系？”

“苍蝇不叮无缝的鸡蛋。这世界上没有严丝合缝的密室，每一间屋子都有可以被突破的缝隙。”茂威汀抬起头，望着天花板笑了笑，“这间用纯钢铁打造出来的屋子，它最大的缝隙不是那扇矮窗，而是头顶这个空调通风口。”

“呵呵，那你就搞错了。”罗半夏暗自得意。看来这个茂威汀也没什么了不起，竟然重提这个早就被卢杏儿否定了的假设。“刚才你不是也听到了？那个通风口的铁栅栏是被钉死的，没有任何破坏过的痕迹。凶手不可能从那里进来！”

“我说过了，凶手没有进入这间屋子。”茂威汀回望她，眼神里面闪过鄙夷。

“没有进入……那他怎么利用通风口吊死何教授呢？”罗半夏觉得这简直是个不可能完成的任务。

茂威汀摇了摇头，似乎在嘲笑她的无知：“很简单！把绳子从通风口伸进来，勒住何教授的脖子，再把绳子系在铁栅栏上就可以了。”

——绳子伸进来，勒住脖子……等一下，这怎么做得到？罗半夏正要问，茂威汀已经对她的智商绝望，开始耐心解答了。

“要使得绳子钩到教授，只有两种方法，一是绳子伸得足够长，让教授自己把脖子往里面套。显然，这种弱智的方法连傻瓜都不会上当。二是把教授抬起来，让他接近天花板，这样就可以套上他的脖子了。”

“抬起来？这……”罗半夏觉得自己无药可救了。

“是利用了水。”茂威汀终于打出了最后的底牌，“只要对那个盥洗池和马桶做一些手脚，就可以让它们往外涌出水来。设想一下，当整间钢铁屋子被水灌满时，何教授会怎么做呢？”

“整间屋子被水灌满？”罗半夏愣了足足有一分钟，她的想象力已经被撑到了极限。“那可能吗？”

“在这间严丝合缝的钢铁屋子里，是完全有可能的事。”

“啊……那何教授肯定会很惊慌，会想要抓住什么东西吧？”卢杏儿的反应倒很快。

茂威汀满意地望了她一眼，说：“是啊，人在遭遇水难的时候，本能反应就是抓住漂浮的东西，让自己不要沉下去。在这间屋子里，能够漂浮起来并用来逃生的东西，恐怕只有那个竹编的空心枕头了。”

罗半夏的脑海中浮现出一幅恐怖的画面。何教授睡到半夜，发现身子被浸泡在水中，并且屋内的水位正在不断升高，很快就要没过他的头顶。这时，他看到水面上漂浮着那个竹编的空心枕头，连忙抓住它，努力地让脑袋浮出水面。

“我明白了。”卢杏儿拍了拍脑袋，“当水位升高到快接近天花板的时候，何教授出于本能反应，会努力往空调通风口的方向游去，因为那里有更多的空气，能多挨一会儿是一会儿。而这时候，凶手早就埋伏在那里了。当何教授来到通风口之下，凶手伸出绳子，用力勒住何教授的脖子……”

没错，卢杏儿描述的画面或许就是当时的真实场景。当大水淹没了何教授的身体，他只能死死抓住漂浮在水面上的空心枕头，一边呼救，一边努力不让自己沉下去。然而，水位越升越高，可供呼吸的空气越来越少，只有空调通风口那里还有一些空隙。于是，何教授不由自主地就往通风口漂过去。这时，从通风口突然伸出一根绳索，自下而上套住他的脖子使劲一勒——他在一瞬间就失去了意识。然后，凶手把绳子系在铁栅栏上，伪装成上吊自杀的场景，离开了天花板上面的通风道。

“这位美女说得完全正确。现在可以回答那三个问题了。”茂威汀接过话茬，“首先，屋内没有棉质或纸质的东西，所以人们无从发现这间屋子曾经被水浸泡过。自然，这很可能是凶手早就计算好的，尽量不让教授使用棉纸类物品。第二，何教授的邮件中，让人不要打开矮窗送饭，这是为了留出足够多的时间把水排空并且晾干。很显然，这封邮件并不是何教授自己发送，而是凶手干的。第三，屋子长期无人打扫却没有灰尘，这是因为刚刚被水冲刷过，自然干净如新了。不过，如果你们警察仔细一点，还是能在墙壁上发现一些水渍的痕迹的。还有何教授的衣服，那样皱皱巴巴可不是生活邋遢的表现呀！”

卢杏儿羞愧地垂下头，这显然是她的失职，居然错失了这样重要的线索。“书桌上那杯倾翻了的水，也是凶手的设计吧？否则，从笔记本电脑浸水的情况，我们应该能更早发现凶手利用了‘水’的真相。”

“没错，或许是水位升高导致水杯倾翻，也可能是凶手用细棍把它搅翻了。”茂威汀说，“总之，它是一个重要的道具。”

“所以，凶手之所以把何教授吊得那么高，是因为当时水位很高，他只能尽量系紧了绳子，否则教授的尸体就会被水冲走了。”罗半夏说，“但是……”

茂威汀明白她的言下之意，补充道：“是的，本来凶手是有机会等水位下降以后，再把绳子放长一点的。但是我查过了，当天正好是P大组织全校的空调设备检修。由于检修队不知道何时到来，凶手害怕被当场逮住，导致留下了这样一个败笔。”

“这么说来，凶手到底是谁呢？”罗半夏的眼睛里闪过了一丝疑云。

爱的极限

“凶手？”茂威汀的嘴角一扬，“不是早就自白了吗？那么明显的举动，难道你们还没有看出来吗？”

罗半夏恨死了这个傲娇男——不毒舌一点儿会死吗？

“请你直接说吧！”她咬牙切齿道。

茂威汀的手指向何晟，说：“这个男人说过，何教授的性格很古怪，一般如果他不召唤，绝不允许家人擅自去打扰他。可是，你们发现尸体的那天是什么样的情形呢？”

发现尸体的那天……

罗半夏回想起来，当时何夫人让孟伯去取来钥匙，大家跟着孟伯来到钢铁屋子前面。然后何夫人接过钥匙，跪在小矮窗面前，小心翼翼地转动了锁。

“天哪！”罗半夏恍然大悟。这样奇怪的举动，她竟然一直都没有联想到。“何师母你……早在打开矮窗之前，就已经知道何教授死了吧？”

如果是正常的情况下，何师母应该先试图通过邮件跟何教授取得联系，询问他是否愿意接见罗半夏，然后再带他们去钢铁屋子。就算情况紧急，她至少也应该在铁门那里敲一敲门吧？那样擅自地打开矮窗，除非她早就知道何教授再也不会为被打扰发脾气了。

“妈，其实当时我也很奇怪，为什么你那么着急地打开矮窗的锁？我还以为，你跟爸爸有什么默契……”何晟喃喃道。

何夫人低下头沉默着，人们看不到她脸上的表情。

“认定何夫人是凶手，还有一个必要条件。”茂威汀说，“要想爬进天花板上面的通风道，必须是身材娇小的人。在四名嫌疑人中，只有她符合条件。”

众人再次向何夫人的方向望去，只见她那单薄的身子几乎快要被压力摧垮了一般。

“可是邮件怎么解释？那封不要打开矮窗的邮件，确实是从何教授的邮箱发出的。”卢杏儿问。

“我想，何师母应该早就知道了教授的邮箱密码。”罗半夏醒悟道，“之前跟我通邮件的或许也是她吧？所以，她故意在那天邀请我到家里来，就是为了让我帮忙目睹何教授在密室中的死状。”

何晟的脸已经扭曲了，声音沙哑地说：“妈，你怎么会做出那样的事情？”

“孟伯应该早就知道凶手是何夫人吧？”茂威汀有意无意地望向那个男人。

“别说了。夫人太苦了。”孟伯情不自禁地用手捂住了脸。“不管她做什么，都是为了教授啊！”

这时，何夫人终于抬起头来，目光炯炯地望着众人，脸上没有一丝愧意或恐慌。罗半夏觉得，那神情甚至可以说有一些圣洁。

“这些年，他太痛苦。我实在看不下去了，那些致幻剂终有一天会把他的大脑毁灭掉。”何夫人缓缓地诉说着衷情，“我不想让他变得连自己都不认识，变得不再是他自己。我要留住他，留住我的丈夫，让他在还认识我们的时候得到解脱，让他永远留在我们的记忆里。”

“何师母，您是说那些致幻剂……何教授也在使用吗？”罗半夏问，“那到底是什么样的东西？”

何夫人的眼中溢出泪水，在洁白的皮肤上划出悲伤的痕迹：“那是一种可怕的毒药，我不知道他是从哪里弄来的，那简直让他变了一个人似的。只有我见过他崩溃的样子，实在让人不忍卒睹。他还在不断地研究这种毒药，终有一天他会……”

话还没有说完，整个局面突然如天旋地转般的混乱起来。

何夫人整个人剧烈地抽搐，眼珠像吊死鬼一样往上翻，温柔的脸庞也变得狰狞恐怖。她突然从身上拔出一把小小的匕首，刀尖向外胡乱挥舞，冲众人喊道：“别害我，别害我！杀死你，杀死你……”

“妈，你怎么了？快把刀放下！”何晟惊叫着，试图靠近母亲。

“伯母，你冷静一点啊，这里没有人要害你。”余林姗也在一旁劝慰道。

然而，何夫人仿佛陷入了一个隔绝的世界当中，什么都听不进去。不知道是不是受到声音的刺激，她突然举起匕首向余林姗刺去。

“住手！”罗半夏抢先一步，抓住了她的小臂，并试图把匕首从她手中夺过来。

可是，身材娇小的何夫人力气却大得惊人，不仅挣脱了罗半夏的手，而且反过来把刀尖向罗半夏的胸前划去。

第一刀，被躲开了。

第二刀，再次被躲开了。

然而，当何夫人挥出第三刀的时候，罗半夏已经退到了墙角，再也没有空间可以躲避。眼看着那把刀就要触到自己的胸口，她下意识地伸出右臂想要挡在胸前。这时，一只钢铁钳子般的大手抓住了她的右小臂，猛地将她往右侧拉过去。

只觉得如同旋风一般，罗半夏在转了一个圈之后，倚靠在了一个人温暖的怀抱里。睁开眼睛，一张冷峻的面容映入眼帘。这个男人平时面目可憎的神情，在此时此刻看来却也有一丝丝的温度。

可是，还来不及等罗半夏细想，身体再次被那只大手推开，如流星一般往外侧飞去。只见茂威汀抡过拳头，重重地击打在何夫人的右肩胛骨上，由于受不住力，何夫人右手的那把匕首“咣当”一声随之落地。

“啊……啊……”何夫人还是没有停止折腾，双膝跪在地上，像一头受伤的母狼，凄厉地号叫着。

“她到底是怎么了？”罗半夏站稳了脚跟。

这时，何晟失魂落魄地说：“她应该是被注射了某种药物，失去了本心。”

尾声

“余林姗跑了。”罗半夏直勾勾地瞪着何晟，“她接近你，恐怕就是为了何教授关于致幻剂的研究课题。”

几天来，何晟仿佛苍老了许多。这位少年天才在无情的现实面前，脆弱得不堪一击。

“真没想到，她一直在给妈妈注射致幻剂。”何晟的声音里有愤怒也有懊悔。

“恐怕杀死何教授的诡计也是她的主意。以何师母的心性，是不可能想出那么高明而残忍的手段来的。”罗半夏说，“你知道余林姗究竟是什么人吗？”

何晟摇了摇头：“现在想来，真的很不可思议。都已经到了谈婚论嫁的地步，我对她的家世背景却一无所知。只知道她毕业于普林斯顿大学，在分子生物学领域发表了几篇不错的论文，曾经供职于一家国际 NGO 组织。”

“哎！从实质上来讲，我们抓不到她任何把柄，即便想申请跨境追捕也是枉然。”罗半夏说。

“最近，我们已经碰到两起跟致幻剂以及国外组织有关的案件了。不知道这其中有没有联系？”罗半夏寻思道，“何晟，你是这个领域的专家，你觉得致幻剂的研究课题有什么奥妙之处吗？”

“我不清楚。其实，最近我也在研究父亲让我寻找的植物，但还没有头绪。如果能够得到爸爸电脑里的资料，那就轻松多了。”何晟皱着眉头。

罗半夏叹了口气：“那恐怕是不可能了。那台电脑曾经被水完全浸泡过，很多器件都坏死，无法修复了。但是，我有点不明白，如果余林姗想要得到关于致幻剂的材料，为什么她会让何师母使用那样的诡计呢？”

何晟的两眼盯着地面，突然抬起头，踌躇地说：“或许，林姗的目的其实是要毁掉那些资料？”

“毁掉资料……”罗半夏自言自语着，也陷入了沉思。

罗半夏在公寓的厨房里，为冷面男端上一碗热气腾腾的咖喱饭。

“你是不是……在追查什么事情？”罗半夏小心翼翼地揣测道。

茂威汀冷冷地看了她一眼，说：“跟你有什么关系？”

“我是警察，所有违法的行为我都要管。”罗半夏大声呵斥道，“快说，你到底知道些什么？为什么接二连三出现跟致幻剂有关的命案？沈家勤教授、何鸣教授都是在研究致幻剂之后，一个个死于非命的。”

然而，任凭罗半夏气急败坏，茂威汀却坐得如一口铜钟，纹丝不动。

“那个什么‘国际非成瘾性药物研究会’，就是叫NAA的，到底是个什么玩意？”罗半夏又问，“他们是不是在酝酿什么阴谋？”

茂威汀抬起眼帘，一双细长有神的眼睛凝重地望着她：“这些事情，你最好不要知道。”

“不行，我必须知道！”罗半夏叫道，“我爸牺牲之前的最后一个案件就跟何鸣教授有关。当时警方在死者单兰芳的体内查到了一种精神类药物，送到何鸣教授那里去检测。而正是在接到这项检测任务之后不久，何教授出现了精神失常，认为有人要害他，把自己关进了钢铁屋子。我觉得，这其中必然有什么联系！”

茂威汀眯起眼睛，似乎在思索着什么。突然，他轻描淡写地说道：“那台电脑里的资料虽然没救了，不过简三郎在里面发现一个网络接口，推测何鸣可能会把资料上传到某个秘密的网络空间。”

“真的吗？如果能找到那个空间，就能了解事情的真相了！”罗半夏兴奋地说。

茂威汀专注地看着她，点了点头。

“太好了，这对警方很重要。嗯……对我也很重要。”罗半夏的声音低了下去，脸上泛起一丝红晕，“还有，你救了我的事……”

“那只是意外。”冷面男真是一点都不讨人喜欢。

“可是，这是你第二次出手救我了。”罗半夏咬着嘴唇，面若桃花，“为什么要救我？”

茂威汀愣愣地看着她，好像在看一个外星来的怪物：“因为……你很笨。”

“什么！”罗半夏又气又恼，“你这人简直太奇怪了。你究竟是好人还是坏人？是正义还是邪恶？”

茂威汀平静地望着她，淡然地说了一句：“我只做我想做的事情。”

说完，他转身要走。

“喂！”罗半夏突然叫道，声音变得像蚊子一样轻，“那个……谢谢你！”

“谢？好吧。不过，以身相许就不必了。”他突然回过头，露出一丝轻佻的笑容。

快递包裹杀人事件

富豪家族出身的简三郎居住在近郊一处环境优美的独栋别墅里。这附近的别墅群都是仿民国时期的建筑风格，黑瓦白墙，看起来素净雅致却又不失奢华。罗半夏跟着茂威汀走进简三郎位于二楼的书房，只见这位电脑天才正热火朝天地敲打着键盘。

“坐吧！我就不起来招呼了。”简三郎一边盯着屏幕一边寒暄道，“美女警官，你总算肯光临寒舍了。”

“什么寒舍？分明是富二代的穷奢极华！”罗半夏没好气地在单人沙发上坐下。

“嘿，我楼下有个游泳池很不错，特别适合你这样的美女在里面畅泳。”简三郎继续打趣道，“怎样？一会儿咱们去享受一下！”

罗半夏用一双灵动的大眼瞪他，说：“得了，别胡闹。快点想办法把那个秘密空间打开。”

自从 P 大的何鸣教授遇害之后，简三郎就一直在研究何教授那台被水浸泡了的笔记本电脑。虽然硬盘里面的数据全部被毁，但简三郎还是找到了一个特殊的网络接口，并通过接口找到了何教授上传数据的秘密网络空间。

“空间密码太复杂了。何教授对它进行了多重加密，简直不是人干的活。”简三郎语气忽然变得轻快道，“不过，再多的困难在天才面前也迎刃而解了。瞧，密码正确，空间正在开启。”

“真的？”罗半夏兴奋地冲到简三郎身边，盯着屏幕上正在滚动的运算符号。

简三郎抬眼看了看她，笑道：“如果你挨得更近一些，电脑也会运算得更快哦！来了来了，空间打开。嗯，总共有100多个文档……”

简三郎点击鼠标，打开了第一个文档，上面记述了十年前的一名死者单兰芳的血液样本结果。

“在女死者的血液样本中，发现了东莨菪碱的变体以及某两种不明成分的物质。东莨菪碱在临床上是镇静药物，可用于阻断副交感神经，也可用作中枢神经系统抑制剂，而这种变体的药效更为显著。另外两种不明成分的物质可能也来自于植物提取物，其作用机理有待查明。与罗霄雄警官讨论后，初步怀疑犯罪分子利用东莨菪碱制造了某种特殊的致幻剂，可能会使人丧失本心，从而达到控制意识的目的……”

当“罗霄雄”三个字出现在电脑屏幕上时，罗半夏的心脏几乎乱了节奏。原来，父亲已经知道了血液样本的结果，可是为什么在他的案卷中只字未提？

“等等，我记得杀死单兰芳的王吉芳和邹姝，也出现过一些精神症状，她们会不会也曾经被注射过类似的致幻剂呢？十年前，她们三人都在同一个小发廊工作过，有可能都被当成了实验的对象。”罗半夏疑惑地说。

“一种致幻剂的药效能持续那么久吗？”简三郎问。

“除非，她们一直在接受实验。”茂威汀冰冷地说。

“如此说来，这背后恐怕有一个巨大的贩毒集团！他们一直在研制某种超级毒品，沈家勤教授、何鸣教授都因为与之牵连，成了这场罪恶交易的牺牲品。”罗半夏分析道，“那么，我爸的死会不会也跟这种致幻剂有关呢？”

罗半夏将目光投向茂威汀。可是，冷面男保持着一张扑克脸，连眼睛都没有眨一下。

“我爸知道了贩毒集团的存在，所以被灭口了。”罗半夏一边推测，一边感到心脏阵阵抽搐得发紧，“他们的手脚如此干净，竟然没有被任何人发现……”

“美女警官，别激动。事情未必如你想象的那样。”简三郎的手指仍然快速敲击着键盘，试图打开第二个文档。突然，他高声叫了起来：“呀！怎么回事？”

只见电脑屏幕开始颤抖，上面罗列的100多个文档像吃了摇头丸似的，颠来倒去。随后，从最末一排起，文档开始一个一个消失。

“怎么消失了？到哪儿去了？”罗半夏急切地问。

“不知道。好像遇到了攻击！”简三郎如开机关枪似的快速敲击键盘，但仍然拦不住文档像流水一样消失。

茂威汀冷静地说：“快！把文档抢出来。有多少算多少！”

“可恶，被摆了一道。”简三郎显然不愿意就这样认输，但也无计可施，只得尝试把文档下载到本地。然而，文档消失的速度远远快于他们的想象。几乎是一瞬间，100多个文档消失殆尽，只余下空荡荡的电脑屏幕。

“唉，何教授设置的空间本来极为隐秘，我也是利用他电脑里的网络接口才找到的。”简三郎用拳头敲了下桌子，“刚才没注意到，其实在我启动搜索程序的同时，对方就追踪到我们这边的行动了……”

“对方是谁？”罗半夏眉头紧锁。

“不清楚，应该是手段相当高明的黑客。”简三郎不满地撇了撇嘴。

茂威汀没有理会他们的牢骚，径直问：“文件抢出了几个？”

简三郎望着本地文档，嘀咕道：“只抢出来一个……”

说着，从本地电脑中找到那个孤零零的文件，打开来只见上面写道：“通过以上渠道的调查，这种东莨菪碱的变体是由一家叫作东莞制药有限公司的机构制造的。”

三人面面相觑，整个屋内陷入了某种奇怪的氛围。

快递包裹不期而至

东莞制药有限公司的总经理陈炳泉是一名典型的商人，长得肥头大耳，脸上有不易察觉的奸佞之色。他坐在豪华的办公桌后面，假装忙着查文件，把罗半夏和茂威汀晾在一边。

“喂！陈经理，你打算让我们等到什么时候？”罗半夏有些不耐烦了，用手指敲了敲桌面上的纸，“这上面描述的东莨菪碱变体，是不是你们公司生产的？”

陈炳泉挠了挠脖子，笑嘻嘻地说：“哎，罗警官，您别着急呀！我们公司确实在生产东莨菪碱，但是这种变体的结构很奇怪，连我都没什么印象。有可能是药剂试验过程中的中间批次，我得查一下。”

“你都查半天了，还没有结果吗？”

“呵呵，查完了。”陈炳泉终于抬起头，把目光从那一大堆文件里移开来。“我可以很肯定地告诉您，我们公司没有生产过这种特殊的东莨菪碱。”

“没有？不可能吧！”罗半夏差点要跳起来。

茂威汀沉默地坐在一旁，冰冷俊美的脸上看不出任何表情。

“我刚才就跟您说了，这种结构的东莨菪碱非常奇怪，它的药效和作用机理可能很特殊。这种药品不可能用于普通的生产……”

罗半夏只觉得满腔火气好像被一只巨大的锅盖盖住了似的，浑身憋闷。可是，又实在获取不了更多的线索，只得起身告辞。

陈炳泉笑脸盈盈地把他们送到门口，正要道别，突然听见旁边秘书室传来一个清脆的女声：“呀！这是谁的快递？怎么放这儿了？”

“那是谁？”茂威汀突然开腔问道。

“呃……那是我的秘书，叫宋艳。”陈炳泉面露尴尬，“真不像话，大惊小怪的。警官，你们甭理她。”

“秘书室好像就在你的隔壁？能去看一下吗？”罗半夏也突然间来了兴趣。

“这……”陈炳泉似乎有点不太乐意，但也不敢违逆警察的意思，只得硬着头皮说，“好吧，请跟我来。”

秘书室跟陈炳泉的办公室是联通的，里面有一扇门可以来往。秘书宋艳是个清新靓丽的美女，大学刚毕业没几年，人看上去很单纯。见到老板带着人进来，她指着地上一个巨大的纸箱子，毕恭毕敬地说：“陈总，这个包裹不知道是谁送来的，上面也没写收件人。”

“那就退给前台，有什么好大惊小怪的。”陈炳泉责备地说。

“是……”宋艳低声答应，出去叫人来帮忙把大箱子搬走。

没一会儿，一个身材魁梧的清洁工跟着走了进来。可是，当他试图抬起纸箱的时候，却吃重地叫了一声：“好沉！”

“啊？这么重啊！”宋艳不禁蹲下身子，在另一边试着抬起箱子。

但是，清洁工抬起了箱子的那头，宋艳这头却纹丝不动。

“你去帮忙。”罗半夏对身边的茂威汀说。她完全没有意识到自己把眼前的傲娇男当成了下属杜文姜。

茂威汀当然没有任何行动，反而抿着嘴，冷冷地说：“打开来看看。”

“这，这恐怕不合适吧？”陈炳泉说，“都不知道是给谁的快递……擅自打开别人的包裹，是不是犯法啊？”

罗半夏思索了片刻，说：“如果警方怀疑里面有不法物品，就可以打开来检查。宋小姐，麻烦你找一把剪刀来。”

干练的女刑警三下五除二就划破了外包装的塑胶带，打开了纸箱。只见里面是一个蓝色盖子的塑料整理箱。

——它安安静静地待在纸箱里面，好像一个与世隔绝的纯净世界。

罗半夏伸出右手，小心翼翼地拉动盖子上面的拉手，好像在打扰一个熟睡的婴儿。缓缓地，盖子打开了，露出里面残酷的真实。

“啊……”女人的尖叫声从身后传来。年轻的女秘书已经不可抑制地开始惊恐。

只见塑料整理箱里面，如婴儿般蜷缩着的是一个年轻的男子。他的脑袋窝在胸前，双腿蜷起也集中在胸口，仿佛安静地睡着了。只有从他脖子不自然弯曲的角度才能够看出一些异样。

罗半夏克制地低吟了一声，伸手去探男人的鼻息。

“他已经死了。”还没等她做出反应，身边的男人冷冷地说道。

“这个男人是谁？”罗半夏情不自禁地问道。

“不，不！”宋艳用手捂着脸，音调不自觉地如汽笛般升高，“王啸，王啸怎么会死在这种地方？”

“王啸？你认识他？”罗半夏问。

“是她的男朋友。”陈炳泉在一旁解释道，“经常来我们公司看望小宋，很多人都认识他。”

自杀还是谋杀?

杜文姜望着现场忙忙碌碌的警察，心里很是不爽。为什么罗半夏会跟茂威汀在一起？她以前外出调查从来都是带着自己的，可是这一次却偏偏找了那个讨人嫌的冷面男。他冥思苦想，百转千回，无论如何都找不出一个可以接受的理由。

“难道小夏会对那个男人……”杜文姜的眉头几乎打结，“而且他们还住在一起，虽然没有什么实质性的关系，但难保不会日久生情。”

“小文，你调查的情况怎么样？”罗半夏的声音从那头传来，打断了杜文姜的胡思乱想。

“啊？哦！”杜文姜像只听话的小狗似的跑过去，说道，“死者名叫王啸，是城郊一家伟星化工厂的技术员，主要负责化工原材料的配制。他的女朋友就是陈炳泉经理的秘书宋艳，他们是两年前认识的，据说快结婚了。平时，这个王啸也经常来东莞制药看望女朋友。”

“张法医那边怎么说？”

“法医初步判断死因是窒息，身体上没有明显的伤痕。但是，现在还没有找到造成窒息的原因，好像就是被闷死的……”

“闷死？”罗半夏那漂亮的脸颊抽搐了一下，“我第一次听说这样的死法。那么，他就是因为在这里面关得时间太长，才憋死的了？”

“有可能吧！”杜文姜不确定地说。

罗半夏不满地摇了摇头，说:“那么，这个案件到底算是自杀还是谋杀？如果是自杀，会有人采取这样奇怪的方式吗？如果是谋杀，这种杀人手法的效率也太低了点。”

“嗯，这个……我也不知道。”杜文姜挠了挠头，显得特别无辜。

“会不会是凶手杀害死者之后，为了处理尸体，才把他扔进了整理箱？”罗半夏推测道，“或许，他并不是在这个箱子里被闷死的。”

“呵呵。那么，凶手又何必要把箱子寄到这里来呢？”杜文姜终于找到了一点感觉，“如果为了处理尸体，不是应该扔到荒郊野外去吗？”

这时，鉴证科的美女卢杏儿英姿飒爽地走了过来，拍一拍罗半夏的肩，说：“夏警官，看看这个！”

罗半夏接过她递来的一个装帧精美的信封，打开来一看，只见是一封情书。抬头写的是“亲爱的艳艳”，落款人是“爱你的啸”。

“这是……死者王啸写给女友宋艳的情书啊！”罗半夏仔细地读了一遍，“里面的内容是关于向宋艳求婚的。杏儿，这是在哪里发现的？”

“死者的上衣口袋，本来还以为是遗书。”卢杏儿耸了耸肩，“不过从这封情书上看，基本可以肯定死者不是自杀。”

“嗯。”罗半夏郑重地点点头，“把宋艳叫来一下。”

秘书宋艳的情绪还是没有稳定下来，坐在椅子上双肩微微颤抖，一边啜泣，一边抹着眼泪。

“你看一下这个。”罗半夏把死者王啸的情书递了过去。

一看到字迹，宋艳就哭得跟个泪人似的。好不容易断断续续地读完了信，结果哭得更加汹涌了。“为什么，为什么他会死啊？”

“你冷静一点，我们正在找你男朋友王啸死亡的真相。”罗半夏耐心地说，“请告诉我们，他最近情绪怎么样？他……有没有自杀的想法？”

“没有，绝对没有。”宋艳斩钉截铁地说，“你看看这封情书就应该知道，我们已经谈婚论嫁，他怎么可能选择在这个时候自杀？我上周末才跟他见过面，当时他很开心，说马上能赚到一大笔钱，到时候要跟我去马尔代夫度蜜月。”

罗半夏点点头，宋艳的回答进一步证实了他们的推测。但如果本案是谋杀，案情就更为复杂了。“宋小姐，据你所知王啸有没有什么仇人？”

宋艳婆娑着眼睛，思索了一会儿，说：“他就是个普通的技术员，性格软弱，脾气也好，我从没听说他跟什么人有过节。”

“那么，你们之间的关系如何？”杜文姜突然在一旁发问道。

“我们挺好的啊！不然怎么会要结婚呢？”宋艳并没有理解杜文姜的言下之意。

罗半夏连忙岔开去：“你跟王啸是怎么认识的？”

问到这里，宋艳仿佛是想起了当初的甜蜜，语气柔和起来：“王啸一直负责跟东莞制药的业务往来。我到这里入职后，经常有机会跟他接触，不知不觉彼此就有了好感。后来，他在楼下摆了999朵玫瑰的求爱花坛，我们就这样在一起了。”

“很浪漫啊！”杜文姜不觉感叹道。在他的脑海中已经开始为有朝一日如何向罗半夏求爱而翻腾了。

“是，他是个很浪漫的人。虽然平时看着很木讷，其实人非常聪明，比一般人的脑子都要转得快。”宋艳说起自己的男朋友，一脸崇拜。

杜文姜多么希望这样崇拜的表情能够出现在罗半夏的脸上，那一定很美很甜。而罗半夏的头脑中却想起了另一个人……她不自觉地甩了甩头，想努力把这种糟糕的影像甩掉。

“等一下……包裹的寄件人上写的是什么人的名字？”罗半夏突然想起了什么。

“寄件人一栏只写了 ×× 区海兴路，没有具体的姓名。”杜文姜回答说，“收件人那栏也一样粗略，只是写了东莞制药的地址而已。”

“电话呢？”罗半夏问，“一般不是都必须填写寄件人的联络电话吗？”

“嗯，确实有一个座机电话，但是一直没有人接。鉴证科那边正在联络电信部门呢。”

这时，宋艳突然迟疑地插话道：“海兴路……王啸就住在海兴路。刚才我怎么没有想到呢。”

“那么，这个电话号码你有印象吗？”在罗半夏的授意下，杜文姜连忙拿出快递单的复印件。

宋艳再次看着那张快递单，不确定地说：“这个号码好像有点熟悉，不过我不擅长记电话号码的。”

另类的求婚礼物

为了进一步查明王啸的死因，罗半夏和杜文姜来到他工作过的伟星化工厂。厂长助理刘亮接待了他们。刘亮是一名干练的中年女性，穿着一身正装，神情端庄严肃。

“知道王啸出了事，厂里面很关心也很重视，已经连夜派人去他老家接他父母过来。厂里还成立了治丧委员会，专门协助安排好他的身后事。”

罗半夏点了点头，问道：“王啸的死还有一些蹊跷的地方，您大概也听说了，他是被闷死的。我们想知道，他平时在厂里表现怎么样？

有跟什么人结怨吗？”

刘亮认真思索了片刻，说道：“其实，我对王啸不是很熟悉，出事之后才向下属了解了一些他的情况。他是化工车间的技术员，负责化工原材料的配制。据车间主任说，他工作表现还可以，也挺勤快的，经常晚上还来加班。不过，他跟人处得不是很好，自尊心特别强。有一次，车间丢失了一包化工原料，找他问话的时候，他觉得厂里不信任他，跟副厂长他们几个吵了一架。”

“当时厂里怀疑是他偷的？”

“没有！丢失原料是常有的事，那次厂长只是想认真调查一下。”刘亮说，“虽然吵过一次，但副厂长也不可能因为这种小争吵就动杀机吧？”

罗半夏沉默了片刻，又问：“那么，他交女朋友的事，你们知道吗？”

“嗯，这事大家都知道。他是对口跑东莞制药业务的，一来二去跟那里的女秘书交了朋友，也算是一段佳话。”

“他们俩感情好吗？”

“那就不知道了。不过，听说最近想要结婚来着，已经在筹备买房子了。”刘亮脸上的表情松快了一点，“车间主任还打趣呢，估计王啸是上门女婿，不然凭他那点工资哪里买得起房。”

罗半夏刚回到警局，警员朱建良就急匆匆来汇报：“快递包裹的来源基本上查清楚了。快递单上的电话号码就是王啸家的座机。根据快递员肖平的供述，是王啸亲自打电话叫快递员上门，然后是他的室友李漠帮忙办理的邮递手续。现在已经找到这个李漠了。”

“啊？这算是怎么回事？”杜文姜问，“难道王啸把自己当成包裹给快递过来了？”

“一时半会儿说不清楚，你们亲自问问这个李漠吧。”朱建良说完，转身出去。不一会儿，他带着一个矮胖的男子走了进来。只见来人长着一张国字脸，一双细小的眼睛无神地瞪着，看起来一脸愚钝之相。

“夏警官，这位就是死者王啸的室友李漠。”朱建良介绍道，“他是一名环保局的公务员。为了上班方便，跟王啸合租了海兴路的一个两居室。其他的，请他自己说吧！”

“李漠，为什么王啸会出现在快递包裹的塑料整理箱里面？”罗半夏问。

李漠看起来已经被盘问过一遍，所以早有准备，条理清晰地叙述道：“警官，事情是这样的。我今天早上刚从外地出差回来，到家的时候看见王啸正在捣鼓一个纸箱子，说是要寄快递。我看那个箱子巨大，就好奇地问他到底是要寄什么东西。结果，他扭捏再三终于说出，要把自己装进箱子里，寄给他的女朋友作为求婚礼物。”

“求婚礼物？”杜文姜瞪大了双眼。

“是，他就是这么个怪人，所以有这些怪想法也不稀奇。”李漠的语气坦然，“他说正好想找人帮忙，因为他钻进箱子里面之后，需要有人跟快递员办理递送手续。所以，我就帮他办了。”

“快递公司能同意寄送人体吗？”罗半夏也觉得有些不可思议。

“当然不能让他们知道了。”李漠的语气有些惭愧，“所以，王啸先钻进塑料整理箱，盖好盖子。然后我再找来胶带，把外面的纸箱封装起来。这样快递员就看不到里面的东西了。当时跟快递员说，里面是一些书籍。”

“这么沉的包裹，一个快递员也搬不动吧？”

“是，包裹是我帮忙搬到楼下车里去的。本来，王啸还说事成之后要请我喝喜酒呢。谁知道竟然出了这种意外……”

罗半夏敏锐地望了他一眼，说：“你认为这是一起意外吗？”

“当然了。他不是在箱子里面被闷死的吗？”李漠有点自责地说道，“我当时就劝他，要在塑料整理箱的盖子上钻几个小孔透气，可他却毫不在意地说没事。没事没事，结果不就成了有事了吗？”

——为了求婚把自己当成包裹，结果却活活闷死在塑料整理箱里面。如果这是真的，那可以说是天底下最冤大头的死法了吧？

送走李漠之后，罗半夏、杜文姜和朱建良留在办公室里讨论案情。

“你们觉得，王啸的死真的会像李漠所说的那样吗？”

“有一定的可信度。”杜文姜说，“厂里面的人都知道王啸快要结婚了。而宋艳也说自己的男友是个非常浪漫的人。那么，他把自己当成邮包寄给女朋友求婚，也是符合他性格的做法。而且，我们还在王啸的上衣口袋里面找到了情书，这更加可以印证他本来的打算。”

“嗯，我觉得有点不太自然。”朱建良小声说道，“如果是打算把自己当成礼物，为什么还要加上一封情书？”

“这很正常啊！平常送一束玫瑰花，不都会加一张小卡片，写上点甜言蜜语什么的吗？”杜文姜自信满满地说。

“平常是可以那么干，但是……”

罗半夏理解了朱建良的意思，接过话茬道：“但是，他本人已经在箱子里面了。等到宋艳开箱的时候，他直接亲自上前求婚便是，何必多此一举再递上一封情书呢？你仔细想想，不可能一个大活人就在面前，却还要让对方读信吧？”

——确实，书信本来是帮助见不到面的人传递信息的。既然两人已经面对面了，何必再拿出一封书信来？

“那么……”杜文姜寻思道，“对了，王啸应该是拿它当讲话稿的吧？他可能不善言辞，怕说得不到位，所以事先写好了情书，打算当场拿出来念。”

“讲话稿？难道你将来打算念着稿子求婚吗？”罗半夏觉得杜文姜一定是被警察局的会议模式给毒害了，竟然想到这么不靠谱的理由。

朱建良也在一旁腼腆地笑笑，说：“如果这只是一份讲话稿，那么，这信封的装帧也过于精美了一些……”

——这样精心包装过的信件，更像是要请人拆封来读的，而不是随意就可以拿着念的讲话稿。

杜文姜被逼到了绝路，不甘心地说：“可是，事实已经很清楚了。快递包裹就是王啸自己寄的，那个快递单上也是他自己的笔迹。难道，这件事情还能有其他的解释吗？”

“其他的解释？”罗半夏想到这里，不禁皱起了眉头。

快递员的推理

旋风快递公司的快递员肖平觉得自己一整天都倒霉透了。早上，公司派给他一个上门取件的业务。只见客服单上明明白白地写着：“客户要求说，包裹非常沉，大约有几十斤，希望派力气大的快递员上门”。

肖平看着客服单，又看看自己身上那几块干巴巴的排骨，心想：究竟是哪个脑残的主管，认为自己属于力气大的快递员？

事先跟那个叫王啸的客户打过确认电话，然后开着一辆三轮小货车去取件。到了王啸家的门口，却被告知本人不在家。那个一脸傻样的室友说："王啸交代了，让我替他办理快递手续。不过，你要等一会儿，我还在找胶带，把纸箱密封起来。"

于是，肖平在门口傻傻地等了大约10多分钟，那个男人终于在里面叫道："快递员，我弄好了。麻烦你进来帮忙搬一下吧！"

肖平走进大门，只见玄关后面是一间并不宽敞的客厅，有一条狭窄的走道通往里面的两个房间。在茶几旁边，放着一个巨大的纸箱，这应该就是要寄送的包裹了。李漠傻笑了一下，说："这是快递单，是不是贴上去就行了？"

——原来王啸早就填好了快递单。看来他一定是公司的老客户，所以平常自己就备着一些快递单。

肖平心想，这样也省事，就径直取过快递单签上自己的名字。

"咦？怎么没有收件人的名字？"肖平纳闷了一下。

"哦，好像说寄到这个东莞制药公司就行。那边会有人接收，再负责分送的。"

"你确定？"肖平很少遇到这样的情况。

"没错，王啸就是这么说的。"李漠很肯定地说。

肖平只得把快递单贴到纸箱的侧面。接下来，就该搬动纸箱了。可是，他使出了浑身的力气，却怎么也搬不动那个看起来并不是很沉的箱子。

"这里面是什么东西？"肖平不明白一个纸箱怎么会这么沉。

"呃……"李漠抽动了一下嘴角说，"是一箱书。"

他没有作声，再一次铆足力气，可仍然只抬起了纸箱的一个角。

"砰——"他一松手，箱子的那一角跌落在地上，发出巨大的声响。

"哎哟哟，你轻点啊！"李漠不满地说，"要不这样吧，我帮你抬下去。”

肖平从业多年还没遇到过这么热情帮忙的客户，就老实不客气地应允了。好不容易送完了这一单业务，又接二连三地接到重活。等到傍晚，他垂头丧气地回公司交差时，两名警察已经等在那里，说是在他运送的包裹里面发现了尸体，要带他去警局问话。

此时此刻，肖平面前坐着一对俊男美女的组合，那个女人看起来好像还是男人的上司。在听他讲述完整个送快递的经过之后，美女警官问道：“那么，你接收包裹的时候，有没有察觉出什么异样？”

“就是特别特别沉，别的也没什么。”肖平露出一副委屈的神情，“谁知道那里面会有尸体啊！这么糟心的事情，居然让我碰到了。晦气，真晦气！”

“按规定，你不是应该打开包裹检查一下里面的东西吗？”

肖平一脸不忿地说：“按规定是这样的，可是谁又能真正做得到呢？可能那些正规的大快递公司会要求验过物品才给送吧？像我们这种小企业太不规范了，什么都敢收。我们要是每单都检查，大概就没人来找我们送快递了。”

——话糙理不糙，国内快递行业的状况大概就是这样。罗半夏虽然心里懊恼，但也无话可说。

这时，肖平竟然提出了自己的观点：“这个人是不是被他室友给杀掉的啊？”

一语惊醒梦中人。罗半夏抬头问道：“你为什么有这种想法？”

“这不是很常见嘛！杀了人之后，不好处理尸体，就找我们这种冤大头的快递公司，帮他把尸体运走。”肖平是个侦探小说迷，平日里看了不少这类读物。

“运走？”罗半夏疑惑道，“你不过是帮忙从一个地方运到了另一个地方，尸体不还是被发现了吗？”

“那可不一定！这是他运气不好。你想想，他只要求我把包裹送到公司前台。要是顺利的话，他完全可以赶在尸体被发现之前，悄悄把包裹从前台偷走，然后再处理掉。”肖平煞有介事地说，“那样就神不知鬼不觉了。”

“这哪里神不知鬼不觉了？”杜文姜好笑道，“既然要亲自处理尸体，他在自己宿舍处理了不就完了吗？何必劳动你的大驾，帮着搬了一大圈呢？”

“唉……”肖平傻了眼，脑袋中那点推理知识还不足以应付如此现实的难题，“那我就不知道了。总之，那个室友很可疑，让我在门口等了 10 多分钟——估计那会儿就在里面处理尸体呢。而且，他那么害怕我摔着箱子，又热情地要帮我搬到车上去，说明他早就知道里面是什么东西了嘛！”

“他是早就知道里面的东西，只不过……”罗半夏把室友李漠交代的来龙去脉跟快递员说了一遍。

“啊？原来是这样。”肖平觉得有点无辜，因为信息掌握不全而出了洋相，“那也有可能是室友借助这个机会，故意把箱子封得很死，致使王啸被闷死。没错，这是一起被伪装成意外的谋杀。”

罗半夏和杜文姜面面相觑，一脸迷惘。

“动机嘛，大概是情感纠纷吧。”肖平继续说道，“这个李漠也喜欢王啸的女朋友，所以起了歹意，在他求婚之前将他杀死。”

——这位快递员的想象力太丰富了。只是，没有一点证据。

“嗯，证据……”罗半夏嘀咕。

“我会找到证据的。”肖平一脸粲然，“你们等着瞧吧。”

包装留下痕迹

罗半夏和杜文姜来到东莞制药公司的前台，找到了当天接收包裹的服务员佟小雨。这位年轻的女孩子怯生生地看着他们，说："那个快递送来的时候，我确实注意了一下。那么大的一个箱子，上面也没有写具体的收件人。我问快递员，没有收件人怎么派送。结果他说会有人来收的，就急匆匆地走了。"

"后来呢，包裹是怎么运到总经理办公室去的？"罗半夏问。

佟小雨仔细回忆了一下，说："后来，有个男人打电话，说把这个包裹搬到楼上经理办公室去，我就找人弄了辆小推车给送过去了。我不知道那里面是尸体，真不知道。"

"电话是从哪里打来的，手机还是座机？"

"我没注意……"佟小雨有点惭愧地说，"不过可以查一下。"她灵巧的手指翻动着前台的服务电话，过了一会儿回答道："查出来了，是座机——经理办公室的座机。对，就是因为这个号码很熟悉，我才想都没想就照办了。"

"那么，你还记得那个男人的声音吗？是不是经理陈炳泉？"杜文姜安抚道。

佟小雨皱着眉头思索了片刻，摇摇头说："应该不是。陈经理的口音很特别，一下子就能听出来。那个男人说话没有什么口音，就是有点儿着急。"

"如果再听到这个声音，你能认得出来吗？"

佟小雨瞪着一双无辜的眼睛，说："也许吧。"

"很显然，这个打电话到前台要求搬运包裹的男人非常可疑。"杜文姜说，“快递单上都没有写收件人，他怎么知道要把箱子搬到经理办公室去？”

“对。经理办公室除了陈炳泉，还有其他男人吗？”罗半夏说，“如果凶手特地跑到经理办公室去打电话，为什么陈炳泉和他的秘书会浑然不觉呢？”

“是啊！小夏，确实奇怪极了。根据陈炳泉和宋艳的供述，他们虽然各自离开过一会儿，但经理室或秘书室总是有人在的。”杜文姜说，“这个男人如果是凶手的话，实在没必要故意去经理办公室暴露自己啊！”

罗半夏重重地点点头，觉得杜文姜的逻辑难得如此有条理。

“还有一个疑点，既然是求婚礼物，为什么王啸不在快递单上写明收件人呢？”杜文姜说，“如果说王啸事先找了一个帮手，请他打电话让前台把包裹搬到宋艳那里的话，不是显得多此一举吗？”

“是的，非常之不自然。”罗半夏皱着眉头，“这其中的逻辑无法解释。”

“除非……李漠说的并不是事实。”杜文姜幽幽地望了罗半夏一眼。

“看来，有必要抛弃求婚礼物之说，重新调查这个案子。”罗半夏斩钉截铁地说。

“重大发现！”卢杏儿兴冲冲地跑到罗半夏办公室，把一沓照片扔在办公桌上。“那个外包装的纸箱，曾经被人打开过。”

罗半夏快速接过那些照片，仔细地一张张翻看。只见照片上的纸箱底部贴着两层胶带，撕掉上面那一层之后，可以看出里面那层胶带曾经被尖利的物品划开过。

“会不会……里面那层胶带是原来就有的。”罗半夏提出疑问，“可能用的是旧箱子，原来就被胶带封装过。”

“不可能。如果是旧的胶带撕裂口，上面肯定沾了一层黑乎乎的脏东西。但这个口子还是挺干净的，应该撕开的时间不长。”卢杏儿说。

可是，罗半夏还是很谨慎，说：“那么，会不会是一开始封装好了之后，发现出了什么问题，比如有什么东西没放进去，打开来后又重新贴了一层胶带呢？”

“不是的，里面那层胶带上有李漠的指纹，而外面那层上的指纹被刻意擦拭掉了。”卢杏儿说，“这一点也得到李漠的证实，他说他封箱的时候，底部和顶部的胶带都是新贴上去的，之前并没有陈旧的胶带。”

罗半夏点头道：“这么说来，凶手很可能是从底部打开纸箱，把王啸闷死之后，再重新封装好箱子的。”

“对！换句话说，凶手应该是在快递运送途中有机会打开纸箱的人。你觉得会是谁呢？”卢杏儿眼睛闪亮地望着她，仿佛已经胸有成竹。

罗半夏用同样笃定的目光望着她，故意压低了嗓门，说：“难道你怀疑那个快递员肖平？”

“他很可疑，不是吗？”卢杏儿反问道，“你看，他一口咬定李漠是凶手，是不是有种贼喊捉贼的味道？事实上，他在运送包裹的途中，有的是机会下手。”

“有什么根据呢？”

“当然有。茂威汀调查过了，肖平接收包裹的时间是上午10点，而东莞制药的前台服务员佟小雨签收包裹的时间是下午2点。这中间有四个小时的时间。而肖平所在的旋风快递有一项业务是同城限时送达，就是从接件到送件由一个人完成，中间没有多余环节。王啸使用的就是这项业务。”卢杏儿头头是道地说，“你想想，从王啸家的海兴路到东莞制药公司，总共才 20 多千米，就算开得再慢，两个小时也送到了。为什么这个肖平竟然在路上花了四个多小时呢？”

——茂威汀竟然也参与了调查？罗半夏不禁浮想联翩，难道杏儿真的跟那个冷面男在恋爱吗？为什么他们之间走得这么近？

“小夏？你在听吗？”卢杏儿发现罗半夏严重走神了。

“呃，嗯嗯。”罗半夏连忙把思路拉回来，“这个时间差确实有些可疑，但是……”

卢杏儿知道罗半夏又要发难，忙说：“还有一个重要线索哦！那天，有好几个人都见到一个快递员往楼上经理办公室的方向走去……你想想看，肖平只是来送那一个限时送达的包裹，没有其他快递要送，为什么要跑到楼上去呢？”

罗半夏瞪大了眼睛，一时之间也觉得颇受冲击。但是，卢杏儿的说辞仍然让她满腹狐疑：“就算有人见到快递员上楼，也不足以说明肖平就是凶手啊！况且，他跟王啸根本不认识，为什么要杀害他呢？”

这时，门外传来一阵急促的脚步声，杜文姜的人未现声先行：“嘿，你们猜那个肖平究竟是什么来历？”

罗半夏抬头看看站在门口的他，示意他赶紧把话说完。

“肖平是宋艳的前男友。”杜文姜抛下重磅炸弹，“他们俩是大学同学。因为肖平整天打游戏，不思进取，毕业的时候找不到正经工作，宋艳就跟他分手了。据说，前一阵肖平还来找过宋艳呢。”

“有你的，小文。”卢杏儿用力拍了拍他的背脊，“现在你明白了吧？小夏，这是肖平的复仇。杀死前女友的现任男友，然后再把尸体送到她的面前……多么恐怖，多么残忍的手段啊！这个肖平一定是个变态！”

他为复仇而来

望着眼前一脸正气的肖平，罗半夏真没想到他竟然敢自投罗网。还没等她开口，肖平已经迫不及待地嚷道：“我查出王啸的室友李漠的动机了……”

杜文姜白了他一眼，说：“是什么？”

肖平神秘兮兮地说，“你们猜，李漠是什么来头？”

“有话快说！”罗半夏决定先听一听他的说辞。

“他跟宋艳有暧昧关系。”肖平得意道，“在我狂轰滥炸的质问之下，李漠终于按捺不住承认，当王啸第一次带宋艳到他们合租的房子时，他就对宋艳产生了好感。后来一次偶然的机会，他得知宋艳和王啸相处得不好。王啸极其霸道，占有欲极强，简直把宋艳当成笼中的金丝雀，不允许她跟其他男人说话，甚至连她的行踪都需要时时报备。后来，宋艳向李漠诉苦，两人的接触就渐渐多了起来……”

“可是，宋艳不是说她跟王啸的感情很好吗？”罗半夏很是不解，“她还说王啸是个很浪漫的人。”

“那只是一方面。王啸当然不是一无是处，否则当初宋艳也不会爱上他了。”肖平说，“据李漠说，宋艳曾经想要跟王啸分手，但对方使出各种撒泼耍赖的招数，甚至还威胁到宋艳的家人，这才作罢。我想，宋艳对王啸应该是又爱又怕吧？至于李漠嘛，应该是她的一个慰藉或者备胎！”

“好厉害的女人！”卢杏儿撇了撇嘴。

“可不是！所以，李漠为了得到宋艳，设计杀害了王啸！”肖平总结道。

杜文姜用手托着下巴，思索道："但是，根据快递公司的电话订单记录，请求上门取件的电话是王啸亲自打的。总不会是王啸打电话让快递来运自己的尸体吧？"

"嘿，这还不简单。"肖平继续着他那天马行空的推理，"因为这是一桩临时起意的谋杀案。李漠见王啸钻进箱子之后，突然发现这是个杀害他的绝佳机会，所以动了手。我请教过警官学校的老师，要闷死人的话，利用塑料袋套住他的头就可以了，非常简单快速，而且不会留下痕迹——就跟在塑料箱里被闷死的效果是一样的。"

说完这话之后，现场有一段空白的沉默，每个人都各怀心事地想着肖平的推理。听起来似乎有些道理，但在某些细节上似乎比较牵强。

"那个……"罗半夏终于迟疑地开口道，"如果凶手是李漠，为什么他在闷死王啸之后，还要把尸体寄到东莞制药去呢？"

"那是将计就计。因为王啸事先已经叫了快递，没时间让他再处理尸体了，只能先寄走再作打算嘛！"肖平觉得自己的逻辑严密极了。

罗半夏严肃地摇了摇头，说："就算快递已经上门，没有时间了，他也可以假装寄点别的，为什么非要寄尸体不可？这可绝不是处理尸体的好方法。"

"这……"肖平哑口无言，露出被斗败的表情。

这时，卢杏儿脸上闪过一丝狡黠，笑着问道："肖平，现在我倒有话要问问你。你跟宋艳以前是什么关系？"

"啊？"肖平没想到枪头会转到自己身上，不禁吓出一身冷汗，"我，我们没什么……"

"没什么？还要撒谎吗？你们明明是大学时代的恋人，却一直对我们隐瞒了这个事实。你究竟有什么目的？”卢杏儿语气犀利地问道。

“这也算不上什么大事吧？我们早就没关系了。”肖平心虚地望着他们，“你们也没问过，怎么能说是隐瞒哪？”

“呵呵，没关系了吗？”卢杏儿咄咄逼人道，“那么我来问你，两周前你是不是去东莞制药找过宋艳？当时是为了什么事情？是想要跟她重修旧好吗？”

“没……”肖平本来想否认，但看出来警方已经掌握了全部实情，“好吧，我是去找过她。毕业后，我们有好长一段时间没联系了。那次送快递遇到她，觉得对她还有感情，所以想试试看能不能挽回。不过，她说有男朋友了，直接就回绝了我，也就只好算了。”肖平说完还摊了摊手，显得很无奈。

“呵呵，我看你是求爱不成，怀恨在心吧？”卢杏儿说，“杀死自己的情敌之后，再把尸体寄到前女友那里，多么阴毒的复仇啊！”

“喂！警官，你不能血口喷人！”肖平大声叫道。“派我去给王啸送快递只是个偶然事件，我哪里有时间去设计谋杀？”

“嗯，是啊。”罗半夏接过话茬道，“如果说这一切是肖平精心策划的谋杀，为什么王啸会主动打电话叫来快递员呢？”

“就像他自己说的，临时起意嘛！”卢杏儿撇了撇嘴。

肖平的脸上像是被重重打了一记，争辩说：“就算临时起意，我又不知道包裹里面装的是他，怎么杀人啊？”

卢杏儿咬了下嘴唇，边想边说道：“很可能你是想偷看一下包裹里面的内容，想知道王啸给宋艳寄了什么东西。结果发现里面是王啸本人，就立刻起了歹意。”

肖平被说得满脸受挫，叹气道：“哎，真是百口莫辩！你们有真凭实据吗？”

“当然。”卢杏儿说，“王啸使用的是同城限时送达业务，从接件到送件都由一个人完成。而你在上午 10 点接件，却要到下午 2 点才送达，为什么平白在路上多花了两个小时？”

“警官，你不晓得我们公司的规定，限时送达是指限时 6 个小时，我在 4 小时内送达是合格的啊！”

“别回避问题！你在路上多花的那两个小时，到底干什么去了？”

肖平涨红了脸，结巴道：“我，我偷会儿懒不行啊？我就是去小肠陈吃了个卤煮，花了点时间罢了。”

“有人可以证明吗？”

“这……我一个人吃的，谁能证明啊？”肖平为难道，“不知道那些店员还会不会记得我？”

“那就是没有不在场证明了！”杜文姜在一旁小声嘘道。

“不仅如此，你把包裹送到东莞制药的前台后，为什么还上楼往经理办公室方向去了？”卢杏儿问道，“你是去打电话的吗？”

“什么电话？”肖平一脸茫然，“我只是去找个厕所啊！”

“谁会信呀？”卢杏儿笑眯眯地说，“我推测整个作案经过是这样的：你把快递包裹带到某个僻静场所，然后从底部打开包装，发现里面装着王啸。情敌相见分外眼红，争执之下你失手杀了他。事后，你决定佯装不知，把装着尸体的包裹仍旧送到东莞制药的前台，然后再跑到经理办公室打电话，让人把包裹搬到宋艳面前，使她受到最大的打击。”

“这……恐怕也不尽合理吧？”这时，罗半夏突然缓缓地开腔道，“如果是临时起意，失手杀了王啸，为什么不就地处理掉尸体呢？”

“当然是为了不引起别人的怀疑啊！如果就地处理掉尸体，那原定要寄送的包裹怎么办？如果包裹丢失，必然会追查到他头上的。”

罗半夏认同地点了点头，但眉眼间仍有疑虑：“不过，寄送尸体这种事情……好像是变态才会做的。”

“是啊是啊，我可不是变态。”肖平连忙争取道。

“都说了是对宋艳的复仇嘛！”卢杏儿嘟了下嘴。

“这种复仇……听起来很傻耶。”罗半夏冲她眨了下眼睛，俏皮地努了努嘴。

危险关系

“他一直在给你提供药品的原材料，是吗？”

罗半夏刚走到东莞制药的总经理办公室门口，就听到里面传来男人低沉冰冷的声音。

——这个人是茂威汀？他来干什么？

罗半夏快步走进屋去，只见一个高大肃穆的身影站在办公桌前，而陈炳泉则坐在对面的转椅上，秘书宋艳站在一旁。

“你们在说什么？”罗半夏问道。“究竟是什么药品的原材料？”

陈炳泉的脸上露出难色，说道：“警官，我之前已经说过了，我们真的没有生产过那种东莨菪碱的变体……”

茂威汀冷着脸不说话。

罗半夏脑海中闪过一道光，把目光投向站在陈炳泉身后的女子，追问道：“就算你不知道，她呢？”

宋艳吃了一惊，瞪大眼睛道：“我，我都不知道你们在说什么！”

“王啸跟你结婚要买房子，他的钱是从哪里来的？他说马上能赚到一大笔钱，带你去马尔代夫度蜜月，这赚钱的渠道到底是什么？”罗半夏问。

宋艳瘪了下嘴，说：“我只知道他在外面做点倒买倒卖的生意……”

“伟星化工厂的人说，王啸经常晚上加班，而他所在的车间也经常丢失原料。我猜，他是趁夜晚从化工厂偷出用于加工东莨菪碱的原材料，然后卖给东莞制药。”罗半夏转向陈炳泉道，“我没说错吧，陈经理？”

陈炳泉的脸色煞白，嘴唇哆嗦着说：“警官，你不要信口开河啊！这根本是捕风捉影的事。”

罗半夏笑笑，说：“东莞制药虽然明面上没有生产这种东莨菪碱变体，但在私底下恐怕有一条隐秘的生产线。而且用于生产这种变体的原材料比较罕见，这条生产线也不希望被任何人发现，所以才一直通过王啸这条渠道来获得。对不对？”

陈炳泉不吱声，脸上的羞愧似乎是一种默认。

杜文姜听了半天才稍微明白了一点他们在讨论的话题，插嘴道：“那么，王啸的死跟这种药品原材料有关吗？”

罗半夏点点头，目光落在宋艳身上，说：“我猜，宋艳跟王啸之所以成为男女朋友，也是由于接洽这项秘密的业务才渐渐熟悉起来的吧？更大胆一点的推测是，宋艳其实是陈经理故意安排接近王啸的，目的是让王啸能够全心全意地为他们卖命。”

这回轮到宋艳脸色煞白了，结结巴巴地说：“我跟王啸确实是因为工作上的接触认识的，可并不是像你说的那样……”

“呵。”罗半夏轻笑一声道，“其实我早该想到，秘书室和经理办公室是联通的，原先应该是一个套间——只不过在宋艳那间屋子的墙壁上又新开了一扇门。而陈经理把里间让出来给宋艳用，这可能提示他们之间有不可告人的暧昧关系……”

“你是说，陈经理故意让自己的情人去接近王啸，从而打通获得特殊药品原材料的渠道吗？”杜文姜顺着思路往下说。

“对。”罗半夏越说越有自信，“所以，这曲折的情感关系最终酝酿出了杀意。”

“按你这么说，凶手是……”杜文姜茫然地望着那两个人。

“还记得前台服务员佟小雨的话吗？包裹送达前台后，有一个神秘男子通过经理办公室的座机拨打电话，让人把包裹送到楼上去。”罗半夏说，“陈经理说话有严重的口音，佟小雨不可能听不出来；而假如有另一个男子进入经理办公室使用电话，又很难不被陈经理或宋艳发现。所以，唯一的可能，那名打电话的神秘男子就是——宋艳本人！是的，她利用变声设备，伪装成男声给前台打了电话。”

“开什么玩笑！”宋艳急红了脸，却辩解不出一句。

“我想，你之所以不从自己的秘书室拨出电话，是为了避免引起怀疑。而根据搬运包裹上来的清洁工说，他把包裹运到秘书室的时候，你并不在那里。”罗半夏继续道，“当时你应该还留在经理室收拾那些变声设备吧？陈经理，你不是说自己曾经有一段时间出去了吗？”

“是啊，可是小宋她为什么……”陈经理迷惑地望着自己的下属。

“因为她真正爱的人是你，为了你她可以付出一切，甚至跟她不喜欢的男人在一起。可是，不知情的王啸最近却开始要求跟她结婚。”罗半夏说，“当她从快递包裹中发现前来求婚的男人时，心里的厌恶达到了极点，所以才一时冲动杀死了他。事后，为了掩饰罪行，她把包裹再次封起来，故意大惊小怪引起我们的注意，和我们共同成了第一发现人。”罗半夏说完，用余光瞟了一眼沉默不语的茂威汀。

“小夏，这些都是凭空的推测，你有什么证据吗？”杜文姜问道。

罗半夏爽声道：“只要搜查一下她的办公室或者家里，肯定能发现那套用来变声的设备。”

“你去搜查好了，我根本连见都没见过什么变声器！”宋艳的神色突然变得很坦然，“又不是演《名侦探柯南》，哪来那么玄乎的东西？还有，说我喜欢陈经理，这也忒不长眼了吧？且不说有那么多人追求我，就算没人要，我也……”

——言下之意是，就算嫁不出去也不可能喜欢这种中年猥琐男。杜文姜觉得，将心比心，罗半夏这个推测确实有点让人糟心。

陈炳泉也有些不好意思地笑了：“警官，你的想象力也太丰富了。小宋那么如花似玉的青春年华，怎么可能为了我去杀人嘛！”

“那……萝卜青菜各有所爱，有的人就是喜欢年纪大一点的嘛！”罗半夏的气势低了不少。

“换做是你，你会那么做吗？”宋艳开始占据上风，“况且，你刚才说我打开包裹发现王啸在里面，这根本就不合理。第一，包裹上没写收件人，我怎么会擅自打开？第二，就算我认为是寄给我的包裹，一般应该从顶部打开，而不是从底部啊！”

罗半夏愣了半分钟，突然想明白了似的说：“因为你一早就知道王啸会采用这种方式向你求婚，所以你才打电话让前台把纸箱抬上来，并且擅自从底部打开了纸箱……嗯，我猜是你的爱慕者李漠打电话告诉你的吧？”

“什，什么？李漠根本没有给我打过电话。”宋艳有种百口莫辩的无奈，一双美丽的大眼睛里面涌出了晶莹的泪水。罗半夏还想争辩些什么，身后的男子拍了拍她的肩，冰冷而低沉的声音说道：“可以了。宋艳不是凶手。”

——罗半夏自鸣得意的推理就此鸣金收兵。

多余的手续

就在这时，卢杏儿带着室友李漠、快递员肖平以及前台的佟小雨走了进来。

“你要的人带到了。”罗半夏发现卢杏儿并不是在对自己说话，她那妩媚的眼神投向了一个坚硬挺拔的身影。

“谢了！”男人脸上掠过一抹轻佻的笑意，转向众人道，“闹剧该收场了。如此简单的一桩案子，竟然劳费你们这么多工夫！”

“你小子又来了！”杜文姜牙咬得痒痒的，却不知道为什么自己的语气中要加一个“又”字。“难道你已经参透真相了？”

罗半夏望着刚进来的三个人，目光从他们身上一一掠过，终于定格在快递员身上，不确定地问：“凶手是肖平，对吗？”

卢杏儿遗憾地摇了摇头，说：“肖平的嫌疑已经被排除了，小肠陈的服务员有人记得他在那里吃午饭，他几乎没有作案的时间。”

茂威汀轻笑一声道：“你们是在猜谜吗？警方一直试图从作案的可能性入手进行调查，却忘记了本案中三个非常明显的疑点。”

“是什么？”罗半夏急着追问道。

“第一个疑点，为什么快递包裹上面没有写收件人的姓名？”茂威汀问。

“那是王啸自己填的单子，他说不写收件人没关系，那边会有人接收分送的。”李漠好像觉得自己受到了指责，脸红地分辩道。

“是啊，我当时也提出了这个问题，他也是这么跟我说的。”肖平指着李漠说道。

“呵呵。”茂威汀玩世不恭地笑道，“假如是寄给东莞制药官方的东西，当然不用具体到收件人，由前台或者综合办公室打开处理就好。但根据王啸的说法，这是寄给宋艳本人的求婚礼物，里面装着的还是他这个大活人……”

“所以，我一直假设王啸在东莞制药有一个接头人，就是打电话给前台的那个男人。”罗半夏接过话茬道。

“这个打电话的神秘男子是第二个疑点。”茂威汀道，“假设真的有这样一个接头人，他的作用是什么？从表面上看，他是打了一个电话让前台把纸箱抬到经理办公室去。但是我调查过，东莞制药接收快递的程序是这样的：所有快递先到前台，然后由综合办公室组织人手进行派发。如果王啸事先写清楚了收件人的话，根本就不需要这个接头人出面。所以，这是一道多余的手续，它的目的究竟是什么？”

——多余的手续？是的，如果写明了收件人，前台会直接派送到经理办公室。

“是不是……一开始王啸没有想好到底把包裹送到什么地方？”罗半夏话刚出口，就觉得自己愚蠢到家了。明明是装着自己这个大活人的求婚礼物，怎么会不清不楚地任人派发？除非……

通过罗半夏的眼神，茂威汀知道她已经想到了，笑着说：“求婚礼物当然是送给特定对象的，怎么会这样目的地不明？事先不写明收件人，送达后再打电话让人送到经理办公室——只有一种可能性来解释以上两个疑点，即包裹里面的东西并不是寄送给宋艳的。”

“什么？”杜文姜张大了嘴。

现场的人一时之间都觉得有点发蒙。

“不是寄给我的？可是，里面装的明明是他自己……”宋艳小声而胆怯地说道。

“对啊，王啸亲口跟我说要把自己寄给宋艳求婚。”李漠瞪着眼睛，一脸惊诧，“我也是亲眼看到他爬进箱子里的。”

“哈哈！”茂威汀指着李漠的鼻子道，“所有的问题都出在你的身上！”

“我，我可不是凶手！”李漠慌了，眼睛望向罗半夏求助。

罗半夏有种逻辑大厦轰然倒塌的恐慌："这到底是怎么回事？"

茂威汀脸上挂着自信的笑容，慢悠悠地说道："关于如何封装纸箱，李漠是这样描述的：王啸先钻进塑料整理箱，盖好盖子。然后我再找来胶带，把外面的纸箱封装起来。"

"是啊，没错。"李漠说。

"而快递员肖平对于上门取件有一段这样的描述：那个室友说：'王啸交代了，让我替他办理快递手续。不过，你要等一会儿，我还在找胶带，把纸箱密封起来。'于是，他在门口傻傻地等了大约10多分钟，那个男人终于在里面叫道：'快递员，我弄好了。麻烦你进来帮忙搬一下吧！'"

肖平点点头："这确实就是当时的情景。"

"这个过程很正常，有什么问题吗？"杜文姜问道。

茂威汀没有理睬他，径直问李漠道："我想问一下，你找胶带大约用了多长时间？是在什么地方找到的？"

"啊！"李漠回想起来，"用了不少时间呢，大概三四分钟。我是在自己的卧室里找到的。"

"这段时间，王啸已经爬进塑料整理箱，并且盖好盖子了，对吗？"茂威汀的眉毛一挑。

"嗯……我不知道他什么时候盖上盖子的。反正，我去找胶带的时候，他刚往塑料箱子里面爬。"李漠道。

"也就是说，在你找胶带的这段时间，只有王啸独自一个人待在客厅。他到底在箱子里还是箱子外，你根本不知道。"茂威汀一语惊醒梦中人。

"要这么说的话，确实是那样的。"

"更进一步地说，假如当时他爬出箱子，盖上盖子并躲起来，你也不可能会知道。”茂威汀那双幽深的眼睛像蛇一样盯住李漠。

“可，可那不可能啊！那个箱子不是空的，又装了那么重的一个大活人。”李漠还是执迷不悟。

“那是因为，他往箱子里面装了另外的东西——原本要寄给东莞制药陈经理的药品原材料。”茂威汀的眼神似有若无地瞟向中年男人。

“东西被调包了——大活人变成了药品！”罗半夏瞪大了那双美丽的眼睛，“可是，王啸为什么要那么做？”

——为什么不直接把药品原材料寄到东莞制药呢？为什么要欺骗李漠说，纸箱里装的是自己，要寄给宋艳作为求婚礼物？

“你的脑袋是榆木疙瘩吗？”茂威汀轻轻敲了一记她的额头，“刚才已经说过，李漠会突然回家，王啸事先并不知情。当他已经打了快递的取件电话，想趁室友不在干完这桩苟且的勾当时，李漠出现了。这个意料之外的情况打乱了他的阵脚。当被问及那么巨大的纸箱要装什么东西时，他急中生智编了个谎，这才有了把自己当礼物寄走的荒唐之说。”

杜文姜点点头，问道：“那么，王啸是趁李漠去找胶带的时候，爬出塑料箱，然后把原先要寄的药品原材料放进箱子，盖上不透明的蓝色塑料盖的。可是，还有一个疑问，当时王啸本人跑哪儿去了？”

“他当然是躲在屋子的某个隐蔽之处，比如洗手间或者大衣柜之类。虽然，李漠或者快递员再次打开塑料盖检查内容物的可能性不大，但他必须暗中观察，确保快递被顺利寄出才行。”茂威汀说，“之后，他大概是趁李漠帮助快递员把箱子从电梯搬下去的空当，从安全通道逃离了现场。”

“就算如你所说，可是仍然解释不了为什么王啸不写明收件人啊！”罗半夏问道，“还有那个神秘男人的电话……”

茂威汀耸了耸肩，英俊的脸庞露出一丝鄙夷："哈哈！你还不明白？正因为寄送的是药品原材料那样保密的东西，所以他才提前到达东莞制药，从经理办公室打电话让前台把包裹送上来的呀！不写明收件人的目的，当然是为了控制包裹送上来的时间——必须是在宋艳秘书不在的时候才行呢。"

"那个打电话的神秘男人是王啸本人？"前台佟小雨小声惊讶道。"难怪我没听出来是谁……"

"为什么要趁我不在的时候？"宋艳喃喃发问。

"因为这次的药品跟以往都不同，必须由陈经理亲自接洽才行。"茂威汀的眉眼一扫，那个中年猥琐男浑身一抖。

"这还是不对啊！你说寄送的不是王啸本人，打电话的才是他。那么，为什么我们在包裹里面发现了他的尸体？"杜文姜问。

"是啊！难道，他后来又自己爬进箱子里去了吗？"宋艳小声嘀咕道。

茂威汀笑了，说："宋小姐好有幽默感，你的男朋友也是个极端聪明的人。这里就涉及第三个疑点了，为什么包裹是从底部被打开的？"

这时，罗半夏也已经明白了大概，接过话茬道："我想是因为王啸需要自圆其说吧。本来包裹由陈经理接收后就完事了，但王啸之前对李漠撒了一个关于寄送求婚礼物的谎，如果李漠透露给宋艳的话，就会穿帮了。所以，他特意从底部打开纸箱，打算取出药品原材料之后，自己再爬进去，对吧？"

茂威汀不置可否地笑了笑，转头道："还是请你自己来说吧，凶手先生。"

"凶手！"罗半夏没想到会在此时听到这个字眼，目光随着茂威汀落到了那个战战兢兢的中年猥琐男身上。

陈炳泉脸颊抽搐着，磕磕巴巴地说："我没想杀他，我真没想杀他……"

"动机可能是经济纠纷吧。"茂威汀漫不经心地说，"王啸不是说过他马上能赚到一大笔钱吗？那应该是你许诺给他的报酬。可是，当他把药品送到你面前时，你却拿不出那么多的钱来。争执之下，他吵嚷着要把那条秘密生产线公布于众，你这才动了杀机，对吗？"

陈炳泉无力地垂下头，懊丧得说不出话来。

"杀人的手法，应该就像肖平所说，是利用了塑料袋。"罗半夏说，"我想起来了，当时陈经理办公桌旁的垃圾桶里面确实有一个大塑料袋……"

"那么，陈经理在杀害王啸之后，按照王啸本来的设计，把他重新装回箱子，当成求婚礼物放到秘书室去。"杜文姜说，"不过，有这个必要吗？"

"他才不是故意要那么做的。"罗半夏说，"只是因为我跟茂威汀正巧来找他，没有更多的时间处理尸体，才出此下策吧。"

——你和茂威汀？杜文姜听得很不是滋味，为什么你们俩会一起出现？他耿耿于怀的郁闷劲久久无法消退。

"还有，那封情书也是他的杰作。我猜，王啸原本是打算把情书放在宋艳桌上的，被陈炳泉自作聪明塞进了他的上衣口袋。"茂威汀笑道。

罗半夏叹息说："本来，陈炳泉可以等我们走了之后，再想办法处理掉那个纸箱。可惜，宋艳大惊小怪地引起了我们的注意，终于暴露了尸体。"

尾声

这一次，罗半夏破天荒地让茂威汀参与了对陈炳泉的审讯。

“王啸给你送来的药品原材料是用于制造东莨菪碱的吗？”罗半夏狠狠地盯着陈炳泉那张肥得出褶子的脸。

“不是。”陈炳泉咬着牙。

“那是做什么的？竟然要几十斤药品？”

陈炳泉的眼珠来回移动，似乎在犹豫着什么：“警官，你们真的能保护我吗？”

“当然，这一点你放心，只要你把背后所有的内幕全部交代出来。”罗半夏夸海口道。

“唉！”陈炳泉重重地叹了口气，他显然对女警官这种信口开河的保证没有信心，但事到如今也只能走一步看一步了。“我确实在帮一个组织生产东莨菪碱，就是你们说的那种变体。不过，王啸这次给我的原材料是组织直接下达的命令，真正核心的药品只有一小包，王啸在外面装了很多常规药品来掩饰。我确实不知道那一小包药的成分是什么。”

“你把那包药藏到哪里去了？”

陈炳泉眨了眨眼，说：“那天，你们把尸体运走之后，我已经通过特殊渠道把那包药品送走了。”

“可恶！”罗半夏不自觉地攥紧了拳头。

“不过，我有一点不明白。”杜文姜说，“为什么王啸不亲自把药品送到你那儿，却要通过快递？”

“我们一直是通过快递来寄送药品的。公司的人都认识他，如果他本人送来药品，会引起别人的怀疑。”

“所以，你是王啸的上峰，他必须通过你才能向组织输送药品，对吗？”罗半夏问，“那是个什么样的组织？他们究竟在生产什么药品？”

陈炳泉被罗半夏的语气吓到了，慌张地望着她说：“我只知道组织的代号叫作NAA，每次都会定期把巨款打到我的个人账户，我只需要按照他们的要求提供东莨菪碱变体的成品就可以了。但是，这一次他们突然提出让王啸运送一批药品，却没有照往常那样把钱打给我。我跟王啸说明了情况，可是他非但不相信，还诬蔑说是我吞了他的酬劳。所以……”

“又是这个NAA！”罗半夏情不自禁地捶了下桌子，“你还有关于这个组织的其他线索吗？你的上峰是谁？怎么接头？”

陈炳泉摇了摇头，说：“我没有上峰，每次都是按照电子邮件的指示，把药品放到他们指定的地方。而且，他们的电子邮件地址是屏蔽的，从来都是他们主动联系我，我根本没办法找到他们。”

“哼。”一声冷笑从背后传来，阴沉的男人终于开了腔，“你在撒谎吧？刚才你说已经通过特殊渠道把药品送走了，现在又说每次只是把药品放到指定的地方。事实上，药品还在你的手里，对吗？”

陈炳泉惊诧地望着这个可怕的男人，觉得自己在他面前形同一丝不挂。他咬着嘴唇，不甘心地承认道：“好吧，药品确实还在我手里。”

“交货的地点是？”男人的声音冷得几乎结冰。

“× 大附属第三医院。”

“很好！这次，他们绝对跑不了了！”罗半夏咬牙切齿地说。

外科手术杀人事件

时间大约在中午 12 点前后，地点是 × 大附属第三医院，目标是某医护人员物品柜。市刑侦大队副队长罗半夏警官已经率领一干人马在此埋伏多时。

根据东莞制药公司经理陈炳泉的供述，某个神秘的国际组织 NAA 一直让他秘密生产某种致幻药——东莨菪碱的变体。而此次，NAA 又下令要求送达一批药品。罗半夏已经派人对这批药品进行了检测，发现其成分跟 P 大何鸣教授在一名十年前的女死者单兰芳血液中验到的两种植物提取物十分相似。而在何鸣教授的记录中，由东莨菪碱的变体和这两种植物提取物制造的特殊致幻剂，可能会使人丧失本心，从而达到控制人类意识的目的。为了追查到这个神秘组织 NAA 的踪迹，弄清楚他们制造这种特殊致幻剂的目的，警方在陈炳泉跟他们交货的地点—— × 大附属第三医院医护人员的物品柜背后部署了埋伏。

“小夏，你说他们真的会来取吗？”杜文姜挨在罗半夏的身边，趁机亲近。

“应该会吧，我们又没有暴露过。这个陈炳泉也一直在上班，没有拘留他。”罗半夏一边说，一边盯着物品柜对着的那条走廊。

“可是，这都快两天了，根本没人靠近过 1314 号柜子。”杜文姜语气烦躁，音量也不禁提高了一点。

“嘘——快看！”罗半夏指了指一个身材窈窕的白衣护士。

女护士穿着高跟鞋，脚步利落地走到物品柜前，在 1314 号柜子前面站定。

“会是她吗？”杜文姜在罗半夏耳边低声呢喃道。

只见女护士从口袋里掏出钥匙，打开了 1314 号柜子旁边的 1315 号柜子。她从里面取出自己的包包和衣物，然后往更衣间走去了。

“又是虚惊！”杜文姜叹息道。很显然，类似的场面已经有过无数次了。

“等一下。”罗半夏打断他，指着那头走过来的一个戴着墨镜的年轻男子。

这是个打扮得跟嬉皮士似的小伙子，个子不高，身材瘦小，双手插在口袋里，东张西望地走到了物品柜跟前。来回张望了一会儿之后，开始在物品柜的面板上搜寻，大概是在确认物品柜的编码。终于，他的目光落在了 1314 号柜子的附近。再次来回张望了一下之后，他从口袋里掏出了钥匙，插进 1314 号柜子的锁孔里面。

罗半夏的心提到了嗓子眼——难道这个吊儿郎当的男人就是神秘国际组织 NAA 派来取货的吗？

嬉皮男子用钥匙在 1314 号柜子的锁孔上转了好几下，像是突然发现了什么似的拍了拍脑袋，然后拔出钥匙放回口袋，站起身来急匆匆地跑了。

罗半夏回头跟杜文姜对视了一眼，说：“这个男人很可疑，派人跟上他。”

“是。不过他并没有打开柜子啊！”杜文姜说。

“去确认一下，药品还在不在？”突然，一个冰冷的声音在身后指挥道。

不用回头，罗半夏也知道那是凶神恶煞地非要参与行动的外援人士茂威汀。虽然，让此人参加行动是罗半夏亲自向局长申请的，但此时此刻她却有点懊悔了——为什么自己要处处受这个男人挟制？

这时，不容罗半夏再多想，穿着白大褂乔装成医生的茂威汀已经拉着陈炳泉快步走到了1314号柜子面前。

“钥匙！”他严厉地呵斥道。

陈炳泉哆哆嗦嗦地不敢反抗，从口袋里掏出了那把小小的钥匙。茂威汀一把夺过去，快速打开了柜门。

“啊！”陈炳泉的口中发出了惊恐的叫声，“怎么会这样？”

罗半夏闻声也快步跑过去，探头一瞧，柜子里面竟然空空荡荡什么都没有。

“药品呢？”她焦急地冲陈炳泉喊道。

“不，不知道啊！”陈炳泉慌乱地说道，“我明明亲手把药品放进去的……你们也都看到了呀！”

罗半夏一把扯住他的衣领，咬牙道：“别给我耍花样！”

“警官，我没有，我真的没有呀！”陈炳泉的脸已经扭曲得不像话。

这时，从走廊那头急匆匆跑来朱建良警员，喊道：“罗警官，紧急情况。这家医院发生了杀人命案，110要求我们就近处理。”

“什么？”罗半夏张着嘴巴，目瞪口呆。

手术室奇案

龚珊珊对着洗手池的镜子，长长地叹了口气。一上午已经做了两个大手术，可是刚才又来了紧急通知，要临时加一个脑神经修补术。她默默地清洗着双手，想着这样日复一日的高强度工作何时才是个尽头。

“珊珊，你快点。何主任已经进手术室了。”同为护士的童晓颜在前面叫她。

“知道了，需要我去推病人吗？”龚珊珊有气无力地答道。

童晓颜摆了摆手，说：“新来的那个实习生已经去了。”

说完，她转身大踏步走进了手术室，留在龚珊珊眼前的只有她后脑勺那条灵巧甩动的马尾辫。

龚珊珊正想快走几步跟上，却听见身后传来推动病床的声音。

“珊珊，麻烦你让一下。”实习医生柯振辉客气地说道，“这就是马上要进行手术的病人。”

龚珊珊回头往病床上瞟了一眼，觉得有些面熟，信口答道：“哦，好的。我帮你推进去吧。”

“谢谢呀！这病床确实有点沉……”柯振辉边说边不住地点头。

走进手术室，只见脑外科的“一把刀”何清玄主任医师正在查看患者脑部MRI核磁扫描的结果，麻醉师陆剑则在右侧的准备台上进行着麻醉剂的调试。

龚珊珊跟柯振辉、童晓颜一起把病床推到了手术台旁边，然后抓住床单的四个角，把病人稳稳地抬到了手术台上。

这时，何清玄主任慢悠悠地走了过来，看了看病人的情况，说：“还在昏睡啊！陆医师，可以开始实施麻醉了吗？”

陆剑站在准备台那边，手里摆弄着一支药品，说："再稍等一会儿，我还没有配好药。"

"你怎么总是这么慢！"何清玄有些着急地发了句牢骚。

"何主任，这个病人的情况……有点奇怪啊！"柯振辉犹豫再三，终于说出了心里的疑问。"他已经来医院做过好几次手术了，究竟是什么原因导致病情如此反复？"

听到这句问话，龚珊珊心里不禁为这个年轻的实习医生捏了一把汗。何主任主刀的病患，得到的治疗肯定是国内最好的，就算病情有反复也是人力所不能及的。何振辉这样问，岂不是在质疑主任的医术吗？

何清玄的脸上看不出任何情绪，淡淡地瞟了实习医生一眼，说："小柯，你的临床经验还少，像这种情况并不罕见，以后都会遇到的。我让你跟着我一起做手术，也是希望你能够把医术学扎实，今后能为更多病患医治。"

"是。"柯振辉虚心地低下头，不敢再多说。

这时，麻醉师陆剑在那边喊了一声："何主任，我这边准备好了。现在开始实施麻醉吧。"

话刚落音，只听见"啪——"的一声，头顶的聚光灯灭了，整间手术室在一瞬间陷入了黑暗。

"怎么回事？"黑暗中，何清玄主任的声音亮如洪钟。

"不知道，可能是停电了。"实习生柯振辉战战兢兢地说。

"我去打电话问一下配电室。"龚珊珊的心里也有些发慌，毕竟手术室是全封闭的，灭灯之后显得尤为阴森恐怖。在这间屋子里面，曾经有多少人不治身亡？或许，他们的亡灵还徘徊在附近……

好不容易撇开了脑中的胡思乱想，龚珊珊摸到了壁挂式电话机，接通了配电室的电话。“喂，请问是停电了吗？我们这里是……”

一番牛头不对马嘴的对话之后，龚珊珊终于得到了答复：“医院没有停电，可能是手术室的某根线路坏了，电工将马上过去查看修理。”

“修理的话需要多久？”何清玄有些着急地问道。这个手术是临时加的，他下午还有一场重要的学术会议。

“不好说，他们说得先检测出是哪条线路出了问题……”

何清玄叹了口气，说：“那就赶快启用备用电源吧。”

一片漆黑中，只听见童晓颜“哒哒哒”一路小碎步地往一个方向跑去。仿佛是摸索了好一会儿，她才终于找到了备用电源的开关。

“啪——”又是一声清脆的响声，手术室恢复了光明。每个人的心中都像一块大石头落地，可怕的梦魇终于结束了。

“赶快实施麻醉。”何清玄再次发出指令。可是，他低下头时却皱了皱眉：“咦？”

“怎么了，主任？”柯振辉探过头来问道。

何清玄的脸色变了，语气中也有些慌张：“这，这个人好像……不是那个人！”

“什么？”柯振辉有些不解，凑近了一看，忍不住惊叫起来，“怎么变成他了？他明明是隔壁床的……”

龚珊珊有些搞不清楚状况，到底发生了什么事？是推病床进来的时候把病人搞错了吗？

这时，陆剑大摇大摆地走过来，嚷道：“你们吵什么呀？看一下手腕带上的姓名不就完了吗？手术单上需要做手术的人名字叫管文军。”

说着，他拉起了盖在病人身上的病号服的衣袖。可是，令人惊讶的是，这件病号服并没有穿在病人身上，只是轻轻地盖着而已。

当衣服被掀起的时候，露出了里面可怖的真实——一把小刀插在病人赤裸的胸膛上，贯穿了心脏。从伤势看，病人已经凶多吉少。

“啊……”手术室里响起女人惊恐的尖叫声，“死人了！”

消失的人体

罗半夏站在案发的手术室里，愣愣地望着人们把手术台上的尸体搬到墙角边的病床上，再送去太平间。真是屋漏偏逢连夜雨！那边陈炳泉跟NAA的交易扑了个空，一盒药品不翼而飞；这边又出了一桩离奇无比的凶杀案，一个躺在手术台上的大活人，竟然在封闭的手术室里面瞬间变成了另外一个人的尸体。这家医院是不是冲撞了什么邪神，竟然如此邪门？

法医张成龙的口头报告很快就来了：“死因是心脏骤停。凶器是一把小水果刀，本来不足以伤人性命，但凶手非常有经验，直接刺中心脏的血管，导致心跳骤停。死亡时间应该不超过半个小时。嗯……更确切地说，我们有理由相信，凶杀案就发生在这间手术室停电的时候。”

“停电的时候？”罗半夏疑惑道，“难道凶手是在那个时间偷溜进来的吗？”

鉴证科的美女卢杏儿在一旁用力摇了摇头，说：“小夏，看来你还没搞清楚状况。凶手是不可能从门外进来的。这家医院有非常先进的监控系统，如果在手术过程中打开大门，医院的监控系统会探测并记录下来。我们已经查过，在院方的人接到报警电话赶来之前，手术室的门都没有被打开过的记录。”

“那么，嫌疑犯是……”罗半夏蹙了蹙眉，向屋内那几名医生望去。

“是的，嫌疑犯应该就是当时在手术室里面的这五位医生护士：主刀医生何清玄、麻醉师陆剑、实习医生柯振辉、护士龚珊珊和童晓颜。”卢杏儿说。

“问题是，这具尸体从何而来？手术单上的病人姓名是管文军，而尸体手腕带上写着的却是汪峰。这个汪峰究竟是什么人？”罗半夏不禁提高了音量。

万年痴情小跟班杜文姜闻声跑了过来，说：“已经查清楚了。这个汪峰是昨天因头晕呕吐来看诊的，初步怀疑脑部有创伤，入院待查。而失踪的那名病人管文军是三天前入院的，他之前在这家医院做过脑外科手术，这次是来进行后续神经修复的。”

罗半夏点了点头，叹气道：“好吧！那么，这个汪峰是如何进入手术室的呢？你们刚才说凶手不可能进来，那死者又是如何进来的？而且，原来那个病人管文军又消失到哪里去了？你们在这间手术室里面找过了吗？”

杜文姜说：“这间手术室不大，前前后后，各个角落都找过了，没有管文军这个病人的踪影。说句你不爱听的话，他在密室中消失了。”

“密室……”罗半夏果然觉得头瞬间大了一圈。

她的目光缓缓从这间神经外科手术室扫过去，它的门是普通的双开门，在手术进行中是从里面关闭的。整间屋子只有对着门的墙上有扇通气的窗户，但是位置偏高，而且大小为普通窗户的一半。可以想见，凶手是很难通过这个窗口把一个大活人运出去的。

“我想知道，恢复供电并发现尸体之后，这间屋子里又发生了什么事。”罗半夏说。

闻言，杜文姜把一个长相清秀的小护士拉了过来，说：“小夏，这位就是当时打电话给配电室的护士龚珊珊，发现尸体之后也是她打电话报警的。”

龚珊珊郑重地点了点头，细声细气地说：“其实……当时是何主任让我打电话给院办，请院办出面报警的。”

“嗯，那么你记不记得，报警前后，每个人的行动是怎么样的？有没有发生过什么特殊的事情？”罗半夏问。

“小夏，你是不是怀疑管文军在混乱中被运出手术室？”杜文姜领会了罗半夏的意图。

罗半夏按住他，示意不要多嘴，一对晶亮的眸子如猎豹般盯住龚珊珊。

龚珊珊的眼珠子转了转，说：“那具尸体把大家都吓坏了，实在无暇去顾原来那个管文军的下落。我只记得，因为手术台上那个人的身体还是温热的，何主任就组织柯医生他们一起抢救了一会儿。但是，据说那处刀伤直扎心脏，已经无力回天。所以，何主任就让我去给院办打电话，其他人帮忙整理了一下尸体。嗯，当时我站在对着大门的墙边打电话，没有特别注意到屋里面的情况。没过多久，院办就来人了，后来你们警察也赶到了。”

“这个过程大概有多久？我是说，从你们发现尸体到院办来人。”

“也就是 10 多分钟的时间。”龚珊珊很严肃地说。

“你们就没有寻找一下之前的那个病人管文军吗？”杜文姜忍不住插话道。

龚珊珊说：“哦，在等待院办来人的过程中，我们确实在手术室里找了一下，但是您也看到了，这儿就巴掌大的地方，很难藏住个大活人。况且，何主任也有一个新的解释，说可能是他记错了。”

“记错了？”罗半夏心里一颤。

“嗯，他说也许推进来的时候，就是这个汪峰，而不是手术单上的管文军……”

龚珊珊的话如同一枚地雷瞬时“引爆”了罗半夏的大脑。

混淆的病人

何清玄主任医师，是 × 大附属第三医院脑外科的“一把刀”，也是国内数一数二的神经外科专家，在多家知名的国际刊物上发表过文章。此时，他仍穿着手术时的白大褂，有些垂头丧气地坐在办公室里，他的实习生柯振辉默默地站在一旁。

罗半夏一向不太懂得人情世故，开门见山地问道：“何主任，关于这起案件，您有什么看法吗？据说，您怀疑一开始推进手术室的就不是手术单上的病人管文军，而是死者汪峰，是吗？”

何清玄抬了抬眼皮，淡淡地看了她一眼，声音低沉地说：“也只有这个可能了。那间手术室的门一直锁着，停电的中间不可能有人进来。一个躺在手术台上的病人，怎么会无端变成另外一个人，这是我行医 20 多年来都没有遇到过的事。所以，只可能是这个小子搞错了！”

何清玄说完，有些责备地望向实习医生柯振辉。小伙子的脸色发白，身体因为恐惧而有些微微颤抖。

“您的这种推测，有什么根据吗？”罗半夏觉得何主任的这种说法有点过于武断。

何清玄摆了摆手，负气地说：“让他自己讲吧。我也是刚刚才听说，死去的汪峰和失踪的管文军竟然是隔壁病床的。”

——隔壁病床的！罗半夏也是第一次听到这个说法。难道，实习医生在把病人从病房推到手术室的过程中，搞错了病床？把不应该推去动手术的汪峰当成了管文军？

“柯医生，能不能请你把到病房推病人的过程详细地说一遍？”

柯振辉战战兢兢地挪动了半步，像是鼓起勇气面对批评似的站直身子，小声说："我，我现在自己都有点糊涂了。我拿到手术单的时候，是让我去302病房推一个叫管文军的病人，要做的是神经修复手术。302病房是一个高级的双人间，里面就两张病床。我进去的时候，只有一个病人在里面，而且睡得很熟。我过去看了一下他的手腕标志，确定是手术单上写的管文军，于是我就推着他出来了。"

罗半夏皱着眉，说："这不对吧！按理，你们不是应该有一个确认身份的流程吗？就是叫醒病人，让他说出自己的姓名……"

柯振辉的脑袋埋得更低了，声音也越发惭愧："是的，我应该那么做，可是这个病人脑部仍有损伤，一时很难清醒过来。我想着不能耽误手术的进程，何主任的时间那么宝贵……而且，本来我是有把握的。"

"你有什么把握？"何清玄责问的语气有点重。

罗半夏尴尬地附和道："是啊，你凭什么确认自己没有认错病人呢？毕竟手腕带是有可能搞错的呀！"

柯振辉抿了抿嘴，认真地说："高级病房的门牌上都会写着病人的名字，302房间住着管文军和汪峰两个人。我认识其中的一个人，就是汪峰。所以，虽然不认识管文军，但我可以肯定那个病人不是汪峰啊。"

"可以肯定吗？既然如此，你为什么又说自己糊涂了？"罗半夏问。

柯振辉倚靠在墙壁上，身体软成一摊泥，说："之前是挺肯定的，但经不住你们反复追问，现在连我自己的记忆都模糊了。"

——很多时候，当一个谎言重复了N次，真实的记忆也会慢慢被替代。真实与谎言，或许只是一种相对的存在。人们相信，便是真实；

不被信任，即为谎言。

“我有一个疑问。”杜文姜像是不甘心被遗忘似的发出了声音，“这两个病人在同一间病房里面，难道就没有家属陪伴吗？就算病人昏迷了，至少家属可以帮助进行身份确认啊！”

柯振辉无力地摇了摇头，说：“这两个病人都很特殊。这个管文军是一家大型医疗器械企业 GungNail 的高管。这家企业跟我们医院业务十分密切，所以他入院后的一切事务都由我们照料，家属基本上不用费什么心。而且，这已经是他第 6 次入院动手术了，是进一步修复上次手术的后遗症，家属每天也就来看一下。今天的手术是根据何主任的时间临时加的，知情同意书也早就签署过，家属不在场是很正常的事。”

“哦！”罗半夏点点头，“那么，这个汪峰又是什么人？”

“他呀！”柯振辉的语气变得有些不屑，“他是一家药厂的医药代表，经常跑我们医院，很多医生护士都认识他。这次他得病，好像是院里的领导亲自给他安排的病房，大概之前跟领导有些利益交换吧。”

说到这里，何清玄狠狠瞪了他一眼，他应该觉得这个实习医生太不像话，如此耿直的个性恐怕日后将很难在此地立足。

不过，柯振辉浑然不觉，继续说道：“他是自己来看病的时候被收住院的，好像在本地也没什么亲人，一直就没见到有什么家属或者朋友来探望过他。”

罗半夏用手托着下巴，做出一副沉思的表情：“嗯……这么说来，很有可能是你推错了人，把汪峰当成了管文军。然后，这个汪峰在手术室里面被杀害了。”

“罗警官，关于这一点我认为也有待商榷。”何清玄客气地插话道。

“怎么说？”

“既然病人都搞错了，那么也有可能这个汪峰在推进手术室之前就已经被杀。毕竟他身上盖着病号服，一时之间我们也发现不了！”

——汪峰在进手术室之前已经被杀！？杜文姜觉得这个思路非常了不起，一下子就解决了很多疑团。

“可是，法医的尸检表明，汪峰应该是在停电的那段时间被害的。”罗半夏想起了法医张成龙的判断，“也就是说，他应该是在手术室内被杀害的。”

何清玄用力摇了摇头，说：“不一定。法医只能判定死了没多长时间，却不可能精确到十几分钟之内。死亡时间的判断，相差半个小时是很正常的。况且，临床上也有某些手段，可以延迟对死亡时间的判断。”

罗半夏暗暗抹了把汗，这是行家遇到了里手——同样身为医学专家的何清玄如果要质疑法医张成龙的结论，还不知道鹿死谁手呢。

“可是，刚才柯医生说确认过手腕带上的名字，为什么后来手腕带又被换回来了呢？”杜文姜说，“凶手是故意要造成汪峰死在手术室的假象吗？”

何清玄眯起眼睛，说：“我猜，凶手应该是在小柯推病床到手术室的路上，把病人的手腕带更换过来的。至于动机嘛，或许是想嫁祸给手术室里的某个人吧？”

罗半夏觉得这个说法站不住脚，却又不好当面驳斥，只得使劲摆了摆手：“那个……先不说这个了。还是回到刚才的假设，汪峰被当成了管文军推进手术室。何主任说自己看错了，而柯振辉又记不清了。难道当时就没有第三个人见到过病床上的人吗？”

这番问话提醒了柯振辉，他像醍醐灌顶般地跳了起来，答道：

“有！龚珊珊在协助我推病床进去的时候，见过病人的脸。还有，童晓颜一起帮忙把病人抬上手术台，她可能也看到过……”

杜文姜的机关

当被问及“你在手术室外时，看到那个躺在病床上的人长什么样”时，龚珊珊的回答令人颇为讶异：“我没注意啊！当时就瞥了一眼，病人穿着病号服，长得都差不多的样子。”

最有可能的目击者竟然矢口否认，罗半夏有点急了：“就算那时候没注意，但是把病人抬上手术台的时候，你总看见了吧？”

龚珊珊仍是不承认：“没有。我当时抬的是脚，根本看不见脸。”

罗半夏觉得自己像是碰了一鼻子灰，又吃了个闭门羹，满腹的晦气。好在另一名护士童晓颜的回答让案情又变得峰回路转：“我看见了，那个人肯定不是汪峰。我跟汪峰挺熟的，他经常来推销药品，还请我吃过饭。我肯定不会认错的。”

“你看到的是不是这个人？”杜文姜拿出了管文军的照片。

童晓颜瞪大了眼睛，很夸张地看了半天，说：“对，就是这张照片上的人。其实，这个管文军我以前也见过，他跟汪峰长得还有点像呢，都是瘦瘦小小的。”

“你确认没有认错？也没有记错？”罗半夏对于人类的记忆有点失去信心了。

“当然没有，要不然何主任也不会那么吃惊，管文军竟然变成了汪峰！”童晓颜直言不讳道。

“可是，何主任现在否认推进手术室的人是管文军，他说是柯振辉推错了人，而且这个汪峰在进手术室之前就已经被害了。”罗半夏对着小护士发起牢骚来。

童晓颜倒是机灵地眨了眨眼，说：“何主任真的那么说吗？那么，龚珊珊怎么说？她也看见了。”

“龚珊珊说她没看见。”杜文姜摊了摊手。

童晓颜的脸上露出狡黠的神色，幽幽地说：“这不奇怪，龚珊珊总是跟主任保持一致的。呵呵，我不知道何主任为什么要诬赖柯振辉，不过柯振辉这个年轻人太愣了，吃点教训才会学乖吧。”

罗半夏收起下巴，严肃地说：“你是在暗示，何清玄是故意诬陷柯振辉的？另外，他跟龚珊珊有暧昧关系吗？”

童晓颜故作神秘地压低了声音，说：“我可什么都没说。警官，你们自己去调查一下就知道了。”

“小夏，你别气馁啊！”杜文姜边说边追随着罗半夏的脚步，再次踏入了案发现场的外科手术室。

罗半夏左手托着下巴，一脸黯然地沉思着：“假如童晓颜说的都是实话，并且记忆没有出现混淆，那么何清玄主任的那套推理就完全站不住脚了。小文，难道你还没有看清我们的悲催处境吗？一切又被推回到了原点，也就是说，一个大活人在密闭的手术室里无故消失，而另一个本不该在此的人却死在了手术台上。”

“我知道，我知道！这确实是很难解释的事情。”杜文姜挠了挠脑袋，竭力想安慰眼前这个心急如焚的大美人。“可是，只要是人干的事，就一定会有破绽。我们不妨从嫌疑犯的角度，来考虑一下整个案子。”

“嫌疑犯？你是说停电时在场的那五名医生护士？”罗半夏沉下心来，细细琢磨着。

杜文姜郑重地点头，打算来个案情重演：“瞧，当时站在手术台这边的是何清玄主任、柯振辉医生以及两名护士，至于麻醉师陆剑则是站在那边的准备台。停电的时候，何清玄和柯振辉一直站在手术台边，护士龚珊珊跑到对着门的墙边打电话，童晓颜后来被支使到手术室的另一边打开备用电源开关。基本上，每个人的行动和站位就是如此。”

罗半夏微微颔首，问：“这能说明什么呢？”

杜文姜打开话匣子，滔滔不绝地论述道：“何清玄主任站得离手术台最近，如果有人靠近台上的病人，他必然能够发现。试问，凶手是如何躲过何主任的觉察的呢？”

“对啊，凶手是怎么做到的？”罗半夏追问道。

“很简单，凶手使用了不需要靠近手术台就能实施犯罪的手法。”杜文姜说。

罗半夏没有出声，只是专注地听着。那种认真的表情，指戳杜文姜心底最柔软的那块地方。

“这起案件的难点在于，凶手如何把一个活人调换成一具死尸。说句玩笑话，他总不可能背着一具尸体扔到手术台上，然后再把那个活着的病人掳走吧。”

“不对，小文！失踪的管文军不一定还活着，说不定也已经成了一具尸体。”罗半夏不客气地指出道。

“没错。但是，无论那个管文军是死是活，凶手必须把这两个人进行调换，这肯定没错吧？”杜文姜说，“那么问题就来了，凶手如何不靠近手术台而进行人体调换？”

罗半夏静静地看着他，心里却有种隐隐的不安。

“我有个大胆的设想，人体是在空中被调换的！”杜文姜语出惊人。

这样的想法也太不靠谱了。

罗半夏好不容易燃起的一点希望骤然熄灭，瞪着眼睛诘问道："空中怎么调换？难道凶手会飞吗？"

"小夏，别着急。"杜文姜慢条斯理地走到药品准备台旁，指着天花板说，"想象一下，如果从这个天花板放两根带钩的钢丝绳下来，通过机械手作业把手术台上昏迷的管文军替换成已经被害的汪峰，这应该可以做得到吧？"

罗半夏脸色铁青，后脑勺漾出三根黑线："这得多复杂的操作啊？在这么小的手术室里，能放得下那么先进的设备而不被人察觉吗？"

"事在人为啊！而且，那套设备应该已经被不留痕迹地拆除了。"杜文姜神秘兮兮地说。

罗半夏的脑袋都摇得快掉下来了："你以为是拍《碟中谍》呢？还从空中放下机械手……那按照你的说法，凶手是谁？如何完成这整套设备的安装和拆除？"

杜文姜早已胸有成竹，拍了拍胸脯说："我刚才已经说了，要从嫌疑犯的角度来考虑整个案子。根据案发当时每个人的站位，你难道还没有看出谁最有可能作案吗？"

罗半夏木然地摇了摇头，心早已沉入了海底。

杜文姜仍侃侃而谈："何清玄、柯振辉以及两名护士都站在手术台附近，如果进行机械操作必然会被身边的人发觉。唯一可以躲过其他人视线悄然操作机械设备的，只有站在准备台那头的麻醉师陆剑了。而那套操作系统应该就隐藏在手术准备台里面。"

罗半夏叹了口气，说："好吧，退一万步讲，就算这个陆剑真的在手术室里安装了你所说的那种设备，并且进行了人体调换，那么，他作案的动机是什么？事后又如何不留痕迹地拆除那个设备？"

杜文姜一拍大腿，叫道:“这个问题问得好啊！事实上，我已经在暗中调查过了，这个陆剑可大有来头，他是 × 大附属第三医院院长的儿子。他只有本科学历，当初完全是通过关系进入这家三级甲等医院担任麻醉师的。我推测，药厂的医药代表汪峰应该就是通过陆剑来对医院领导进行贿赂的，所以他们之间很可能存在利益纠葛，这往往成为最大的杀人动机。另外，正因为他是院长的儿子，所以作案过程得到了院方有关人员的帮助，院办的人早在警察赶到之前就已经悄然把那套设备拆除了。”

“等一下等一下！逻辑好混乱。”罗半夏按住了杜文姜的肩，“你的意思是，院办的人是帮凶，参与了那套设备的拆除？可是，他们有必要这样大动干戈地去杀一个人吗？还有那个失踪的管文军，他又是怎么被牵连进来的呢？”

“嗯……”杜文姜有点噎住了，支吾了半天终于说，“这个管文军是 GungNail 医疗器械企业的高管，他说不定也跟这家医院有利益瓜葛。由于现在不清楚他是生是死，所以不好判断他们掳走他的目的是什么。”

“什么叫不好判断？根本是信口开河！”罗半夏用手使劲揉了揉太阳穴，感到要得知真相还有漫漫长路要走。

手术台的秘密

罗半夏跟杜文姜正在手术室里胡乱猜想，身后突然传来了“啪啪……”拍手的声音。女刑警回过头去，只见一名短小精悍的年轻医师迈着稳健的脚步走了进来。尾随其后的还有一个修长肃穆的身影。

“又是这家伙……”杜文姜心里对茂威汀的出现十分不屑。

“麻醉师陆剑？”罗半夏喃喃道，虽然只有一面之缘，她还是认出了这位话题人物。但是，她不明白为什么陆剑会和茂威汀走在一起。

“正是敝人，刚才二位口中的凶手！”陆剑圆胖的脸上露出精明的笑容。

杜文姜面露尴尬，结巴道：“呵呵，我们刚才只是推测、猜想……算不得数的。”

陆剑走近前来，有涵养地向罗半夏点头致意，径直说道：“其实，我觉得你们从犯案可能性的角度进行推理，这个思路很不错。只不过，对诡计的想象力太过天马行空了一点，要使用你所说的那种空中人体调换术，恐怕只能出现在007的电影里吧？”

罗半夏有种他乡遇知音的感觉，连连赞同：“是啊！虽然说从操作上不是一点可能都没有……但总有一种单单为了实现诡计而杀人的意味。”

“对！凶手犯案必然是一整套连贯的思路，不可能单纯为了让我们吃惊而设计出复杂的人体调换术。”陆剑说，“毕竟，这又不是在写蹩脚的推理小说。”

罗半夏闻言会心一笑，眼神瞟向墙角那个惹人讨厌的身影。而茂威汀只是安静地站着听他们说话，不置一词。

“那么，你有什么高见？”杜文姜不服气地说。

“其实，我过来是想向你们报告一些线索。”陆剑笑眯眯地说，“听说，何清玄主任试图把这件怪事解释为柯振辉医生推错了病人，是吗？”

“嗯！他认为，不仅病人被推错了，而且凶杀案也是在手术室外发生的。”罗半夏的话刚出口，脑海中闪过了某个念头。

陆剑朗声说：“我猜，你一定也想到了，何主任这样费尽心机地编排故事，目的应该是想置身事外吧！而他的情人龚珊珊也帮着一起作证，就更加说明问题了。”

“他想置身事外，是因为他很心虚……”罗半夏心照不宣地望着陆剑。

“没错。刚才杜警官已经说过，无论发生任何事都不可能躲过离手术台最近的何主任的法眼。那么，假如是他本人亲自动手，岂不是不费吹灰之力？”

——确实是这个道理。何清玄主任在案发时的位置以及事后拼命掩饰的行为，都像是拿脏布在擦手，越擦越脏。

“可是，他要如何将两个人调换过来呢？”杜文姜问道。“杀人的动机又是什么？”

“别着急！”陆剑做了个少安毋躁的手势，“你们或许还不知道，GungNail的财务总监管文军已经在我们院动了5次脑外科手术，算上这次是第6次了。而之前的每一次也都是由何清玄主任亲自开刀，手术之间相隔的时间最长不超过半年。试问，医术精湛的何主任缘何要频频对一个病人动刀呢？”

“不是说做神经修复的手术吗？”罗半夏问。

陆剑摇了摇头，说：“鬼才信！虽然我不懂脑外科手术，但任何一台手术都有风险，医生治病救人的原则是能不开刀就不开刀。如果只是为修复一两条神经去开一次刀，我情愿自己半身瘫痪得了。”

“到底是什么原因呢？何清玄给管文军做的是什么手术？”茂威汀的声音从背后响起，语气中有种不怒自威的震慑力。

“呵呵，这我就真的不清楚了。”陆剑无奈道，“但可以想见的是，何清玄在做的是一项难度极高的高精尖手术，他跟管文军之间也有着非常密切的关系。这一点从他每次手术都只带一个实习医生也可以看出来，他似乎不愿意让更多人知道手术的内容。”

“嗯，实习医生柯振辉好像确实对此有所怀疑。”罗半夏说。

“所以，我的推测是，何清玄的手术需要活体器官，而汪峰正是他选中的供体！”陆剑一语惊四座。

罗半夏脸色一变，吃惊得说话都有点结巴：“这，这不可能吧！你的意思是，何清玄在手术过程中杀害汪峰，取出活体器官移植给管文军吗？”

陆剑神情淡定地说：“只有这一种可能。他故意制造了停电事故，然后在黑暗中偷偷将原本就藏在手术室内的汪峰杀害。按照原计划，他应该是快速取出所需器官，然后在神不知鬼不觉中把它移植到管文军身上。作为一名经验老到的外科大夫，我相信他完全可以掩人耳目，不被实习医生和护士发觉。”

——这怎么可能？如此大胆而残忍的手段，真的会在这间救死扶伤的手术室里发生吗？

“但是，他的计划出现了意外……”陆剑意味深长地说。

罗半夏瞪着美丽的大眼睛，红唇一抿道：“什么意外？”

陆剑拍了拍自己的胸脯，说：“就是本人了！本人生性迟钝，动作太慢。何清玄原本设计好的停电时间，应该是在我实施完麻醉术之后。但由于我准备时间过长，导致病人还没被麻醉就停电了。为了抓住这个宝贵的机会，何清玄决定冒险在没有麻醉的情况下打开管文军的颅骨，结果遭到了激烈的抵抗……”

“我不明白，你所指的需要移植的活体器官到底是……”杜文姜皱着眉头百思不得其解。

“呵呵，这还不明白吗？何清玄动的是脑外科手术，移植的当然是大脑的神经组织了。”陆剑笑眯眯地说。

“大脑移植？这种手术在全世界都没有人做过吧？”孤陋寡闻的罗

半夏跳将起来。

陆剑眉头一蹙，说：“这方面我也是外行，至少在国内我没有听说哪个医疗机构做过类似手术。而且，这种手术恐怕会有悖伦理，应该也不会在明面上进行。”

“就算按你的说法，何清玄杀害汪峰是为了进行脑移植，可为什么后来躺在手术台上的人变成了汪峰？那个管文军又跑到哪里去了？”罗半夏问道。

“对啊！还有，汪峰一开始藏在哪里？这间手术室哪里有可以藏人的地方？”杜文姜附和道。

“呵。”陆剑轻哼一声，走到手术台旁，“你们不觉得这张手术台有点奇怪吗？如果你们见过其他医院的手术台，就会发出疑问，为什么这张台子的底座是实心的，其他手术台却都仅有一根支柱而已？”

罗半夏盯着那张硕大笨重的手术台，回想起自己去见父亲最后一面时的情景。当时，父亲所躺的那张手术台有一个支架型的底座，上面是一张薄薄的床。父亲胸部中弹，已经处于弥留之际，可是他眼中的坚毅和愤怒时至今日仍历历在目。

不容罗半夏继续开小差，陆剑猛地掀起了铺在手术台上的医用床单，只见下面是一个类似于箱子状的底座。“瞧，这个箱状底座下面足足可以藏下一个人。”

“你是说，一开始汪峰就被藏在了这里面？”杜文姜瞪大了眼睛。

“没错，而且这张床面可以翻转，能够在短时间内使里面的人上来，上面的人进去。”陆剑坚定地说道，“这就是何清玄偷梁换柱的全部诡计！”

杜文姜有些不信邪地上前掀动那张手术床，却没有找到所谓可以翻转的暗扣。陆剑拉住他的胳膊，说：“眼前的这张床当然无法翻转，真正用于作案的那张台子早就被调换了。这张只不过是形状相似的仿冒品而已。刚才说到一半，由于管文军强烈抵抗，何清玄只得偷龙转凤，把管文军藏到这张手术台里面，把原本已经死去的汪峰弄了出来。所以，才会出现活人变成另一个死人的奇怪现象。”

“你是说，管文军还活着？”

“应该是吧。这么重要的人物，何清玄怎么会让他死？只要找到他，一切谜底就都解开了。”陆剑信心十足地说道。

罗半夏的猜想

陆剑的推理让罗半夏等人整整忙活了三天。他们搜遍了整间医院以及其他的医疗机构，寻找那张被替换掉的特殊手术台，同时还邀请专业人士对何清玄做过的脑外科手术进行复查，看有没有偷偷进行大脑移植术的嫌疑。另外，他们又对何清玄、龚珊珊等人进行了严厉的审讯。最终，罗半夏把相关人士集中到了脑外科手术室，号称要当场发布侦查的结果。

“美女警官，怎样？你们有结论了吧？”陆剑自鸣得意地问道。

“是的。”罗半夏额角的头发一扬，露出刑警特有的张扬笑容。“经过调查后我们认为，你的推理有好几处不合理的地方。”

茂威汀默默地靠在墙边，抬起冰冷的眼眸看了看她，眼神里包含着复杂的信息。

陆剑蛮不服气地说：“哪里不合理了？从作案手法到动机，环环相扣，毫无破绽啊！”

罗半夏客气地笑了一笑，说：“在外行人眼里，那确实是个大胆而有创意的推理。不过，以专业的眼光来看，漏洞实在太多了。首先，很多神经外科的专家都表示，大脑移植是非常高精尖的手术，不可能利用停电的空隙来进行，更加不可能当场杀掉一个人来取出活体。这种事情发生在科幻小说里也就罢了，现实中基本是天方夜谭。”

“呵呵，陆剑啊！真没想到你的想象力这么丰富！”何清玄在一旁干笑了两声。

陆剑的脸色变得很不好看，但仍有辩解的欲望，小声嘀咕说：“何主任，你自己做的手术，只有你最清楚。或许，你只是抽取了一部分大脑组织而已。”

“那么，你看到汪峰的颅骨被打开了吗？你知道做移植手术需要什么样的步骤吗？”何清玄终于忍不住诘问道，“管文军因为多次手术，他的颅骨一直是开着的，只需要把保护膜取下即可。但是，汪峰的颅骨是完好的。你跟我做过好几次手术了，应该知道打开一个颅骨需要的可绝不仅仅是几分钟的时间。另外，如果我在黑暗中杀掉汪峰，他的大脑会在短时间内缺氧，到时候再打开颅骨的话，还有多少脑组织是可用的？为什么我不先取出脑组织，再行杀人之事呢？”

何清玄的一番专业讲解，说得在场众人好像经历了一场头脑风暴，稍有头脑的人都听得出来，何主任的话是千真万确，经得起检验的。陆剑甩了甩脑袋，顿时变得有些六神无主。

罗半夏继续说道：“至于另外一个漏洞，就是缺乏关键性的证物。你之前说这个手术台被人替换过。可是，我们找遍了全市所有的医院，都没有找到你所说的那个被换掉的特殊手术台。”

“没有找到又不能说明不存在……”陆剑嘴硬道。

杜文姜接过话茬，说：“可是，如果这张手术台曾经被调换过，必定会留下痕迹。鉴证科已经对这里的每一寸地面进行了检查，没有发现手术台被移动过的迹象。”

“而且，鉴证科还在这张台子上找到了管文军和汪峰的皮屑……

说明这正是案发当时所用的手术台。”罗半夏说，“我相信，这应该可以算是铁证。”

陆剑整个人瘫软下去，矮胖的身体几乎要支撑不住，靠在墙边喘着气说：“好吧，既然你们说我的推理不对，那么谁来告诉我，这离奇的人体调换案究竟是怎么回事？”

罗半夏眨了眨漂亮的大眼睛，面带羞赧地一笑，说：“关于这起案子，警方已经有眉目了。事实上，真相往往比我们想象得要更加简单。柯医生，你之前说过，推病人的时候感觉特别沉，是不是？”

柯振辉突然被点名，神情很懵懂：“嗯，是啊！推起来比平时要沉一些。所以，龚珊珊说来帮我的时候，我就没跟她客气。”

龚珊珊也在一旁附和道：“推床是挺沉的。现在想来，病人管文军也不胖，是不是床本身比普通的要重一些呢？”

罗半夏轻轻摇了摇头，说：“我们一直在纳闷，汪峰究竟是如何进入手术室的。其实答案很简单，这个手术室里面藏不了人，汪峰当然也是从大门进去的。而且，就是跟管文军一起被推进去的。”

“一起进去的？你是说，那张床里面还藏了汪峰？”龚珊珊难以置信地望着她。

“对啊！汪峰和管文军两个人都很瘦，如果管文军躺在汪峰的身上，再加上宽大病号服的掩饰，基本上应该看不出来吧。”罗半夏说道，“所以，汪峰就是搭着管文军的‘顺风床’进入了手术室，并且还被你们一起抬上了手术台。”

——一个人躺在另一个人身上，穿同一件病号服，被当成一个人抬上了手术台！罗半夏警官的推理令人闻风丧胆，胆战心惊。

“可是，他们为什么要这样做？还有，究竟是谁杀死了汪峰？管文军又跑到哪里去了呢？”何清玄严肃地问道。

罗半夏长长吁了一口气，说：“这里就涉及杀人动机了。据我们调查，汪峰跟管文军以前似乎就认识。汪峰还曾经去GungNail企业找过管文军，两人因为什么激烈地争吵过，GungNail的员工至今仍有印象。”

童晓颜忍不住插嘴问道：“你的意思是，他们之间有恩怨？”

“没错。当这两个人被分在同一间病房的时候，往昔的冤仇再次涌上心头，或许已经到了必须杀之而后快的地步。”罗半夏说，“而就在他们俩争斗的时候，柯振辉来病房推管文军去动手术。我想，当时应该是管文军打晕了汪峰，将他垫在自己身下，盖上病号服，然后装作睡着的样子被推去了手术室。”

“哦！原来如此。”何清玄点了点头，觉得罗半夏所描述的情景合情合理。

“管文军原本或许打算找机会把汪峰弄走，可是柯医生非常敬业，一直亲自把病床推进了手术室，导致这两个人一起上了手术台。”罗半夏的语气颇为无奈而滑稽，“就在手术将要进行的时候，室内突然停电了。而恰恰这时，被打晕的汪峰也醒了。两人在黑暗中争执起来，管文军随手拿起一把刀就扎进了汪峰的心脏！”

见在场的人被她连珠炮似的推理唬得一愣一愣，罗半夏继续再接再厉：“杀了人之后，管文军也感到后怕，于是跳下手术台，找个地方躲了起来。趁院办的人进来的时候，混在人群中逃走了。”

一时之间，所有人都沉默着。有的是被罗半夏的精彩推理所折服，有的则正在暗自发笑。终于，在半晌的无声空白之后，一个狂放不羁的笑声从墙角响了起来：“很好很好！孺子可教也。经手了那么多案子，这次算是最接近真相的了。只不过，还有几个无法解释的疑点……”

罗半夏闻声望去，那个笑容邪魅的瘟神再次登场了。

被修正的真相

“什么疑点无法解释？”罗半夏有点不服气地上前，瞪着茂威汀嚷道。

轻佻男暧昧地扫了她一眼，缓步走到她的身旁，说：“有三个致命的漏洞。第一，你说管文军是躺在汪峰的身上被运进手术室的。我想找两个偏瘦的人做个实验，看看一个人叠躺在另一个人身上，会是什么效果？”

话刚落音，实习医生柯振辉跃跃欲试。他显然也一直对于罗半夏的这个假设耿耿于怀，难道自己瞎眼到了如此地步，竟然没看出来管文军的身下还躺着另一个人？命途多舛的杜文姜警官也被拉来充当瘦子，而且还是被压在下面的那一个。于是，神奇的实验开始了，两个瘦高的年轻男子一个叠一个地在手术台上躺好，上面再盖上一件宽大的病号服。

——不对劲，完全不对劲。刚才罗半夏警官口中的“基本上应该看不出来”彻底成了一句笑谈。两个大男人叠在一起，足足有半米多高，就算笨蛋也能看出管文军的身下垫了东西。

罗半夏脸色铁青，烦躁地说：“或许，他们俩是平躺着，只不过汪峰被病号服盖着，没有被发现！”

茂威汀再次摇头，说：“狭窄的手术台哪里容得下两个大男人平躺？况且，他们把病人从推床抬到手术台的时候，也很容易看出破绽！”

杜文姜头一次见到罗半夏的脸上露出受欺负的狼狈神色，这个茂威汀也未免逼人太甚了。作为男人，他感到自己有义务在此刻挺身而出:“喂，如果不是通过病床推进来的，那你说这个汪峰是如何进入手术室的？”

“我可没说他不是通过病床推进来的……”茂威汀悠然道，“只不过，不是像这位女警官说的那样，一个叠一个进来的，那样太侮辱医生护士的眼力和智商了。”

“你的意思是……”何清玄问。

“很简单！那个汪峰是躲在推床下面被推进来的。你看，这床下面有两根支架，只要手脚紧紧扒住支架，就能躲在床单下面，不被任何人发觉。”

——真相往往就是如此难以置信的简单。由于床单从两边挂下来，如果有人紧贴着床板躲在下面，确实不容易被发现。罗半夏意识到自己终是棋差一招。

“我想问一句，你们把病人抬上手术台后，这个推床放到哪里去了？”罗半夏转头问道。

柯振辉思索了片刻，说:“推床就放在靠门的那个角落里，回头做完手术还得再用它把病人推去ICU……”

“难怪！原来这个汪峰一直就躲在床底下！”罗半夏恍然大悟，“那么，你说的第二个漏洞是什么？”

“当然是你所描述的管文军逃跑的方式。你说他跳下手术台，找个地方躲了起来。可是，之前你还信誓旦旦地说过，这间手术室里藏不了人。试问，管文军到底藏在了哪里呢？”茂威汀嬉笑着冲她眨了眨眼。

这一刻，罗半夏感到被什么东西灵魂附体，眼前的一切都豁然开朗了:“他也躲到病床下面去了，对不对？之后，病床被推到外面，他就趁人不注意逃跑了！”

茂威汀脸上挂着迷人的笑容，说："没错！当你们警察在这间手术室勘查现场的时候，管文军还一直费力地躲在这病床底下呢！"

——听起来简直像玩过家家似的，两个人竟然都喜欢躲在床底下玩！

"说到底，小夏只是没有考虑到用病床来藏人而已，也算不上多大的失误！"杜文姜仍在积极地为罗半夏开脱。

"还有第三个漏洞，也是最关键的一个！"茂威汀说，"她刚才说管文军随手拿起一把刀扎进了汪峰的心脏，请问这把刀从何而来？"

罗半夏瞪着一双无辜的大眼，说："刀？当然是手术刀了，这里多得是……"

"可是，扎进汪峰心脏的可是一把水果刀！对吗？"茂威汀笑眯眯地望向鉴证科的卢杏儿。

"嗯。"卢杏儿老实地点点头，用一种惆怅的目光望着罗半夏。

罗半夏干咳了两声，硬生生把原本想说的话吞了回去。

茂威汀没有理会她的尴尬，转而问道："手术室里哪来的水果刀？"

这时，一直沉默的陆剑凑上来说："我猜，水果刀是管文军带进来的吧？"

何清玄在一旁摇了摇头，说："管文军是来做手术的，怎么会随身带着刀？而且，他当时被推进来的时候，确实是在昏睡，这一点毋庸置疑。"

"其实，事实的真相已经昭然若揭——既然汪峰是躲在病床底下进来的，那只能说明他才是真正有犯案动机的那个人。"茂威汀说，"那把刀自然也是他带进来的了。"

罗半夏点点头，说："你是说，其实是汪峰想杀死管文军……"

这个事实让在场的人都有些诧异，一时半会儿感觉有点找不着北。

“可为什么最后死的人却是汪峰？”罗半夏追问道。

“就是！而且，汪峰为什么要选择在手术室动手呢？如果他想要杀死管文军，完全可以在病房里或者其他的地方。”杜文姜也添油加醋地问道。

“呵呵，我想应该是汪峰在病房里正要行凶的时候，柯医生来推管文军去动手术。当时，他手中拿着刀，避无可避，只得躲进病床下面。谁知，柯医生一路把他推进了手术室。他本来打算一直忍到手术结束再出去，结果中间发生了停电事故。他一不做二不休，摸黑跑到手术台想要干掉管文军。但是，由于在黑暗中看不清楚，反而惊醒了昏睡中的管文军，于是两人争执之下，汪峰反而被管文军杀死。”

“照这么说，管文军是自卫！”陆剑震惊道，“那么，他现在人在哪里？”

不可能的任务

何清玄主任的办公室装修得清新雅致，书柜上一个个青花瓷的摆设，显示出主人不俗的品位。罗半夏不明白茂威汀为什么要把自己单独带来这里，有什么话是不能在众人面前说的呢？

这时，茂威汀推门进来，身后跟着东莞制药的倒霉经理陈炳泉。在看到愁眉不展的陈炳泉的一刹那，罗半夏才想起自己原本来 × 大附属第三医院的目的——抓捕跟陈炳泉交货的 NAA 组织的人。

“你带他来做什么？找到那包药品的下落了吗？”罗半夏瞪着茂威汀问道。

茂威汀粲然一笑，眼神中的旖旎风光足以令任何一个女子想入非非，轻声说：“别着急，很快你就知道了。”

何清玄主任兀自站在窗边，回过头来说：“到底还有什么事，非要到我的办公室里来谈？我的一个学术讨论都被迫取消了。”

茂威汀毫不客气地往何清玄的座位上一坐，把腿交叉在办公桌上，说：“好吧。那么，我们就来谈谈您的事，何主任！”

“我的事？我有什么事？”何清玄理直气壮地回嘴道。

“刚才已经说过，发生在手术室的整个案件，是汪峰想要杀死管文军，结果却被自卫的管文军杀害了。”茂威汀说，“但是，如果案情确实如此，却有一件事情无法解释。”

“什么事情？”

茂威汀深邃的眼眸直勾勾地盯住何清玄，用一种威胁的口气说道：“如果汪峰跑到手术台边跟管文军发生肢体争斗，为什么站在手术台边的您却毫无察觉呢？”

——原来问题出在这里！罗半夏终于醒悟过来了，之前杜文姜跟陆剑都是基于这一点做出了推理。如果案情真像茂威汀说的那样，那么即便在黑暗中，何清玄也不会对所发生的事情一无所知。

“你想说明什么？”何清玄冷冷地说道。

“其实从头到尾，你对整个案情都非常清楚，对吧？”茂威汀玩世不恭地笑道，“所以，你才在一开始就希望把案情引导向推错了病人的方向。”

“哼。”何清玄的鼻孔冷哼了一声，没有作答。

罗半夏望着眼前的这位治病救人的白衣天使，内心陡然感到一阵极度的寒冷。如果救人者变成了害人者，那这个世界还有希望吗？

“管文军杀害汪峰以及逃走，整个过程你应该都有参与。”茂威汀深吸了一口气说，“说不定，扎入汪峰心脏的那把刀还是由你亲自动手的呢！直接刺中心脏血管，造成瞬间死亡……”

"是的，法医说过，这应该是非常有经验的人下的手。"罗半夏也在一旁低声附和。

何清玄嘴角的肌肉微微抽搐，轻哼道："一派胡言。我跟汪峰无冤无仇，他也不是我的病人，我何必置他于死地？"

问及此处，罗半夏哑然。一个国内数一数二的顶尖脑外科专家，为什么要帮一个病人去杀害另一个病人呢？何清玄应该不会傻到让自己卷入两个病人的纷争之中……

茂威汀目光毒辣地盯着他，向门边的墙角挥了挥手，说："陈经理，你过来把那件事说一说吧！"

"那件事？"罗半夏疑惑地望向陈炳泉那畏缩的身影。

陈炳泉肥胖的脸上看不出什么表情，只是低头谦恭地说："那个……罗警官，刚才茂先生给我看了汪峰身上的一样东西，我发现……"

"什么东西？"罗半夏迫不及待地问道。

茂威汀从裤兜里掏出一个透明塑料袋，里面是一串钥匙。他像是炫耀似的把钥匙在她眼前晃了晃，说："就是这个，汪峰口袋里的钥匙。卢杏儿借给我的。"

——这个妖魅的男人究竟给卢杏儿吃了什么迷药，为什么杏儿总是对他予取予求？罗半夏无语，只是冷冷地盯着陈炳泉。

"对，就是这串钥匙。我发现其中有一把小钥匙是1314号物品柜的……"陈炳泉说完，小心翼翼地观察罗半夏的表情。

"1314号柜子……"罗半夏跳了起来，"难道说，这个汪峰就是跟你交货药品的接头人？他是NAA组织派来的？"

茂威汀像看戏似的望着美女警官上蹿下跳，轻描淡写地说："应该就是如此。不过，因为汪峰临时去执行其他任务，那箱药品已经由别人取走了。”

“谁？”罗半夏怒目而视，仿佛茂威汀就是那个偷走药箱之人，“他们是如何在警方严密的监视下取走那箱药的？”

茂威汀无奈地摇了摇头，说：“还记得有一个女护士打开1314号旁边的1315号柜子，取走了包包和衣物吗？”

罗半夏懵懂地点点头。

“我事后调查过，这家医院的员工档案里根本没有那个护士的踪影。”

“怎么会这样？”罗半夏吃惊道。

“呵呵，其实那两个柜子是联通的，中间隔的那层薄板可以拆下来。女护士打开1315号柜子，把1314号柜子里的药品装进事先放在那里的大包包里面，然后就在你们的眼皮底下若无其事地离开了。”茂威汀眼眉一眯，“你们这些警察太无用，就这样公然被他们耍了！”

“你！”罗半夏气得胸闷，却说不出一句辩驳之词。

这时，陈炳泉在一旁提醒道：“茂先生，你刚才说汪峰去执行其他任务，到底是做什么呢？”

“呵呵，问得好！”茂威汀转而盯着罗半夏说，“难道你没有怀疑过吗？汪峰为什么要急着在手术室里动手？我之前说他趁着停电去杀人，不过是含混其词的说法罢了。如果仅从杀人的效率和对犯罪的掩饰来说，手术室显然是最糟糕的地方。”

没错，即便被柯振辉推进了手术室，他也不必急于一时，完全可以等做完手术回到病房后再动手。罗半夏不解地望着他说：“对啊，他为什么要急于这一时呢？”

“这就跟咱们这位何清玄主任有关系了。”茂威汀笑容魅惑地看着何清玄，“为什么管文军在短短两年的时间里已经动了6次脑外科手术？陆剑怀疑何清玄在进行一项难度极高的高精尖手术，这绝不是胡乱猜测。之前，你们警察不是走访了很多脑外科专家吗？”

罗半夏收敛情绪，正色道：“是的，很多专家都对这样频繁的脑外科手术感到愕然，觉得不符合医学惯例。”

何清玄一直阴沉着脸，这时终于忍不住开口辩解道：“这是病人自己要求的，他希望手术的效果做到最好！”

“那么，他是不是也要求您将一些坏死的脑组织替换成新的呢？”茂威汀的语气有些瘆人。

“换成新的？”罗半夏吃惊地瞪着他，“你不会是说，何主任真的在尝试脑移植手术？”

茂威汀不置可否，转而盯着何清玄，说：“到底是什么样的手术，只能请何主任告诉我们了。”

“关于手术的细节，在手术报告单上写得很清楚，你们自己去查便是。”何清玄仍然是拼死抵赖。

“谁不知道手术报告单是你写的？你当然懂得如何掩饰掉最关键的那一部分。”茂威汀说，“其实，汪峰躲在病床下溜进手术室，应该就是为了弄清楚手术的真正内容，并且阻止这项可怕的手术……”

听到这里，罗半夏终于拿出了刑警的架势，呵斥道：“何主任，如果你不老实交代，我们只能将你拘捕。到时候，你将身败名裂！”

何清玄低着头，内心似乎在做着激烈的斗争。突然，他抬起头来，冲罗半夏“嘿嘿”笑了两声，然后转身打开身后的窗户，一个箭步跨上窗台，纵身而下。

“等等！”罗半夏飞身扑过去，却和从另一边冲过来的茂威汀撞了个满怀。当两人再来到窗前探头查看的时候，楼下已经空无一人。

尾声

“后来，那个何清玄被抓到了吗？”汤川坐在高级会所的包间里面，笑容暧昧地望着对面的面瘫男。

茂威汀冷着一张脸，低沉地说：“那帮没用的警察，怎么可能抓得住他？我估计，他早就被人偷运出国了。对吗？”

说完，他抬起眼帘，凶狠地盯住汤川。

“哟，别问我啊！我哪会知道这些小道消息？”汤川黝黑的小脸笑得满是褶子。

茂威汀叹了口气，说：“那个汪峰是组织派去阻止管文军动手术的，对吗？到底是什么样的手术？为什么不惜杀人也要阻止？”

汤川无辜地耸了耸肩，说：“不太清楚。这方面的资料目前还是零。何清玄的身份非常特殊，他早就拥有了美国国籍，却还享受着中国公民的一切待遇。我猜，他背后的靠山十分强大，不是你我可以企及的。”

茂威汀目光缓缓地从汤川的脸上划过，在某一刻突然放出毒光：“说吧，你明明就知道些什么？”

汤川尴尬地一笑，说：“这次我是真的不知道。只是有一点小猜测罢了。我感觉，汪峰跟何清玄应该不是一伙的，也就是说何清玄的手术并不在 NAA 的策划之内。冥冥之中，还有另外一股势力也参与了其中。”

“呵呵，那你的意思，这次汪峰去杀管文军，是狗咬狗了？NAA 想要毁掉另外一个组织正在进行的某项计划。”

汤川摇了摇头，说：“也不能这么说。其实，你有没有考虑过这样一种可能：汪峰的行动并不是出自组织的指令。”

闻言，茂威汀皱紧了眉头，一时之间很多思绪在他脑中打结。如果说汪峰不是受组织的指示去杀人，那么，他是自发的行动吗？这样做无异于背叛组织，他为什么要擅自行动？难道他跟自己一样，为查明真相而叛逃了？

见茂威汀一言不发，汤川又说：“还有，这事我也是听说的——组织之所以又派了一个女人去取那盒药品，就是因为汪峰跟组织失去了联络……”

“这个汪峰，必然知道些什么！”茂威汀拍案叫道。

“是的，我现在正在按这条线索查。不过，关于何清玄的事……”汤川眨了眨眼睛，“建议你盯一下他的小情人，就是那个小护士。”

“正有这个打算。”

“呵呵，打算跟美女警官一起去吗？”汤川笑眯眯地说。

“你笑什么？”茂威汀狠毒地瞪了他一眼。

“哈哈，我觉得近来你跟那个女警官，好像越来越如胶似漆了！怎样？美女的怀抱十分香软吧？”汤川邪恶地大笑起来。

“少管闲事。”茂威汀闭起眼睛，脸上冰冷得没有一丝温度。

“鉴于她的特殊身份，你还是不要跟她走得太近了。”汤川收敛了笑意，神色凝重地告诫道。

速冻冷柜杀人事件

“你怎么来了？”茂威汀看着房间里的女子，面色阴冷地开口问道。

“威汀哥哥，好无情啊！”高珊妮脸颊红润，一双杏眼忽闪着，扑到了男人的身上，“人家费尽千辛万苦，才偷偷跑出来找你呢。”

男人向后退了退，想要推开她，冷冷地问：“有什么事吗？”

高珊妮使劲地往他怀里钻，娇滴滴地说道：“听说，哥哥最近跟夏姐姐来往过密。我一直在担心，你不会变心吧？”

茂威汀推开了她，冷哼一声道：“一定是汤川那家伙在造谣吧？没什么事，你可以回去了。”

“不要不要嘛！”高珊妮着急地拉住他，“我可是为你带来了很重要的消息哦！关于 × 大附属第三医院脑外科何清玄主任的……”

冷面男的脸色顿时一变，转头像猎物般地盯住她，厉声问道：“快说！他现在在哪？”

高珊妮吐了吐舌头，故作可爱地摇了摇头，说：“我听汤川说，你跟夏姐姐被这个大名鼎鼎的何清玄主任摆了一道。他在 × 大三院偷偷给人做脑组织移植手术，而且畏罪潜逃了，对吗？”

“你到底知道些什么？”茂威汀眯着眼睛问道。

高珊妮眨巴两下眼睛，神秘地说：“有一次听老头子在打电话，好像提到过这个何清玄大夫的名字。不过，他似乎并不是我们的人，有另外一个组织……”

“那是个什么样的组织？”茂威汀迫不及待地追问道，“何清玄现在人在哪里？”

高珊妮抬起头来望着他，清纯的脸上露出妩媚的笑，说：“告诉你也可以。不过，要有一点奖励哦！”

“什么？”男人皱了皱眉。

这时，女孩突然踮起了脚尖，以迅雷不及掩耳之势凑到男人的脸颊边，献上了深情的一吻。屋里的空气因这个吻而陡然变得甜腻无比。

“啊——”男女还沉浸在这个吻之中，门口传来了像是被驴踢到脑袋的痛叫声。

茂威汀转过头，只见罗半夏瞪着一双羚羊般的大眼，下巴吃惊得几乎要掉到地上。“那个……我，我走错门了。”她声音错乱地说道，心里不知道为什么有种异样的酸楚，“不打扰了，你们继续！”

“等一下，她有关于何清玄的消息。”茂威汀竟然破天荒地解释了一句，然后推开高珊妮，有点凶恶地问道，“现在可以说了吗？”

听到跟案子有关的事情，罗半夏的脑袋回过神来，走进屋子，招呼道：“嘿！珊妮，好久不见。你也认识何清玄吗？”

高珊妮不高兴地瞥了茂威汀一眼，又古怪地望着罗半夏，说：“夏姐姐好！我不认识何清玄，只是听别人说起过。他是国内脑科学方面的权威，有人传言他在偷偷进行大脑移植方面的手术。”

“他背后的组织究竟是什么？”茂威汀不耐烦地问道。

“我没听清楚，那个人当时好像提到了什么‘钢奶’……”高珊妮含混地说，“反正，跟我们是没关系的。”

“那个人？”罗半夏不解地问。

高珊妮眨了眨眼，顾左右而言他道：“是这样的。我知道他有个女朋友，就是他们医院的护士。据可靠消息，这个女孩也是那个组织的人，找到她应该就能问出真相了。”

“你是指龚珊珊吗？”罗半夏脑海中浮现出何清玄手下那个叫作龚珊珊的美女护士，“我们已经找她问过很多次了，可是她口风很紧，一句都不肯说。”

“那你们就得用一点特殊手段了哦！”高珊妮眼睛亮晶晶地望着茂威汀，似乎在暗示着什么。

冷柜里有尸体

清晨5点多，天色微微发白，童晓颜拖着醉醺醺的脚步回到闹市区与同事合租的公寓。昨天下班之后，她去一个朋友的别墅参加狂欢派对，一直玩到天亮才散。所以，她身上穿的是一条紧身的橘红色短裙，脸上也化了浓妆，两个巨大的耳环在脑袋两边不停地“咣当”着。宿醉的感觉令人崩溃，喉咙像冒了烟似的难受，脑袋里面仿佛有无数的液体要往外涌。她在自己的提包里面翻找了半天，总算摸到了钥匙——这时候室友龚珊珊应该还在睡觉，她这人最讨厌被吵醒，还是自己开门吧。

童晓颜把钥匙往锁孔里面对准了半天，总算插了进去。她把钥匙一拧，却愣了一下——门没有上锁！龚珊珊这个粗心的家伙，以前就有过这样的情况。她没有在意，径直走进客厅，把提包往沙发上一扔，整个人呈大字形仰躺在贵妃榻上。一夜的狂欢让人情绪激奋，她满脑子还是那流光十色的快意和推杯换盏间的欢愉。啊！身体虽然十分疲惫，大脑神经却还是异常的兴奋。一股快乐的热流仍然在她体内燃烧着，好像根本就无法安静下来。

“嘘……”童晓颜深深地吸了一口气，此时此刻，最需要一瓶冰镇的可乐，浇灭心头那熊熊不熄的热火，换取一段甜美安稳的睡眠。她勉力支撑着坐了起来，跌跌撞撞地往厕所方向走去。厕所外面的过道上放了一个她跟龚珊珊从一家倒闭的超市那里买来的二手冷柜。她们平时把速冻饺子、饮料什么的都放在里面。因为她俩都爱喝冻成冰的饮料，觉得那样最为冰爽过瘾。冷柜就放在厕所外面的过道上。她步履蹒跚地走过去，打开冷柜的门，伸手去摸可乐瓶。

“嗯？”今天的冷柜里面有点奇怪，怎么摸了半天也没摸到瓶状的东西？过道上面光线很暗，看不清可乐在哪里，她不由地走过去打开了电灯。

当童晓颜再次来到冷柜旁边，从打开着的柜门口往里看的时候，不由得全身血液都凝住了，只见狭窄的冷柜里面坐着一个人，身体僵直，面色发青，头发和眉毛上都有细碎的冰凌。

——这个人是龚珊珊！她的室友！

童晓颜只觉得眼前一黑，整个人昏倒在了冷柜前。

杜文姜望着罗半夏那张铁青的脸，只觉得如果现在递给她一柄铁锤，她就能把眼前的冷柜砸个稀巴烂。最近确实非常不顺利，一连串奇怪的案件都指向某个神秘的组织，而继恐怖的致幻剂之后，又出现了大脑移植这样天方夜谭的事情。× 大附属第三医院的何清玄大夫仍然逃亡在外，警方虽然在全国开展了通缉，但想要在茫茫人海中找到一个刻意隐匿的个体，谈何容易。罗半夏好不容易打听到何清玄的女朋友龚珊珊是那个组织的人，正在向警局申请拘捕令，却不想接到了龚珊珊遇害的消息。

法医张成龙在冷柜那边忙碌了半天之后，终于有了初步的尸检结果。他显然也察觉到了气氛的异样，小心翼翼地走到罗半夏跟前，说："罗警官，死因基本上搞清楚了，就是缺氧加低体温，使人体正常的运转机能崩溃，最终死亡。"

"这是啥意思？"罗半夏觉得张成龙总是喜欢把事情说得复杂。

"呃，说白了，就是被冻死的。"张成龙坦陈道，"冷柜里面狭小的密闭空间会使人缺氧，而当体温低于 32 度时，就会出现低体温症状，如心跳变慢、血压下降，逐渐昏迷，直至死亡。"

"冻死的！老天！"罗半夏感到头皮发麻。本来以为龚珊珊是被杀害后扔进冷柜里面，没想到竟然是直接被冷柜给冻死的。"那么，死亡的时间是？"她继续问道。

张成龙点点头，说："由于低温会影响对死亡时间的判断，所以我只能给一个粗略的区间。我推测，死者应该是在昨天晚上 7 点到 9 点之间钻进冷柜里面并关上柜门的。之后，她大约经历了 1 到 2 个小时的极寒体验，直至昏迷。真正死亡的时间可能在午夜零点到次日凌晨两点之间。"

"钻进冷柜？"罗半夏琢磨道，"你的意思，她是自己爬进去的吗？为什么要这样做呢？"

张成龙颔首一笑，说："尸体是蹲坐在冷柜里面，双手抱在胸前，臀部和下肢有部分已经结冰。你们看，这个冷柜的门是那种半扇可以往外推开的，如果她不想死，只要轻轻一推就可以获救。我想，她应该是死意坚定，才会忍受着巨大的冰冻，坐在里面等死的。"

“是自杀？”罗半夏感到疑惑，双眉不由得蹙了起来。

“小夏，或许她听说警方已经获悉了她的真实身份，所以畏罪自杀。”杜文姜在一旁小声提醒道。

“可恶！”罗半夏再次被戳中心底的痛处。如果龚珊珊真的是某个神秘组织的成员，那么她必然掌握了很多内幕的消息。或许是畏罪自杀，但也可能是被灭口的吧？“即便是自杀，为什么要选择这样奇怪的方式呢？这有点太惨烈了吧。”

张成龙挠了挠头，说：“其实，只要不被人打扰，这种自杀方式的成功率倒也还算高。比起服药、割腕的不确定性，这个只要能忍受住最初一段时间的寒冷，缺氧失去知觉后也就没有痛楚了。”

“不被打扰？你们不是说，这间公寓是龚珊珊跟另一名医院的护士合租的吗？那个室友难道一点都没有察觉吗？”罗半夏指着冷柜问道，“这个冷柜应该是她们平常用来放食物的，龚珊珊要钻进去，肯定会把原本放在里面的东西都搬空。那么，那些被搬出来的食物都到哪里去了？”

杜文姜连忙答道：“小夏，跟龚珊珊合租的护士叫童晓颜，也是上次×大附属第三医院命案的目击者之一。她昨天晚上在郊区的一栋别墅跟朋友狂欢，直到今天凌晨5点多才回来。她是尸体的第一发现者，也是她报的案。”

“至于冷柜里面的东西嘛！”鉴证科美女卢杏儿突然从旁边的厕所里冒了出来，冲罗半夏微微一笑，“东西都搬到厕所里了，有速冻饺子、宁波汤圆、各种雪糕、可乐饮料……乖乖，这两个女孩可真能吃啊！”

罗半夏又好气又好笑地望着卢杏儿，跟随她走进厕所里面。只见靠过道的墙壁旁，有一块长方形的塑料板，上面较为规整地码放着一堆食物，袋装的速冻食品叠放起来，瓶装的饮料摞起来，雪糕则放在一边，已经融化了，黏嗒嗒地淌了开来，流到了厕所的地砖上面。

“你看，她把东西摆放得丝毫不凌乱，下面还垫上了塑料板，显然是不慌不忙地做的。”卢杏儿说道，“她应该知道室友会一夜不归，所以从容不迫地进行自杀。”

罗半夏心里觉得不太舒服，那些凝固在塑料板和地砖上的雪糕水，好像黏在她心里似的，让人感到浑身湿滑恶心。“那个……把雪糕就这样扔着，难道她没有想到融化了之后会流得到处都是吗？”罗半夏提出了一个奇怪的问题。

“人都要死了，哪里还管得了雪糕？”杜文姜笑道，“难道为了保持地面清洁，她还得受累把雪糕都吃光吗？”

“我只是觉得，如果她是一个爱整洁的人，那就没理由不考虑到雪糕会弄脏地面这一点呀。不然，她在地上铺塑料板干什么呢？”罗半夏抓住这点不依不饶，“最简单的做法，干脆把雪糕扔进水池或垃圾箱里，不是更干净吗？”

杜文姜张大了嘴巴，目瞪口呆地望着这个大美人，心想，果然是处女座的，龟毛的洁癖无人能及。

“还是先按照谋杀来考虑吧。”罗半夏见众人似乎都被自己说服了，便安心地说道，“我怀疑她是被别人灭口的。”

可疑的室友

童晓颜的眼圈红肿，脸颊上还残留着泪痕。面对室友兼同事的死亡，作为第一发现人的她既恐惧又悲伤。罗半夏想起之前曾经跟她在何清玄的案子中打过交道。这是个快人快语的姑娘，长相甜美，性格直爽，在年轻人中应该是非常有人缘的那种女孩。既然她跟龚珊珊是同居的室友，或许她会知道龚珊珊的一些秘密也说不定。

“你最后一次见到龚珊珊是什么时候？”罗半夏开口问道。

童晓颜深吸了一口气，回答道：“昨天下班的时候，珊珊收拾完东西叫我一起回家。我因为约了朋友嘛，所以就让她自己走了。谁知道，那竟然就是永别……”说到这里，她情不自禁地掩面，强忍住喉咙里即将涌出来的啜泣声。

“当时，她的表现以及情绪有什么异样吗？”

童晓颜木然地摇了摇头，说：“我没有看出来。我们做完手术的时候，大家还有说有笑挺自然的。不过，她要走的时候接了个电话，好像有点着急，连招呼都没打就跑了。”

“你知道那是谁的电话吗？”罗半夏好奇道。

“不知道。听起来像是个男人的声音。”童晓颜眨了两下眼。

杜文姜激动地插嘴道：“是不是何清玄？”

童晓颜觉得有点尴尬，说：“我真的没有听出来……”

罗半夏的一颗心也稍微落了落，调整情绪问道：“那么，龚珊珊最近一段时间，心情怎么样呢？”

“唉！因为何主任的事情，珊珊一天到晚被你们警察盘问，心里难免烦恼。”童晓颜满不在乎地说，“不过，也不是多大不了的事。她跟何主任也不过是露水姻缘，谈不上有多么深的感情。我想，她不至于因为这件事情想不开吧？”

“她有没有说起过何清玄的事情？”罗半夏问，“比如，何清玄在哪里？或者，他背后的组织究竟是什么？”

童晓颜神秘兮兮地来回看了看，说：“其实，我偷偷问过珊珊关于何主任的事，不过好像她也不知道主任去了哪里。你们说的组织是什么意思？何主任不在我们医院的编制里吗？”

罗半夏抿了抿嘴，有点无语。这时，杜文姜插嘴道:“你跟龚珊珊的关系如何？之前跟你接触的时候，感觉你似乎有点看不上她。是不是因为她攀附了何清玄，处处占了你的先机，所以你对她有点嫉恨吧？”

“哈？”童晓颜目瞪口呆地望着他，“警官，真亏你想得出来。虽然龚珊珊跟何主任有暧昧，但她也没得着多大的好处，我何必嫉妒她？而且，如果我跟她真的合不来的话，怎么可能一起租房子呢？你去问问房东好了，我们俩的关系很好的。”

“房东？”杜文姜像是想起了什么，“对了，还有房东，他也有这间屋子的钥匙吧？他跟龚珊珊关系如何？”

童晓颜无奈地瞪了他一眼，觉得这个警察真是想起一出是一出:“你还怀疑上房东了？根本不可能的事！房东是个老好人，对我们也很照顾。上次珊珊嫌冷，要换电热地板，房东二话没说就帮我们换上了。我们之间可一点矛盾都没有！”

“无论如何，你跟房东都是最大的嫌疑人。你说下班的时候，是龚珊珊独自回来的。但事实上，你完全可以跟她一起回来，把她打晕后扔进冷柜，再跑去郊区参加朋友的派对。”杜文姜说，“那个房东也有作案的机会！”

罗半夏觉得杜文姜的这番话倒也不是没有道理，但是她翻了翻手中的法医报告，疑惑道:“可是，尸体身上没有明显伤痕，龚珊珊应该不是被打晕的吧？”

“那就是药晕的！”杜文姜不在乎地说。

“体内也未检测到可能致使死者失去知觉的药物……”罗半夏继续念报告。

童晓颜在一旁笑开了花:“警官，你们好搞笑哦！不用故意这样拌嘴来制造娱乐吧！”

虽然，关于龚珊珊是如何被弄进冷柜一事仍然存疑，但罗半夏还是对杜文姜的话上了心，又火速传唤了公寓的房东李云海。这是个40岁上下的中年男子，身形瘦小，前额秃发，但是鼻梁很高，看起来有点像欧洲人。他面带微笑，毕恭毕敬地站在罗半夏跟前，说："警官，你们有话尽管问，我一切配合。"

"之前我的同事了解情况时，写着你的工作是自由职业者。在这个地段能够买到两层公寓，你的收入应该很高吧？"罗半夏问道，"你究竟是做什么的？"

李云海羞赧地挠了挠头，说："其实，也不是什么光彩的事。我帮人做点私下的融资，收取少量的中介费。这一行最近是不行了，国家开始管控，各种投机的渠道也少了。不过，前几年做这个形势很好，很挣钱。我跟老婆因为觉得把钱存银行不保值，所以就干脆买了上下两层公寓，一层出租，一层自己住，比银行利息划算多了。"

"这两个女孩是什么时候住进来的？"杜文姜问道。

"呃，好像是前年的年底吧？她们俩都在 × 大附属第三医院工作，我跟老婆都喜欢这样背景单纯的租客，所以一下子跟她们签了三年的租约，租金上也给了很大的优惠。"

"你觉得她们之间，关系好吗？"杜文姜又问。

"应该是挺不错的，我没见她们红过脸。"李云海说着像是想起了什么，脸上有些落寞，"那个龚珊珊为人很热情，还经常帮我们挂个号，取个药什么的。唉，没想到年纪轻轻就走上了绝路……"

"你也认为，龚珊珊是自杀的吗？"罗半夏追问道。

这个问题倒让李云海迷惑起来，抬头望着罗半夏，问："难道不是吗？警官，那个冷柜的门一推就开，她如果不是坚决想死，应该能自己逃出来啊！”

“或许，是凶手使劲地按住冷柜的门，使她无法逃走呀！”杜文姜说。

“那凶手就得在案发现场待很长时间了。而且，用冷柜来杀人也未免太……”李云海似乎也是个推理小说迷。

罗半夏接过话茬道：“是啊！这种杀人的手法太不经济了。不过，也不排除是偶然原因，导致龚珊珊跌进冷柜里面，然后被凶手趁机闷死！”

“嗯……”李云海似乎陷入了沉思。

“对了，你有没有见过这个人？”罗半夏拿出何清玄的照片给他看，“他来过这间公寓吗？”

“啊！这是 × 大三院的何清玄主任嘛。他是龚珊珊的朋友，到这里来过几次，还替我老婆看过病哩。”李云海说道。

“他最近有没有来找过龚珊珊？”

李云海摇了摇头，答道：“没有见到。他跟龚珊珊的死有关吗？”

罗半夏淡淡地望了他一眼，没有作声。这时，卢杏儿从门外急匆匆地走了进来，跳到罗半夏的面前，大叫道：“小夏，重大线索。原来这栋公寓大厦安装了监控，每一层都有。我们已经调取了大厦入口处和龚珊珊所住公寓门前的监控录像……”

“真的？怎么样？究竟有什么人在案发时间进出过这间公寓？”罗半夏问道。

卢杏儿翻开自己的小本，一本正经地说道：“昨天傍晚，龚珊珊是6点55分回到自己公寓的。7点03分，有一个带着圆顶帽的女子来找她，此人手上有钥匙，是开门进入的，大约待了20分钟离开。7点55

分，另一个穿着时髦的年轻女孩来到门前，看不清她是怎么开的门，反正是自己进去的，8点08分离开。8点47分，一名穿着黑衣的男子走过来，从身形上看有点像何清玄，但他似乎刻意避开摄像头，看不到正面。此人先是敲了三下门，发现没有动静，就鬼鬼祟祟地拿出钥匙，开门进去。8点52分，慌慌张张地离开了。之后，监控画面就平静下来，直到凌晨5点06分，童晓颜醉醺醺地回来，开门进入。大约半个小时后，童晓颜惊恐地从里面跑出来，下楼去找房东李云海，两个人一起等待警察的到来。”

“好极了！快带我去看监控录像！”罗半夏激动地拍案道。

嫌疑犯高珊妮

当罗半夏盯着监控录像的画面时，一度怀疑自己的眼睛出了毛病。她做梦也不会想到，卢杏儿口中所说的那个穿着时髦的年轻女孩竟然是——高珊妮！只见女孩鬼鬼祟祟地从电梯里出来，毫不犹豫地走到龚珊珊家门前。由于她是背着摄像头站立，看不清她究竟做了什么，那扇防盗门就打开了。她往身后看了看，见四下无人便走了进去，门从身后关上了。大约过了10多分钟，她的脑袋从门缝里探了出来——这个角度最能看清她的面容，绝对就是高珊妮无疑。只见她快速走了出来，轻轻关上门，从楼梯离开了。

警方火速传讯了高珊妮。不过，她并不是一个人来的，那个满脸阴郁的男人一声不吭地跟在身后。高珊妮见到罗半夏，不自觉地咬了咬嘴唇，故作天真道：“夏姐姐，他们吓唬我！竟然说我是什么嫌疑犯，你可要还我清白呀！”

罗半夏双目炯炯地盯住她，不客气地说：“珊妮，你昨天晚上是不是去过龚珊珊的公寓？”

大约是没料到罗半夏会问得这么直接，高珊妮漂亮的脸蛋明显愣了一下，旋即又恢复了无辜的神情，说："哈！我当是为了什么事呢。我确实去龚珊珊家找过她，不过当时她并不在家呀。"

"可是，我们从监控录像上看到，你进入龚珊珊家待了10多分钟时间。"罗半夏问，"请问，你是如何打开她家大门的呢？你在里面又做了些什么？"

茂威汀脸色阴沉地看着高珊妮，眼睛里面有挥之不去的责备。

"我……我轻轻推了推门，发现并没有上锁，就走进去了呀。"高珊妮显得有些不知所措地说，"我在里面唤了好几遍'有人在吗'，可是都没有人答应。我想可能是龚珊珊走的时候忘记锁门了，所以就帮她关上门离开了。"

杜文姜在一旁嘲讽道："叫唤了几声，用得了10多分钟时间吗？我们在过道上发现了一枚胸针，上面可有你的指纹哦。"

高珊妮吃了一惊，说："原来是我的胸针掉了啊！当时，我确实听到'咚'的一声，四处看了半天，却没找到响声的来源。可是……胸针好端端地怎么会掉的呢？"她做出一副沉思的样子，似乎想要逃避警方的问讯。

杜文姜觉得这女孩太做作，不耐烦地说："胸针掉在过道上，说明你很可能去过龚珊珊的卧室。小姑娘，别当我们警察都是笨蛋，好吗？"

严厉的语气让高珊妮委屈得眼泪汪汪的，转头看着茂威汀，似乎在求助。罗半夏轻叹了一声，说："珊妮，请你说实话。你到底在龚珊珊的公寓里做了什么？"

茂威汀不易察觉地努了努嘴，示意高珊妮讲出实情。

"夏姐姐，其实我是想查出龚珊珊的底细，帮威汀哥哥分忧解难……”高珊妮终于慢吞吞地说道，“我在医院偷偷跟踪龚珊珊好几天了。昨天得知她的室友晚上不在家，就想来找她碰碰运气。”

——难道这就是高珊妮所谓的特殊手段吗？罗半夏无奈地摇了摇头。

“我来到她们家门口的时候，发现门竟然没有锁，就大着胆子进去了。”高珊妮继续交代道，“我到她的卧室翻找了一下，没有发现什么有用的资料，又担心她随时会回来，就匆匆离开了。”

“你进去的时候，屋里面当真一个人都没有？”杜文姜问道。

“真的没有！我叫了几声都没有人答应，这才敢进卧室的。要不然，不是会被当成小偷嘛？”高珊妮吐了吐舌头。

——或许那个时候，龚珊珊已经被凶手扔进了冷柜里面动弹不得了吧？罗半夏寻思道，如果高珊妮的口供为真，那么在她之前进入公寓的那个戴圆顶帽的女子就是第一嫌疑人。

“珊妮，你的证词很关键，可以进一步缩小死亡时间的范围。所以，你再仔细想一下，有没有可能当时龚珊珊躲在暗处，而你没有发现她？”罗半夏问道。

“那我就不知道了。可是，我在卧室翻找东西，也没有人来阻止啊。”高珊妮嘟囔道，“如果龚珊珊在的话，应该会出来逮住我吧？”

“不一定。如果你要找的东西并不在卧室里的话。”茂威汀终于沉闷地说了一句。

罗半夏仔细琢磨着他们的话，目前看来，那名戴圆顶帽的女子应该是最可疑的。但是，从监控录像上看，她戴着帽子和墨镜，还刻意回避了摄像头，很难分辨出她的长相。

“小文，嘱咐弟兄们，拿着监控录像的截图照片，问问公寓大厦的其他住客，有没有见过这名女子。”

高珊妮松了一口气，笑道："嗯，我就知道夏姐姐肯定会相信我的。"

罗半夏回头瞥了她一眼，语气低沉地说道："别高兴得太早，你的嫌疑并没有消除。"说完，意味深长地看了茂威汀一眼，快步走了出去。

找到自杀的证据

接到卢杏儿的电话，罗半夏带着杜文姜火速赶到了鉴证科的办公室。

"杏儿，又有什么新的线索？"罗半夏问道。

卢杏儿眨巴两下眼睛，嬉笑道："罗警官，人家都给你开了一个通宵了，是不是应该表示一下啊？"

罗半夏没好气地看着她，从身后掏出一盒车厘子，说："就知道你事情多。说吧！那个茂威汀到底给了你多少好处，把你给收买了？"

"咳，这事咱们先不提了哈！"卢杏儿见势不妙，连忙告饶，"快来听听新的料，我们查验了死者公寓厕所里码放的所有食品包装，发现上面比较新鲜的指纹只有龚珊珊和童晓颜两个人的，其他都是摆在超市时被人摸过或者碰过的陈旧指纹。"

"童晓颜是龚珊珊的同居室友，有一些食品可能是她买来的，所以有她的指纹也不奇怪呀。"罗半夏寻思道。

"没错。所以呢，我这个一不怕苦二不怕累的铁杆，替你干了一件常人难以忍受的繁重体力活。"卢杏儿说到这里故意停顿了一下，等着罗半夏发问。

"什么活？"

"我把每样食品包装上的指纹都进行了记录和分类，终于在其中找到了规律。”卢杏儿说，“你不知道这活有多累，我连续干了整整一天呢，眼睛都花了……”

卢杏儿还想滔滔不绝地诉苦，罗半夏打断道：“废话少说，到底是什么规律？”

“嘿嘿。”卢杏儿就喜欢看罗半夏着急。她生气的时候会不自觉脸红，两条眉毛向上翘起，更显得英气逼人，“我发现，有童晓颜指纹的包装上面都有龚珊珊的指纹，而有龚珊珊指纹的包装上却不一定有童晓颜的指纹。”

罗半夏细细思量着卢杏儿话里的逻辑，抬头道：“假设她们两人都从超市买东西放到冷柜里面，那么按常理，应该有的包装上是龚珊珊的指纹，有的是童晓颜的指纹。但是，有童晓颜指纹的包装上都有龚珊珊的指纹，这说明在童晓颜买的食物被放进冷柜后，龚珊珊又去碰过它们。而有龚珊珊指纹的包装上不一定有童晓颜的指纹，说明其中有一部分食品童晓颜是完全没有碰过的。换句话说，也就是所有的包装上应该都有龚珊珊的指纹，而只有一部分的包装上有童晓颜的指纹。”

“小夏！”杜文姜忍不住叫道，“你说的是啥？都快把我绕晕了。”

“简单地说，从概率上可以推断出，冷柜里面的食品应该是龚珊珊搬到厕所地面上的。”罗半夏说道。“童晓颜做这件事的可能性极低。”

“哦！那么，童晓颜不是凶手咯？”杜文姜说道，“不对不对，应该是——龚珊珊是自杀的，对吗？”

卢杏儿故意望着罗半夏，说：“是啊。之前说龚珊珊在自杀前把东西码得比较整齐，某人还有别的意见来着。现在，应该信服了吧？”

“这个……也不能算是绝对的证据吧？”罗半夏犹豫地说道，“有可能凶手通过欺骗的手段，让龚珊珊独自搬空了冷柜嘛！”

“就知道你不会死心！”卢杏儿鼻子一蹙，嘲笑道，“所以，我们还有第二件证据。”

“什么？”罗半夏两眼一瞪，十分诧异。

卢杏儿歪着脑袋，可爱地说：“唉，这年头像我这么追求科学严谨的人很难找了。我跟张成龙法医特地做了一个活体实验，把一条狗放进了一只比龚珊珊家体积要小一些的超市冷柜里面。你猜结果如何？”

罗半夏裂开了嘴，觉得这个实验相当残忍，想想就怵头：“怎么样？”

“进去不久之后，那条狗因为寒冷而开始叫唤，一开始叫得很凶，但渐渐地声音低了下去，频率也开始越来越低。30分钟之后，我们已经听不到狗叫唤了，于是打开冷柜来看，却发现那条狗仍然竖着耳朵，两眼圆睁地瞪着我们。”卢杏儿说道，“由此，我们有理由相信，龚珊珊在冷柜里面起码可以保持清醒意识达30分钟以上。我国黑龙江有一位叫金松浩的中年人，他能够在零下100多度的冰块中待120分钟，还谈笑自如，完全无事。张法医也说，人体是有自我调节能力的，除非在冷柜中待的时间很长，过度消耗了体内的能量，否则的话，人不是那么容易被冻死的。”

罗半夏听明白了卢杏儿的意思，接过话茬道：“也就是说，如果龚珊珊是被杀害的，那么凶手必须用力按住冷柜门长达30分钟以上。而从监控录像上看，无论是那个神秘的圆顶帽女子、高珊妮，还是那个酷似何清玄的男子，他们在屋内待的时间最长都不超过20分钟。所以，龚珊珊的死除了自杀之外，不作他想，对吗？”

“Bingo！”卢杏儿进一步总结道，“而且，龚珊珊身上没有任何外伤，显然是她自己爬进冰箱里的嘛。所以不论从死者的角度，还是嫌疑犯的角度，都找不到任何他杀的可能性。”

罗半夏沉默了。她托着脑袋，皱紧了眉头，过了很久之后，缓慢地开口道：“杏儿，我还是觉得不妥。或许，有某种不在现场也可以令龚珊珊无法逃离冷柜的方法呢？”

卢杏儿无可奈何地看着她，心想这家伙的固执劲简直跟那个男人一模一样。

不在场的诡计

房东李云海走进自己家里，打开灯，屋内霎时一片光明。这光照得有些刺眼，让刚刚还处于黑暗中的他猝不及防。然而，更加令他惊心的是，身后传来了一个严厉的声音：“李云海，你的妻子邱彤人在哪里？”

李云海猛然回过身，惊恐地望着眼前的警察，结巴道：“她，她出差了……”

“去哪里出差？什么时候走的？”杜文姜上前一步，逼问道。

“好像是去西宁，三天前走的。”李云海下意识地咬了咬嘴唇。

“三天前？”卢杏儿拿出了一张从监控录像里截图下来的照片，说，“你看看，这张照片上的人是谁？”

李云海心里早就知道警察找来所为何事，只是轻轻地瞄了一眼，就缴械投降道：“那是我的老婆邱彤。”

“你不是说她三天前就出差了吗？为什么前天晚上还会出现在这里，而且还进入了龚珊珊的公寓？”

“我，我记错了。她是前天晚上走的。”李云海狡辩道，“警官，她跟龚珊珊的死无关啊！她只不过是去催一下房租而已。”

“把她的联系方式告诉我们。”罗半夏平静地说道，“我们需要她协助调查。”

“我没有她的联系方式。”李云海拉长了脸，一副不合作的态度。

罗半夏表面平静，语气却十分强硬，说道：“就算你不说，我们也有的是办法。只要拉开全国通缉的大网，上天入地，她无处可逃。”

李云海终于着急起来，脸也憋得通红：“通缉？警官，难道你们已经断定我老婆就是凶手了吗？她根本没有杀害龚珊珊的动机啊！之前有一次，她突发心脏病，还是珊珊从医院请来大夫为她诊治的。我们受过她的恩惠，又怎么会去杀害她？”

“那为什么她畏罪潜逃了？”卢杏儿犀利地指出道，“她昨天走的时候，都说过些什么？你是不是帮凶？”

李云海使劲地摇头，差点把脑袋都摇下来了：“不是的，不是的。她昨天只是去楼上收房租，结果两个女孩都不在家，就让我改天再去收。然后，她要出差，拎上行李便走了。”

“呵呵，你想骗谁啊？”卢杏儿嘲讽道，“从监控录像上清清楚楚地可以看出她是用钥匙打开门的。如果是收房租，怎么可能擅自打开租客的房门？”

李云海沉默了，不再说话。这时，罗半夏突然想到了什么，她绕开李云海，径直向他们的卧室走去。客厅里面并不整洁，衣服、鞋袜扔得到处都是，但卧室里面却井然有序，衣柜里女人的衣服拾掇得整整齐齐，一丝不乱。她的视线缓缓地扫过房间的每一处角落，想要找到可以藏人的空间。不知道为什么，她有一种奇怪的直觉，似乎邱彤还在这间屋子里面，并未离开。她走到卧室的窗边，看到李云海房间窗外有一片类似于露台的空间，露台下面则是小区的绿化带。罗半夏往窗台上定睛一看，只见上面有几个淡淡的脚印——邱彤如果想要躲藏的话，跳出窗外躲在露台上会是一个不错的选择。但是，此时此刻露台上一个人也没有。

罗半夏再次穿过客厅来到厨房，这里空间狭小，不像是能够藏住一个人的，但她还是打开橱柜，翻看每一样东西。不对劲，总感觉有什么地方不对劲！胃里面涌起一股恶心的感觉，让她几乎呕吐。

这时，李云海突然在她身后幽幽地说道："警官，实话告诉你们吧。其实，我老婆一直以为我跟龚珊珊有暧昧，昨天她是去她们屋里找证据的。结果，跟龚珊珊撞了个正着，两人还吵了几句。我知道这事之后，把她骂了一顿，她一生气就离家出走了。现在我确实不知道她人在哪里。况且，她在楼上屋子里就待了一会儿，从时间上也不可能把龚珊珊冻死的呀！"

——李云海的话把矛头再一次指向那个关键性的问题。如果不能解决"远距离将冷柜门卡死"这一难题，所有的嫌疑犯都将安然无恙。罗半夏恼怒地摇了摇头，却听到身边的男人自信地叫道："关于这一点，我们已经解决了。"

"什么？"罗半夏好奇地望向杜文姜，不知道他又想出了什么天方夜谭来。

杜文姜冲她眨了眨眼，对于美女崇拜的目光很是受用，"古今中外，古往今来，人不在现场就能完成的诡计，不外乎那么几个。最最著名的武器，应该要属冰块了吧？"

"冰块？"卢杏儿小声叫了一句，"怎么做啊？"

杜文姜做出一副不容小觑的姿态，开始长篇大论："冰块有一个最大的特点，结冰的时候有重量、有坚硬度、有冷度，而融化的时候却又化作了柔软的水，气温高或干燥一点的话，甚至可以蒸发得无影无踪。所以，用它来做凶器或者设计诡计，相当具有欺骗性。在这个案子里，我们遇到的最大难题是凶手如何长时间地压住冷柜的门，让龚珊珊无法从里面逃脱出来。其实很简单，在冷柜的门上压一块足够重量的冰块就可以了。等到冰块融化，龚珊珊在里面也早已昏迷，而那些融掉的水有的流入下水道，有的则蒸发了，了无痕迹。怎么样？让你们冥思苦想的难题，其实有一个很轻易的答案吧！”

罗半夏不禁带点敬意地看了看他，心想这家伙这回的推理倒是靠了那么一点谱，只是……

“如果要压住冷柜门，不让龚珊珊逃脱的话，应该需要体积和重量都很大的冰块吧？”罗半夏思索道，“这么大块的冰，从哪里弄来呢？”

“嘿，小夏，你也有脑袋卡壳的时候呀？冰块当然是从冷柜里面拿出来的咯！”杜文姜满不在乎地说。

“冷柜里面原来是放满了东西的，而且要制那么大的一块冰，也不是一时半会儿的事。”罗半夏说，“还有，冰制好后，要从冷柜里取出来也不容易呀！”

“这……”杜文姜稍微迟疑了片刻，又想出了新招，“唉，其实也不一定需要那么大的冰块。因为冰是有一定黏性的，如果用碎冰糊住柜门的缝隙，然后再浇上水，这样反复之后，柜门的缝隙上就会结一层又厚又结实的冰，里面的人再怎么使劲也推不开了。”

“嗯，这个嘛……”罗半夏支吾着，不置可否。

这时，卢杏儿终于忍不住插嘴了：“就算你说的都行得通，可是冰块融化后并不是一点痕迹都没有的。融化了的水会在柜门和地板上留下水渍，即便水蒸发之后也不会消失。其实，我早就想到过用冰的可能，所以特地仔细检查过，柜门上面可是一点水渍都没有的哦！”

“啊？不会吧？”杜文姜吃惊之余，不免气馁地垂下了头。李云海在一旁看着，露出了忍俊不禁的神色。

尸斑的位置

从李云海那里回来，罗半夏嘱咐杜文姜、卢杏儿回家休息。打开自己公寓的门，她却见到两个冤家大眼瞪小眼地坐在她的餐桌前。

“坏了！”她一拍脑袋才想起早上出门的时候，忘记锁厨房的门了。她跟茂威汀共用一个厨房，两边各有一扇门。如果不锁上的话，那个男人便可以长驱直入，登堂入室，就像现在这样。

高珊妮脸上的嘟嘟肉往上一挤，笑眯眯地说：“夏姐姐，我们好饿啊！快做饭吧！”

罗半夏没好气地瞥了那个男人一眼，对高珊妮说道：“哪有你这么优哉的嫌疑犯？居然跑到警察家里来蹭饭！”

嘴上虽然这么说，罗半夏的双手却已经打开燃气灶忙碌起来。高珊妮一边看着罗半夏的背影，一边笑嘻嘻地对茂威汀说：“威汀哥哥，夏姐姐好贤惠，谁娶了她真是有福呢。可惜，你是注定要娶我的了。不然，你们俩也挺般配的。”

茂威汀面无表情地看了她一眼，却对罗半夏问道：“龚珊珊的案子有什么进展？”

“没有。”罗半夏直口回答道，“最可疑的房东太太正在潜逃中，疑似何清玄的男子不知所踪，如何不让龚珊珊从冷柜逃脱的手法仍是最大的谜团……”

“我不关心她的死。我只想知道，有没有关于何清玄的线索？”茂威汀冷冷地说道。

罗半夏失望地叹了口气，把手里的两盘牛肉饭重重地摔在桌子上，说：“我们把龚珊珊的卧室里里外外都搜查过了，一点线索都没有。你不如问问高珊妮，到底有没有在龚珊珊的卧室里找到什么东西？”

“噫！夏姐姐，我可是一五一十都交代了的。你们还在怀疑我吗？”高珊妮委屈地叫了起来。

“哼。我说过，你们要找的东西并不在卧室里。”茂威汀说。

“你的意思是……”

“何清玄已经拿走了他想要的东西。”茂威汀抬眼看了看罗半夏，“跟这个傻丫头在里面磨蹭了半天相比，那个黑衣男子进入龚珊珊的家里才5分钟就走了出来，很显然他清楚地知道里面家具的摆放位置，并且能够快速找到他想要的东西。”

“那个人真的是何清玄？”罗半夏惊道，“那么，凶手也是他吗？”

茂威汀没有回答，而是低下头开始默默地吃饭。这时，高珊妮满嘴饭粒地插了一句：“唉，所有的嫌疑犯进入屋内的时间都太短了。会不会是几个人合谋呢？每个人都进去按住冷柜门一段时间，加起来不就够数了吗？”

——你以为是凑钱哪？还够不够数……罗半夏心里嘀咕着，脑中却突然被一个念头摄住了。一时间，她瞪大了眼睛望着茂威汀，仿佛喉咙口有无数句话要涌出来，却被堵住了。

“慢慢说。”茂威汀像是有读心术般地淡然说道。

“我知道是怎么回事了！合谋，就是合谋！”罗半夏大声叫道，“一个人做不到的事情，两个人却可以做到。”

“夏姐姐，你是认同我的想法了吗？”高珊妮开心地问。

“当然不是。你的诡计太离谱了，这几个人进入龚珊珊家的时间相隔都在半个小时以上，根本无法做到连续按住冷柜的门。”罗半夏没好气地笑道，“我现在要说的这个方法，只要有两个人就可以办到。”

“怎么做呢？”高珊妮摆出一副洗耳恭听的模样，茂威汀却在一旁眯着眼睛不作声。

罗半夏有点得意地说道：“其实，这个谜团中要解决的最大困难，是如何在无人的情况下长时间地卡住冷柜门。之前，我的下属杜文姜已经提出了用冰块压住柜门一说，但没有实际证据。如果有两个人的话，事情就好办多了。第一个人把龚珊珊扔进冷柜，然后在上面压上重物，第二个人等足够长的时间之后，再把重物搬掉还原。怎么样？”

“哦！听起来有点道理。”高珊妮思索道，“不过，那间屋子里面有什么重物可以让龚珊珊无法推开呢？”

“有很多啊！那些大型家具电器应该都可以。”罗半夏说。

这时，一直没有说话的阴沉男突然开了腔：“那个冷柜放在狭窄的过道里，那些够重量的大件家具或电器，根本通不过去。”

“这……”罗半夏对于他的炮弹并不意外，稍稍思索了一下就想到了对策，“呵呵，这也不是什么难题。其实，不使用屋里面的重物也可以做到。”

“不使用重物？”高珊妮好奇道，“那要如何压住柜门呢？”

罗半夏得意地一笑，说：“笨丫头，要压住柜门不一定非要从上面压，也可以从侧面啊！只要把冷柜侧翻过来，让柜门贴着墙壁，不就无法从里面打开了吗？”

“哦！”高珊妮长长地惊叹一声，“夏姐姐果然高明呢！那么，凶手应该是……”

罗半夏面带微笑道：“我相信，其中一人必然是童晓颜。她刻意制造不在场证明，然后在凌晨时分回到家中处理现场。从监控录像上看，她进门之后半个小时才出来报警，虽然自称是晕过去了，但很可能是在搬动冷柜，恢复现场。”

“嗯嗯！有道理。”高珊妮继续点头道，“那么，另外一个凶手呢？”

“另外一个人嘛，当晚进入屋内的三个人都有嫌疑，也包括你。”罗半夏饶有兴趣地盯着她。

“喂！不带这样的。我可不认识童晓颜，怎么跟她联手啊？”高珊妮连忙向茂威汀求救，“威汀哥哥，你说是不是？”

罗半夏接过话茬，说：“其实，我刚才又有了一个新的想法。或许，凶手不一定要两个人。”

“哦？”高珊妮不解地看着她。

“那个戴圆顶帽的女人，虽然根据衣着打扮，被大厦的保安和李云海认定是邱彤，但因为看不清脸，也可能是其他人假扮的呀。比如说，童晓颜。”罗半夏进一步解释道。

“啊！你的意思，这一切都是童晓颜一个人干的！”高珊妮说。

罗半夏重重地点头道：“对，这样推断更加合理。因为无论是房东太太、你、何清玄，似乎都没有跟童晓颜合谋的动机。而她故意为自己制造不在场证明，又在发现尸体后耽搁了将近半个小时，这一切都指向她才是真正的主谋！”

话刚落音，茂威汀的手机响了起来。“喂，是我。”茂威汀面色冷淡地接起电话，“我知道了，你自己来跟她说。”

茂威汀把手机递给了罗半夏。对方是鉴证科美女卢杏儿，语气风风火火地说道：“小夏，听说你认为凶手是把冷柜侧翻过来，用墙压住了柜门，是吗？”

罗半夏的后脑勺挂出三道黑线，可恶的冷面男居然把自己的推理向卢杏儿实况转播了。他们之间到底是什么关系？可是，电话那头不容她继续胡思乱想，卢杏儿大声地说道：“小夏，那是不可能的。冷柜不可能被侧翻过来。”

“为什么？”罗半夏有点恼火，有种背后被人放了一支冷箭的委屈之感。

“因为尸斑的位置不符合。”卢杏儿简单地解释道，“尸体是直立坐在冷柜里面的，如果曾经被侧翻过来，大部分尸斑的位置就会出现在身体的侧面；而根据张法医的尸检报告，龚珊珊尸体的尸斑主要出现在下肢和上肢的远端，这符合直立死亡的推断。”

监控录像的秘密

罗半夏极不情愿地打开办公室的门，只见英俊傲娇的黑衣男子还坐在她的电脑前，目不转睛地盯着屏幕。之前，茂威汀突然提出要亲自看一遍公寓大厦的监控录像，而且不仅要看龚珊珊家门口拍到的，还要看大厦出入口拍到的全部录像。罗半夏只好把他带到自己的办公室，让他独自慢慢检视。

“怎么样？有发现吗？”罗半夏快步走到男人的身后，问道。

茂威汀揉了揉发酸的眼睛，淡淡地说：“半年前，何清玄曾经急匆匆地来过这栋大厦，先是去了李云海家里，大概待了三个多小时，然后又跟着龚珊珊回到了楼上租住的公寓。”

“我记得李云海说过，有一次他妻子心脏病发作，是龚珊珊从医院请大夫来为她诊治的。”罗半夏寻思道，“是不是就是这一次呢？”

茂威汀冷眼看着她，说：“何清玄是脑外科的专家，怎么会医治心脏病？”

“哈？那……何清玄去李云海家做什么呢？”罗半夏觉得不可思议。

茂威汀的手移动鼠标，打开了一个记录文档，说：“我统计过了，自从何清玄来过李云海家之后，邱彤有整整一个星期没有出门。而一个星期之后，她开始戴着帽子出门，有的时候还可以从监控上看到她戴着墨镜。”

“这说明什么？”罗半夏不解。

“那之后，邱彤和李云海从来没有同进同出过这栋公寓大厦。每次都是一个人回家，另一个人出门。”

罗半夏没有回应，只是定定地看着他，心里面有了不好的预感。

茂威汀又打开了一段视频的截图，播放给她看，说：“你看，这天下午 5 点多，邱彤从外面回来，大约 10 多分钟后，李云海急匆匆地离开了家。问题是，李云海早上出门之后就没有回过家，他是如何从屋子里变出来的？难道会移形换影吗？”

罗半夏的心“咚咚”直跳，一个可怕的念头在她脑中诞生：“这到底是怎么回事？李云海和邱彤……”

“在这段视频中，他们总算露馅了。”茂威汀说，“一个根本没有回到家的人，却可以在另一个人回家之后，从家里面走出来——只能说明他们之间是可以互换的。其中一人扮演了另一个人！”

罗半夏吃惊之余，仍有疑问：“可是，很多时候他们的出入都是合理的呀。比如李云海先出门，过了一会儿邱彤再出门。这种现象又是如何伪装出来的呢？”

“他们住的公寓在二楼，卧室外面不是有一个露台吗？露台的楼下是小区的绿化带，平时很少有人经过。通过软梯或者绳索，爬上爬下露台，就可以成为另外一个通道。”茂威汀说，“李云海出门之后，再绕到公寓背后爬上露台，装扮成妻子邱彤的样子出门，这样就可以骗过大厦的保安。”

罗半夏重重地点了点头，说：“我在他们家卧室窗台上的确发现了淡淡的脚印，那大概是他从那里出入时留下的吧？他跟妻子邱彤的身材相仿，如果穿上妻子的衣服，戴上假发，再用帽子、墨镜掩饰，确实可以骗过保安和不熟识的邻居。可是，李云海为什么要假扮邱彤呢？真正的邱彤又到哪里去了？”

身边的男子突然换了一副神情，眯起眼睛吊儿郎当地望着她，说：“那就要知道何清玄究竟对邱彤做了什么治疗了……”

当所有人赶到李云海家时，他正在屋子里搞大扫除，各种东西摊了一地。罗半夏拿出搜查令，命人立刻开展调查取证。李云海面露愠色道：“罗警官，你们这是要干什么？”

“李云海，现在怀疑你跟龚珊珊被害的命案有关。”罗半夏道，“我们已经查出，那天晚上是你假扮成妻子邱彤的样子，进入龚珊珊租住的公寓里的。”

李云海脸色一变，喉咙猛地咽了下口水，说：“什，什么啊？居然说我假扮成我老婆，简直胡说八道。”

“那么，请告诉我们，你妻子到哪里去了？”罗半夏咄咄逼人道，“我们去她工作的单位调查过，他们说她从半年前就开始休病假，根本没有去上班，更别提出差了。”

“都说她是因为怀疑我跟龚珊珊有暧昧，离家出走了。我现在不知道她在哪里！”李云海仍是负隅顽抗。

这时，杜文姜从卧室里面找出了两顶假发和一副墨镜，高声喊道：“小夏，看看这个证物。只要让鉴证科去分析一下沾到的皮屑DNA，应该就能知道是谁在使用它们了吧？”

李云海的额头渗出密密的汗珠，忍不住辩解道：“是！我是戴过假发，不过那是跟老婆闹着玩的……”

“呵，我上次来这里的时候就发现，客厅里你的衣服、鞋袜扔得到处都是，可卧室里你妻子的衣服却整整齐齐，一丝不乱。”罗半夏说，“其实我早该想到，只有女主人长期不在家的时候，才会出现这样的状况。邱彤到底去哪里了？半年前，她究竟得的是什么病？何清玄大夫又是如何为她诊治的？”

问题连珠炮似的砸到李云海身上，但他却面不改色，拒不回答。

“你妻子是不是已经死了？”杜文姜突然提出了一个残酷的问题，“你一直假扮她，是为了掩饰她已经被害的事实吧？”

“不，不——”李云海终于惊恐地叫道，“她没有死，她还活着！你们不要胡说，不要胡说！”

“是不是龚珊珊害死了邱彤，所以你要杀死龚珊珊报仇？”罗半夏推测道，“那天晚上，你趁童晓颜不在，假扮成邱彤的样子去找她，最终杀死了她。”

“哈哈哈……警官，你真能开玩笑！我承认我有时候确实喜欢扮成我老婆的模样，因为我有异装癖，你懂吗？我喜欢穿女人的衣服而已。”李云海脸上一点羞愧都没有，“那天晚上，我确实穿了老婆的衣服去见龚珊珊，但我只是去跟她聊天，并没有杀死她。况且，你们知道的，我在她屋里不过才待了20分钟，哪来的时间按住冷柜的门，把她冻死在里面呢？”

最后这句话把罗半夏难倒了。没错，只要解决不了这个难题，所有的推理都是“水中月镜中花”。她像只斗败的蟋蟀，垂着脑袋，不敢再开腔。这时，一个蛊惑的声音在她耳边响起：“我知道你的妻子在哪里。”

罗半夏浑身一激灵，感到某个恶魔从潘多拉的盒子里被释放出来了。转过头去，只见那个眼神邪魅的男人正微笑着向她走来。茂威汀挑了挑眉毛，在她耳边低语道：“你又欠了我一个人情。”

罗半夏感到有些疑惑，不明白他说的是什么意思。但还没来得及开口，男子已经从她身边走过，站到了李云海的面前，说道：“狡辩是没有用的。你以为警察都是笨蛋，就没有人能够识破那么简单的诡计了吗？”

屋内一阵沉默之后，罗半夏终于忍不住发问了：“别卖关子了，他到底是怎么做到的？”

“关于这一点，我实在不想多费唇舌。”茂威汀心不在焉地说道，“提示有两个。第一，珊妮的胸针无缘无故地掉在过道地板上；第二，李云海不久之前帮龚珊珊住的公寓换了电热地板。”

“胸针和电热地板？”罗半夏不解地问道，“这两样东西……有什么联系吗？”

茂威汀无奈地摇了摇头，说：“难道你们就没有听说过一样叫作‘电磁铁’的东西吗？”

“哦！”卢杏儿像是明白了，瞪着眼睛叫道，“你的意思是，李云海趁安装电热地板的机会，在过道的地板下面加装了一圈类似于电磁铁的线圈，是吗？”

“没错，只要简单地进行电线圈的缠绕，通电之后，就可以制造出磁场强大的电磁铁来。倚靠磁铁的吸力，可以牢牢地将冷柜包括它的柜门都钉在地板上。”茂威汀轻描淡写地说道，“高珊妮的胸针里面有铁的成分，所以也被吸掉了。”

罗半夏微微点了点头，但旋即又想到了不妥之处：“可是，如果他在电热地板下面暗暗埋了电磁铁线圈，那么，平时她们打开电热地板的时候，磁场就会启动，不就无法打开冷柜的门了吗？”

“哈哈！小夏，你真是死脑筋啊！”卢杏儿取笑道，“这是简单的电工活儿。对电路进行某种特别的设计，让电热地板和过道下面的电磁线圈通过不同的开关来控制，不就可以了吗？”

茂威汀在一旁欣然地补充道：“其实，他还设计了双联开关，在楼上打开电磁铁之后，可以在楼下关上。这样一来，所谓不在现场的诡计就荡然无存了。”

“哦……竟然是这么简单的诡计！”罗半夏醒悟道。原本她高中物理学得很好，但如今却全部还给老师了。“可是……李云海为什么要设计杀害龚珊珊呢？”

“问得很好！电磁铁的诡计不过是小儿科，好戏还在后头。”茂威汀讪讪地笑道。

好戏还在后头

李云海望着眼前的英俊男子，感到后背一阵嗖嗖的凉意。这个男人脸上的表情就像一把无形而锋利的刀，直扎入他心脏的最深处。他咬紧了牙关，仿佛害怕一松懈，就会被对方撬开嘴巴似的。

茂威汀诡谲地一笑，转向罗半夏等人，说道：“小姑娘，这个案子还有好几个未解之谜。你们谁能回答下面几个问题，整个案情就一目了然了。第一，冷柜里面的食物是龚珊珊自己搬到外面的，而且码放得比较整齐，雪糕也被扔在外面，她那样做的意图是什么？第二，龚珊珊的身上没有伤痕，也没有服用任何迷药，那么李云海是如何把她弄进冷柜里面去的？第三，李云海是穿了妻子衣服去见龚珊珊的，这样奇怪的打扮，难道龚珊珊会不惊讶吗？他为什么可以穿成那样去找她？”

“第一个问题，把冷柜里面的食物搬出来——既然不是为了自杀的话，那应该是……”罗半夏寻思着，突然脑中闪过一道光，“她会不会是想从冷柜里面取出什么东西呢？龚珊珊把冷柜里面的食物搬出来，码放整齐，说明她是在从容不迫的状态下做这件事情的。特别是把雪糕扔在地上这一点，显示出她并没有想到要把食物放在外面很长的时间。所以，她应该是把冷柜中的食物暂时搬空，以便取出藏在冷柜底部的东西。”

茂威汀点了点头，说：“说得好。基于这一点，第二个问题也迎刃而解了。李云海让龚珊珊钻进冷柜的方法，其实就是让她自己爬进去取东西。那是个翻盖式的柜门，其中有半扇是固定的，另外半扇可以开合。我想，她要取的东西应该在那扇固定的柜门下面，所以伸手去取会有困难。”

“不至于吧？冷柜设计成这样，肯定考虑到伸手可以够到里面的东西才是啊！”罗半夏对于这一点表示不同意。

“如果龚珊珊要取的只是普通的东西，自然另当别论。不过，她要取的这件东西应该是易碎易烂，不容有失的。”茂威汀意味深长地看了看李云海。

“到底是什么东西啊？”罗半夏迫不及待地想知道答案。

“还有最后一个问题，为什么李云海会穿着妻子的衣服去见龚珊珊？”茂威汀暂时没有回答她的问题。

“除非……龚珊珊一早就知道李云海假扮妻子的事情，所以看到了才不会感到惊讶！”这时，卢杏儿从身后笑眯眯地对茂威汀说道。

罗半夏回过头去，细细思量着卢杏儿的话，说道：“那是不是跟何清玄为邱彤看病的事情有关？他们几个一起害死了邱彤，所以才让李云海假扮妻子，使得周围的人以为她还活着。”

茂威汀鄙夷地摇了摇头，说：“那么多事实都已经摆在你的面前，难道你还看不明白吗？如果李云海的妻子已经死了，他直接申明她死亡就可以，为何要一直扮演她的样子？让我来帮你们梳理一下事情原委吧！半年前的某一天，李云海的妻子得了心脏病，却请了脑外科的专家何清玄来治病。在这之后，李云海的妻子失踪，由李云海本人扮演妻子的角色，假装她还在这里生活。半年以后，何清玄畏罪潜逃。之后，李云海去找龚珊珊，而龚珊珊搬空了冷柜里面的食物，试图从冷柜最深处取某样易碎的物品……”

杜文姜一直听得云里雾里，这时终于忍不住插嘴了：“李云海的妻子到底死没死啊？听了半天，她像是没死，可明明又不在了……”

茂威汀神秘地笑了笑，说：“上次在 × 大附属第三医院，你们不是已经领教过了吗？何清玄在秘密进行着什么样的手术……”

“是……脑移植？”罗半夏惊诧地望着他。

“是啊！请这样一位脑外科专家来给一名心脏病发作的患者治病，到底能做些什么呢？”茂威汀的语气显得有些欢快。

罗半夏使劲了咽了下口水，觉得那个男人嘴里吐出来的话将会十分恐怖。

“李云海，还是你自己说吧？”茂威汀眯起眼睛，像看猎物般地盯住了缩在墙角的男人。

“不，不……”李云海全身颤抖着，几乎失去了全部的力气。

“邱彤的心脏病发作之后，出现了心脏骤停。病急乱投医的你想起租客龚珊珊是 × 大三院的护士，就跑来向她求助。结果，当时她对你说了很奇怪的话吧？”茂威汀的语气仿佛他看到了当时的情景一般。

李云海的脸扭曲成了一团，痛楚的表情爬满了额头。他紧紧地闭着嘴唇，生怕一张口，就会把心底最恐怖的秘密吐露出去。

“她说……邱彤的心脏已经没救了。即使勉强使用心脏复苏术，最多也只能支撑几天而已。”茂威汀压低了嗓音，缓慢而沉重地叙述道，“但是，有一个方法可以令她复活。那就是——取出她的大脑，移植到另一个人的身上去。”

“天哪！”在场所有的人都震惊了。罗半夏捂住嘴巴，难以相信耳朵听到的事实。可是，李云海那哀伤而绝望的脸庞，却已经验证了这句话的真实性。

茂威汀不顾众人的情绪，继续堂而皇之地对着李云海说道：“于是，龚珊珊请来脑外科专家何清玄，为你一息尚存的妻子进行了手术，取出活体的大脑冷冻起来。当然，存放大脑的地方就是龚珊珊家的冷柜了。其实，那个冷柜靠近压缩机的地方有一个夹层，在狭小的空间内进行急速降温，可以实现对人体器官的保存。带着对妻子还可能复活的信念，你开始穿上她的衣服，戴上她的帽子，一天天地扮演起她的角色。直到前几周，你突然得知何清玄因为涉嫌一桩谋杀案，畏罪潜逃，至今下落不明。你恐慌起来，进行大脑移植术的专家不见了，那么妻子还有可能复活吗？你找了龚珊珊很多次，想要问明白情况，可是她的回答让你心寒吧……”

“呜呜呜……”李云海在角落里轻轻啜泣起来，“她说，本来就是试验中的手术，不要抱太大的希望。现在何清玄大夫自身都难保，哪里有空管你们。生死由命！都只剩下一个脑子了，还强求什么？”

“你觉得被他们欺骗了，是不是？”茂威汀淡淡地看着他。

“他们本来不是这么说的。”李云海的情绪激动起来，“他们说，何清玄是国内最顶尖的专家，他已经做过好几次脑移植的手术。只要他出手，肯定能让我妻子复活的。他们骗了我啊！骗了我啊！是他们杀了我的妻子，他们活生生地取出了她的脑子啊！”

“所以，你精心布局，设计为邱彤复仇！”罗半夏满脸同情地望着他，“你特意趁童晓颜不在，实施你的计划……龚珊珊在医院接到的那个电话就是你打的吧？”

“我有点不明白，如果要复仇的话，完全可以用更简单的方法啊！

为什么非得利用冷柜来冻死她呢？”杜文姜在一旁摇摇头。

“因为之前他们把邱彤的大脑封藏在这个冷柜里面，他要用同样的方式了结这一切。”茂威汀眯起眼睛，说道，“李云海，现在能不能告诉我们，你把妻子藏到哪里去了？”

他说完，把嘴角一扬，目光暗指向了厨房。

所有人的后背都升腾起一股可怕的寒意。罗半夏终于明白之前进入厨房的时候，胃里为什么会涌起那种恶心的感觉——原来邱彤的大脑被他储存在了冰箱的冷冻室里面，相依相伴，永不分离。

尾声

罗半夏垂头丧气地回到公寓，对坐在沙发上等她的冷面男说了一句：“去晚了，没抓到她。”

男人的眉头一蹙，旋即恢复了冷漠。

“我不明白，为什么要去追捕童晓颜？整件事跟她有什么关系？”罗半夏坐在椅子上，揉了揉太阳穴。

茂威汀漠然地看了她一眼，语气冰冷地说：“何清玄犯案失踪是警方内部的机密。李云海无端端地怎么会知道这个消息？是谁向他通风报信？又是谁暗中帮助他，在安装电热地板的时候提供方便？”

“原来如此。”罗半夏深感自己棋差一招，“所以，她才是真正的幕后黑手？”

茂威汀像是自言自语道：“龚珊珊不过是一颗弃子，他们让童晓颜教唆李云海干掉了她。从手法上来看，跟 NAA 真有那么几分相似。”

“可是，童晓颜是怎么教唆李云海的呢？”罗半夏说，“单凭龚珊珊那几句话，似乎没有必要置人于死地……”

“你想得太单纯了。”茂威汀平静地说，“你以为，龚珊珊跟何清玄真的是为了让邱彤起死回生，才提出实施大脑移植术建议的吗？”

罗半夏心里一颤，后脑勺如触电般地一阵发麻。

男人继续冷静地说出残酷的事实：“那个普通的超市用冷柜，能够达到多低的温度？难道你真的相信它能够实现器官的冷冻保存吗？”

“也就是说……”罗半夏明知那个可怕的答案，内心却还是希望他不要说出口。

“他们早就从邱彤的大脑中取走了想要的部分，然后把它冻在冷柜里面搪塞李云海罢了。”茂威汀的声音里带有不易察觉的愤怒，“童晓颜只要有意无意地提示个一两句，就足以让李云海万劫不复……”

“简直是恶魔行径！”罗半夏咬牙切齿道，“童晓颜的背后，到底是个什么样的组织？”

“GungNail……”

“什么？钢奶？”罗半夏没听清楚。

“在 × 大附属第三医院的案件中，本来要接受何清玄的脑移植手术的患者叫做管文军，他的身份是 GungNail 医疗器械公司的高管。”茂威汀以极低的声音说道，“高珊妮曾经听到关于那个组织的只言片语——钢奶，或许就是 GungNail 的意思。”

罗半夏瞪大了眼睛，激动地拍案而起：“好极了。我们马上去调查这家公司。”

说到这里，她突然停顿下来，转过头奇怪地看了那个男人一眼，眼波转动的神色，分明显示出内心的挣扎和怯懦。

“那个……”她终于鼓起了勇气开口道，“我可以问一件事吗？”

“什么？”男人专注地想着心事，敷衍地应道。

“你和高珊妮，是不是 NAA 派来的？”罗半夏的声音如一颗划破空气的子弹，霎时点燃了周遭的一切。